das haus zamis

EINE HEXENCHRONIK

Kampf der Hexer

das haus zamis

EINE HEXENCHRONIK

Band 39

Kampf der Hexer

von Logan Dee und Michael Marcus Thurner
nach einer Story von Uwe Voehl
und Michael Marcus Thurner

Zaubermond-Verlag
Hamburg

Titelbild: Mark Freier
Satz: Zaubermond-Verlag
Druck und Bindung: scandinavian books

Alles über Das Haus Zamis unter:
www.zaubermond.de

Inhaltsverzeichnis

Erstes Buch

Kampf der Hexer

von Logan Dee

nach einer Story von Uwe Voehl

»Na, Großer, so allein zu dieser späten Stunde unterwegs?«

Hannah hasste sich selbst für die plumpe Anmache. Aber so funktionierte es nun mal am besten. Ihre Opfer, ausnahmslos Männer, mochten es, von der blonden Frau in dem engen Mieder und dem verboten kurzen Lederrock angesprochen zu werden. Sie fühlten sich geschmeichelt, denn Hannah sah verteufelt gut aus.

Selbst diejenigen, die nicht auf einen Seitensprung aus waren, wagten einen Seitenblick und malten sich aus, wie sie wohl ohne Mieder und Rock aussah.

Der Mann, den sie angesprochen hatte, war schon an ihr vorbeigehastet. Er trug einen schwarzen Trenchcoat und hatte den altmodischen Hut tief ins Gesicht gezogen. Eine lange Hakennase lugte darunter hervor.

Im ersten Moment sah es so aus, als würde der Mann weitergehen, aber dann zögerte er und blieb stehen. Er wandte sich um und hob kurz den Kopf. Aus einem Auge schaute er sie an. Das andere war vernarbt.

Hannah hätte sich angesichts des eisigen Blickes, mit der sie der Fremde taxierte, am liebsten umgedreht. Sie war nicht zimperlich in der Wahl ihrer Freier. Als alleinerziehende Mutter mit zwei kleinen Kindern konnte sie das auch gar nicht. Doch zum ersten Mal wusste sie, was es hieß, mit den Blicken ausgezogen zu werden. Es war, als würde der Mann ihr nicht nur die Kleider vom Leibe reißen, sondern auch die Haut. Als würde er tief in ihr Innerstes dringen und mit seinen schmutzigen Händen in ihren Eingeweiden wühlen. Sie spürte, wie sie sich versteifte. Ihr Lächeln gefror. Gleichzeitig hatte sie das absurde Gefühl, als könnte er ihre Gedanken lesen. Nein, als würde er sich in ihre Gedanken drängen.

Lauf!, schrie eine innere Stimme in ihr. *Lauf weg, so schnell du kannst!*

Doch irgendetwas hielt sie fest. Sie stand wie erstarrt, während der Fremde sich ihr nun ganz zugewandt hatte. Der flackernde Lichtschein eines Schaufensters riss sein Gesicht für einen Augenblick aus dem Schatten des Hutes, und Hannah erkannte mehr, als sie eigentlich hatte sehen wollen: Sein intaktes Auge war kugelrund und erinnerte sie an das eines Geiers. Sein Gesicht war von runzeligen Hautlappen entstellt. Fast kam es ihr vor, als würden sich die Hautlappen bewegen oder wellenartig vibrieren. Das Schaufensterlicht verlosch und tauchte das schreckliche Antlitz wieder in Dunkelheit.

»Was sagten Sie?« Die Stimme des Unbekannten machte ihr fast noch mehr Angst als alles andere an ihm. Sie klang wie das Rascheln welker Herbstblätter, die von einem Windstoß durch den Park geweht wurden.

»Ni nichts, ich meinte …« Dumme Kuh! Jetzt verleugnete sie sich auch noch. Vielleicht hatte er ja doch den Köder, den sie ihm hingeworfen hatte, geschluckt. Sie war nicht wählerisch, das konnte sie sich nicht erlauben. Es war nicht einfacher geworden, seitdem sie und ihre Kolleginnen allesamt in die Außenbereiche Wiens verbannt worden waren. Die Animierlokale am Gürtel waren nicht ihr Ding. Sie bevorzugte es, schwarz am Strich auf der Äußeren Mariahilfer Straße zwischen Westbahnhof und Technischem Museum zu flanieren und darauf zu hoffen, dass die Polizei weiterhin ein Auge zudrückte. Es war nicht einfacher geworden, im Gegenteil, die Kunden machten sich rar.

Bisher hatte sie sich selbst die abartigsten Freier vorher schön getrunken. Oder einfach nur an das Geld gedacht. Aber dieser Kerl war so abartig, dass wahrscheinlich nicht einmal Crystal Meth helfen würde.

»Doch, Sie haben etwas gesagt«, erwiderte er. Das Rascheln in seiner Stimme verstärkte sich, als würde jemand die welken

Blätter genüsslich in der Faust zerbröseln. Hannah spürte, wie sich ihr ganzer Körper mit einer Gänsehaut überzog.

Der Fluchtinstinkt war jetzt so groß, dass sie am liebsten schreiend davongelaufen wäre. Stattdessen stand sie noch immer wie erstarrt.

»Sie haben mich gerade gefragt, warum ich zu dieser späten Stunde unterwegs bin. Nun, das ist ganz einfach: Ich habe Hunger.« Er trat einen Schritt vor, und jetzt sah Hannah, dass auch mit seinem Mund etwas nicht stimmte. Statt Lippen wölbte sich an der Stelle etwas Spitzes hervor, das sie an einen Schnabel erinnerte. »Ich habe eigentlich immer Hunger«, fuhr der Fremde fort. »Aber heutzutage ist es schwierig, satt zu werden.«

Hannah dachte unwillkürlich an die armen Schweine, die in den Abfallkörben nach Essbarem oder Pfandflaschen suchten. Meist streunten sie vor dem Morgengrauen durch die Straßen, dann, wenn sie ihren Heimweg antrat. Manchen der Penner kannte sie persönlich, und dem einen oder anderen hatte sie was zugesteckt. Aber der Unheimliche, der nun einen halben Meter von ihr entfernt stand, sah nicht aus wie ein Penner. Der Trenchcoat, den er trug, war von einer bekannten Marke, der Hut ein echter Borsalino, und die Schuhe sahen nach einer Einzelanfertigung aus. Und das, worauf er Hunger hatte, schien es nicht in Mülltonnen zu geben.

Warum schaust du dir seine Kleidung so genau an?

Damit ich ihn später bei der Polizei beschreiben kann …

Wenn es ein Später geben würde. Sie ahnte, dass der Fremde ihr etwas antun würde, was schlimmer war als gekaufter entwürdigender Sex. Und wieder merkte sie, wie etwas in ihre Gedanken einzudringen versuchte – etwas, das sich in ihrem Kopf festzukrallen drohte.

Mit seinem einen Triefauge schaute er sie so eindringlich an, als wollte er sie hypnotisieren. »Als Sie mich eben angesprochen haben, da wusste ich, dass ich heute nicht hungrig nach Hause gehen muss. Sie haben hier auf mich gewartet, nicht wahr?«

Gegen ihren Willen nickte sie, so als würde jemand ihren Kopf nach unten drücken und an den Haaren wieder hochziehen.

»Sie haben gleich erkannt, wie attraktiv ich bin und was ich einer Frau wie Ihnen bieten kann, oder?«

Wieder wurde sie zum Nicken gezwungen. Bildete sie es sich nur ein, oder war da wirklich ein Schatten hinter seinem Rücken aufgetaucht? Sie hätte ihn sich gern genauer angeschaut, aber der Fremde fing erneut ihren Blick. »Glauben Sie mir, Sie werden es nicht bereuen. Keine hat es je bereut, die sich mir hingegeben hat.«

Er stieß einen Laut aus, der sie an das erwartungsvolle Krächzen eines Geiers erinnerte. Geier fraßen nur Aas.

Ein weiterer kalter Schauer ließ sie erbeben. Doch diesmal war fast ein wenig Neugier dabei. Neugier auf das, was er mit ihr anstellen würde. Der Gedanke war pervers, das wusste sie. Aber sie wusste auch, dass sie es nur ertragen würde, wenn sich ihr Ich auf eine neutrale Ebene zurückziehen würde. Ganz hinter irgendeinem Winkel ihres Gehirns. Als unbeteiligte Zuschauerin.

Nur kurz dachte sie wieder an ihre Kinder. Sie lagen längst in ihren Betten und schliefen. Sie würden nichts davon mitbekommen, was Mami heute Nacht erleben würde.

Wenn Mami es über*lebt,* dachte Hannah. Aber der Gedanke war nicht mehr erschreckend.

Als er sie berührte, durchzuckte es sie wie ein Blitz. Das Kribbeln war angenehm, obwohl sie wusste, dass er sie beeinflusste. Vielleicht hatte er sie bereits hypnotisiert mit seinem einen grässlichen Auge. Sie wusste es nicht.

Während er sich bei ihr unterhakte und sie mit sich zog, verstärkte sich der Eindruck des Unwirklichen. Hannah kam sich vor wie in einem surrealistischen Traum, in dem das Schreckliche eine neue, nie zuvor gekannte Anziehungskraft und Faszination auf sie ausübte.

Die Finger des Fremden bohrten sich wie spitze Krallen in ihr Fleisch, aber auch den Schmerz genoss sie.

Kaum ein Mensch kam ihnen entgegen. Zwei betrunkene Jugendliche stolperten auf sie zu, machten aber vor dem letzten Schritt einen Bogen um sie, als versprühe ihr Begleiter einen Duft, der sie abhielt, ihn anzupöbeln.

Oder war es eher der Gestank? Ja, er roch in der Tat eigenartig. Wie eine Mischung aus verfaultem Fleisch und einem ungereinigten Vogelkäfig. Warum hatte sie das vorher nicht gerochen?

Sie erwachte aus der wohligen Trägheit, die sie umgab. Der Schatten fiel ihr wieder ein. Sie schaute zurück. Da war er wieder! Wie eine schwarze Wolke folgte er ihnen. Fast war sie darüber erleichtert. Der Schatten gehörte nicht zu ihrem Freier. Also konnte er ihr vielleicht helfen, sich aus seinen Klauen zu befreien. Dann, wenn sie kein Vergnügen mehr empfinden würde.

»Was ist mit Ihnen? Warum schauen Sie zurück?«, fragte er lauernd. Er hatte bemerkt, dass sie aus seinem Bann zu entgleiten drohte.

»Ni-nichts. Es ist nichts.« Es fiel ihr schwer, ihn anzulügen, aber zugleich wusste sie, dass es ihre einzige Chance war.

»Dann ist es gut«, erwiderte er und zog sie weiter, vorbei an einigen anderen Huren, die frierend und rauchend beieinanderstanden. Hannah kannte sie alle: die blonde Katrin mit dem aufgespritzten Schmollmund, die rothaarige Elvira, die mit ihren hundert Kilo einen ganz bestimmten Männergeschmack bediente. Genau wie die Schwarze Witwe, die eigentlich Moni hieß, und sich von den Männern die spitzen Schuhe sauber lecken ließ.

Doch sie alle beachteten sie nicht. Als wäre sie unsichtbar. Am liebsten hätte Hannah laut um Hilfe geschrien, doch sie brachte keinen Laut heraus, während ihr Begleiter sie weiterdrängte, bis sie eine schmale Gasse erreichten. Er schien sich hier gut auszukennen, denn gezielt steuerte er einen in völliger Dunkelheit liegenden Eingang an. An einer Tür klopfte er dreimal, bevor ihm geöffnet wurde.

Wenn Hannah bisher gehofft hatte, dass dieser Abend nicht schlecht enden würde, so verließ sie jetzt jede Hoffnung, als sie erkannte, wer ihnen die Tür öffnete.

Von allen Caféhäusern in Wien fühlte er sich neuerdings am wohlsten im Prückel an der Ecke Stubenring und Dr.-Karl-Lueger-Platz. Asmodi seufzte insgeheim. War es der morbide Charme, der ihn hierherzog? Die fast greifbare Patina verflossener Jahrzehnte, die er hier vorfand? Wurde er etwa alt und sehnte sich nach glorreichen vergangenen Zeiten?

Abermals seufzte er, während er eine vorbeieilende Serviererin hypnotisierte. Sie verharrte mitten im Schritt und sah ihn mit leerem Blick an. Das Mädchen war um die zwanzig, blond, bildhübsch und mit endlos langen Beinen gesegnet. Trotzdem hatte er heute keinen Blick für Schönheit.

»Bring mir eine Melange und ein rohes, blutiges Steak dort hinten an den Tisch.«

»Aber wir …«

»Willst du mir etwa widersprechen?« An anderen Tagen hätte er sie für ihren Versuch eines Widerspruchs auf der Stelle getötet. Heute jedoch begnügte er sich mit einem drohenden Unterton.

»Nein, Herr!« Das Mädchen schaute erschrocken und sputete sich, seinem Befehl Folge zu leisten.

Er steuerte einen Tisch im Raucherbereich an. Von hier aus hatte er die Eingänge bestens im Blick. Der Tisch war von einer Gruppe Studenten belegt. Soeben stellte ein bebrillter Jüngling die Frage, ob die Hölle exo- oder endotherm sei.

Asmodi baute sich vor ihm auf. Der Student schaute nur kurz hoch und blinzelte. Er sah einen hochgewachsenen Mann mit langen weißen Haaren und weißem, gestutztem Bart. Der Mann trug einen modischen schwarzen Mantel und machte alles in allem einen überaus gepflegten Eindruck.

»Die Hölle bin ich«, sagte Asmodi. »Und sie ist exotherm.«

Der junge Mann schaute hoch und setzte ein trotziges Gesicht auf. Das war sein Fehler. Genau wie die folgende Frage: »Was redest du da für einen Müll, Mann? Verzieh dich!«

Asmodi lächelte. Er wies mit dem Zeigefinger auf den Studenten und sagte: »Wenn ich mich richtig entsinne, bezeichnet man eine chemische Reaktion als exotherm, wenn die daraus entstehende Energie an die Umwelt abgegeben wird. Zum Beispiel in Form von Wärme. Oder einem Blitz.«

»Einem Blitz?« Der Junge lächelte spöttisch, obwohl man im ansah, dass er sich nicht mehr wohl in seiner Haut fühlte.

»Ja, so etwas hier«, antwortete Asmodi. Aus seinem Zeigefinger zischte ein magischer Lichtstrahl. Er traf den Jungen direkt ins Herz. Mit einem Aufschrei sackte er zusammen.

Seine Tischgenossen sprangen auf und versuchten, sich in Sicherheit zu bringen, aber Asmodis Bann ließ sie erstarren. »Ich sehe euch nach, dass ihr nicht wissen konntet, wer ich bin. Dennoch kommt ihr nicht straflos davon. Bis heute Abend wird jeder von euch den Menschen, den ihr am meisten liebt, töten. Und natürlich werdet ihr vergessen, dass ich es war, der es euch befohlen hat.«

Sie nickten, als wären sie Marionetten, die von einem unsichtbaren Spieler an Schnüren geführt wurden.

»Jetzt verschwindet endlich aus meinen Augen!« In die Gruppe kam Bewegung, während Asmodi dem am Boden liegenden Toten einen letzten verächtlichen Blick schenkte. »Und vergesst nicht, ihn mitzunehmen und irgendwo einzubuddeln.«

Die Studenten befolgten seinen Befehl in stummer Eintracht. Sie hoben den Toten auf und trugen ihn in ihrer Mitte hinaus. Niemand im Café Prückel scherte sich um sie. Asmodi hatte eine magische Glocke über das Grüppchen gehängt.

Er sah dem bizarren Leichenzug nach, bis sie das Café verlassen hatten, und setzte sich. Der Zwischenfall hatte ihn zwar von seiner Grübelei abgelenkt, aber nur minimal seine Laune verbessert. Die Menschen ließen sich nur zu leicht manipulieren. Es wäre ihm ein Leichtes gewesen, mit einem Fingerschnipsen das ganze Café mitsamt seinen Gästen in die Luft zu jagen. Aber davon versprach er sich wenig Befriedigung. Seine wahren Gegner saßen woanders. Sie fanden sich in den eigenen Reihen innerhalb der Schwarzen Familie. Es rumorte an allen Ecken, überall auf der Welt wurde gezündelt, seine Position war in den letzten Jahren öfter infrage gestellt worden, als in den Jahrhunderten davor. Manchmal hatte er das Gefühl, sich nur mit Versagern zu umgeben. Versagern wie Skarabäus Toth.

Nennt man den Köter beim Namen, kommt er schon angeschwänzelt, dachte er.

Der Mann, der soeben das Café Prückel betrat, trug einen dunklen Anzug, der seine gelbliche Haut noch unangenehmer zur Geltung brachte. Alles in allem erinnerte er an eine zum Leben erwachte Mumie. Aber nicht wegen seines äußeren Aufzugs bedauerte es Asmodi, sich mit dem Schiedsrichter verabredet zu haben. Als er das miesepetrige Gesicht des alten Griesgrams sah, wusste er bereits, dass der Schiedsrichter keine guten Nachrichten mitgebracht hatte.

»War das nötig?«, fragte Skarabäus Toth ohne jegliche Begrüßungsfloskel. Er wies zum Ausgang und verzog die Mundwinkel, als habe er soeben etwas ausgesprochen Ekliges geschluckt.

»Wenn Sie den unverschämten Bengel meinen, den ich vor einer Minute ins Jenseits geschickt habe, so vergreifen Sie sich im Ton, mein Lieber.« Im Grunde liebte er die süffisanten Scharmützel mit seinem »Mistkäfer«, wie er Toth insgeheim nannte. In der Regel ging daraus etwas Konstruktives hervor: ein neuer intriganter Plan, eine impertinente Bosheit, ein weltumspannendes Komplott … Doch die Kritik gleich zu Beginn ging ihm zu weit und verschlechterte seine ohnehin düstere Stimmung.

Toth nahm ihm gegenüber Platz, jedoch so, dass er in der sich spiegelnden Schaufensterscheibe jederzeit das Geschehen in seinem Rücken mitbekam. Ein alter Fuchs wie er überließ nichts dem Zufall, schon gar nicht sein Leben. Nicht umsonst hatte sich das Misstrauen im Laufe der Jahre mit tiefen Furchen in sein zerklüftetes Gesicht geschnitten. Nun schaute er dem Fürsten der Finsternis alles andere als untertänig in die Augen, als er sagte: »Die Schwarze Familie gehorcht nur wenigen Regeln. Diese sind aber unbedingt einzuhalten, vom niedersten bis zum höchsten Mitglied …«

Asmodi winkte ungehalten ab. Mit solchem Sermon pflegte sein Gegenüber fast formelmäßig seine Vorträge über das Verhalten innerhalb der Schwarzen Familie einzuleiten. Heute hatte er nicht die geringste Lust, sich den Schwachsinn anzuhören.

»Ich weiß, was Sie jetzt sagen wollen: Das oberste Prinzip

Was bisher geschah …

Die junge Hexe Coco Zamis ist das weiße Schaf ihrer Familie. Die grausamen Rituale der Dämonen verabscheuend versucht sie den Menschen, die in die Fänge der Schwarzen Familie geraten, zu helfen. Auf einem Sabbat soll Coco endlich zur echten Hexe geweiht werden. Asmodi, das Oberhaupt der Schwarzen Familie der Dämonen, hält um Cocos Hand an. Doch sie lehnt ab. Asmodi kocht vor Wut – umso mehr, da Cocos Vater Michael Zamis unverhohlen Ansprüche auf den Thron der Schwarzen Familie erhebt.

Nach jahrelangen Scharmützeln scheint Ruhe einzukehren: Michael Zamis und seine Familie festigen ihre Stellung als stärkste Familie in Wien, und auch Asmodi findet sich mit den Gegebenheiten ab. Coco indes hat sich von ihrer Familie offiziell emanzipiert. Das geheimnisvolle »Café Zamis«, dessen wahrer Ursprung in der Vergangenheit begründet liegt und innerhalb dessen Mauern allein Cocos Magie wirkt, ist zu einem neutralen Ort innerhalb Wiens geworden. Menschen wie Dämonen treffen sich dort – und manchmal auch Kreaturen, die alles andere als erwünscht sind …

Doch Coco von Asmodi erpresst. Der Fürst der Finsternis entreißt ihr ihr noch ungeborenes Kind.

Während Coco bisher sicher war, dass sie es von dem Verräter Dorian Hunter empfangen hat, behauptet Asmodi, dass er es ist, der sie geschwängert hat. Um ihr ungeborenes Kind wiederzuerlangen, begibt sie sich in Asmodis Hände. Und der Fürst der Finsternis hat eine ganz besondere Aufgabe für sie: Als sein Racheengel entsendet er sie nach Moskau. Dort soll sie den einflussreichen Oligarchen und Dämon Theodotos Wolkow ausfindig machen und entführen. Es heißt, dass er seine Macht dem legendären Schwarzen Zimmer verdankt.

Wolkow entpuppt sich als stärkerer Gegner, als Coco geahnt hat. Zwar gelingt ihr dank ihres Gefährten Fürst von Bergen zunächst die Flucht, doch Wolkows Schergen sind ihr auf den Fersen. Aber Coco will Moskau nicht verlassen. Nicht, bevor sie herausgefunden hat, wo sich das legendäre Schwarze Zimmer befindet, auf das sich Wolkows Macht stützt – und welche Geheimnisse ihrer eigenen Familie damit verknüpft sind.

Ihre Suche führt sie in den Untergrund. Hier, unter dem Luxuskaufhaus GUM, begegnet sie dem dekadenten Freak Vladimir und seiner drogensüchtigen Familie. Er verspricht, Coco zu helfen. Doch der Preis ist hoch: Die Freaks werden gnadenlos getötet. Abermals müssen Coco und Fürst Helmut von Bergen fliehen. Da macht ihnen Theodotos Wolkow ein unverhofftes Angebot …

ist, nicht zu viel Staub aufzuwirbeln, um die Menschen weiterhin im Unklaren darüber zu lassen, ob es uns gibt oder nicht. Nun, zumindest glauben die meisten noch an eine Hölle, wie ich mir soeben wieder mit anhören durfte.« Seine Stimme schwoll zu einem Grollen an, als er sagte: »Übertreiben Sie ja nicht, Toth!«

Der Schiedsrichter sackte merklich in seinem Stuhl zusammen. Seine Miene verdunkelte sich ein wenig mehr.

»Zumal ich Ihnen ansehe, dass Sie es nicht vermögen, mich mit guten Nachrichten aufzuheitern.«

»Es gibt leider nur schlechte«, gab Skarabäus Toth zu. »Man munkelt, Coco Zamis habe sich mit Theodotos Wolkow verbündet, um gemeinsam mit ihm nach dem Schwarzen Zimmer zu suchen.«

»Wer munkelt das?«

»Meine Spione.« Nun war sie wieder da, die alte Süffisanz und Überheblichkeit, die einen Skarabäus Toth auszeichnete und ihn auch gegenüber einem Fürsten der Finsternis nicht buckeln ließ.

Es hieß, dass sich in den spinnwebverhangenen Regalen seines Kellerarchivs Informationen über fast alle Dämonen sämtlicher Familien und aller Epochen befanden. Vor allem, was Skandale und Schwächen betraf. Mit diesem Wissen war er unantastbar. Asmodi vermutete nicht zu Unrecht, dass der Schiedsrichter auch über ihn belastbares Material archiviert hatte. Aber das war jetzt nebensächlich.

»So, so, Ihre Spione munkeln das also«, sagte er unwirsch. »Jedermann weiß, dass Coco Zamis bei einem Sturz aus dem Hotel ums Leben gekommen ist.«

»Jedermann glaubt, dass es so war«, sagte Toth. »Sie und ich wissen, dass es nicht so ist. Sie lebt und erfreut sich bester Gesundheit.«

»Weil ich es so wollte«, sagte Asmodi. Dass sie sich mit dem russischen Dämon und Oligarchen verbündet hatte, war ihm allerdings neu, aber das musste er Toth nicht auf die Nase binden. »Nächster Punkt!«

Die Kellnerin brachte die gewünschte Melange. »Was ist mit dem Steak?«, herrschte Asmodi sie an.

»Wir haben keines auf der Karte.« Das junge Mädchen war trotz der Hypnose den Tränen nahe.

»Dann besorg eines!«

»Jawohl.« Sie stürzte davon, während Toths Miene noch eine Spur verdrießlicher wurde. »Ich wollte gerade bestellen …«

»Später. Erst das Geschäftliche. Das Schwarze Zimmer!«

Toth zuckte die Schultern. Es war ihm anzusehen, dass er sich zusehends unwohler fühlte. Seine anfängliche Forschheit war anscheinend nur gespielt gewesen. »Die Kräfte sind erwacht. Kräfte, die ich bislang nicht durchschaue. Es hat wenig mit der Schwarzen Familie zu tun. Eher scheint es sich um einen völlig unbekannten Gegner zu handeln, der in Wien eingetroffen ist und wahllos um sich schlägt. Zunächst waren nur Menschen seine Opfer, doch seit gestern Nacht ist alles anders. Es hat einen Toten innerhalb der Schwarzen Familie gegeben. Herbert Podolsky, in der Szene auch bekannt unter dem Namen Narben-Herbert oder der Schöne Herbie …«

»Ich kenne ihn«, unterbrach ihn Asmodi ungeduldig. »Ein Versager, genau wie seine Sippe. Müssen Sie mich wirklich mit diesen Ratten behelligen?«

»In diesem Fall ja. Das Sippenoberhaupt der Podolskys hat mich aufgesucht und in aller Förmlichkeit um Aufklärung gebeten. Er hat einen Schwarzen Antrag gestellt.«

»Einen Schwarzen Antrag!« Asmodi hieb wütend mit der Faust auf den Tisch. Diesmal hatte er nicht daran gedacht, die

Öffentlichkeit abzuschirmen. Mehrere Leute schauten erstaunt zu ihnen herüber.

»Ja, Sie wissen, was das heißt?«

»Natürlich weiß ich das«, brummte Asmodi. »Es bedeutet, dass ich drei Tage Zeit habe, um das Vergehen aufzuklären und den Schuldigen zu bestrafen.«

Der Schwarze Antrag war ein Relikt aus der Zeit eines seiner Vorgänger. Jedes Sippenoberhaupt hatte einmal in seinem Leben die Möglichkeit, davon Gebrauch zu machen. Die meisten wussten es allerdings gar nicht mehr. Asmodi konnte sich nicht entsinnen, jemals in seiner Herrschaft damit behelligt worden zu sein.

»Viel mehr interessiert mich, wieso ein Schwachkopf wie Podolsky den Schwarzen Antrag überhaupt kennt?«

Toth zuckte mit den Schultern. »Auch ein Idiot findet mal ein Stäubchen Gold.«

Asmodi sah seinen Schiedsrichter lauernd an, aber der hielt seinem Blick stand. »Warum nur, Toth, kommt mir der Gedanke, Sie könnten ihm das eingeflüstert haben?«

»Warum sollte ich? Sie wissen, dass ich Ihnen treu ergeben bin.«

»Ja, aber alles kann sich jederzeit ändern. Was passiert, wenn der Unbekannte weiter mordet? Und wenn weitere Sippenführer den Schwarzen Antrag an mich richten?«

»Den Mörder zu finden und zu bestrafen, dürfte für den Fürsten der Finsternis kein Problem darstellen«, erwiderte Toth. »Wenn nicht, wäre er nicht der Fürst der Finsternis.«

»Ihre Logik ist bewundernswert.« Am liebsten hätte er Toth den dürren Hals umgedreht. Der Schiedsrichter wusste genau wie er, dass es leicht einen Aufstand innerhalb der Familie geben könnte. Einen Aufstand, der sich auch gegen ihn richten konnte und kaum mehr zu beherrschen wäre. »Ich werde mich darum kümmern«, fuhr er fort und bemühte sich um einen möglichst gelassenen Tonfall. »Gibt es noch etwas, das wir zu besprechen hätten?«

»Michael Zamis. Er hat mich in der Nacht aufgesucht und Wolkow und seiner Sippe den Krieg erklärt.«

Asmodi schaute seinen Schiedsrichter ungläubig an. »Zamis hat was? So ein Trottel!« Zorn glühte in den Augen des Fürsten der Finsternis. »Nicht nur, dass er mir in die Parade pfuscht, er wird den Kampf auch verlieren. Wolkow ist unbezwingbar!«

Zamis war ihm egal, so oft er ihm auch in der Vergangenheit den Tod gewünscht hatte. In den letzten Jahren hatte er ihn so oft gedemütigt, dass dessen Chancen, ihn jemals zu stürzen, so gering wie nie waren. Gefährlicher war, dass Wolkow danach vielleicht Blut geleckt haben und sich seinerseits Chancen in Wien oder gar auf den Schwarzen Thron ausrechnen würde.

»Können Sie das nicht verhindern?«

Toth schüttelte den Kopf und zeigte sein breitestes Totenschädelgrinsen. »Ich fürchte nicht. Ich habe Herrn Wolkow bereits pflichtgemäß die Kampfansage übermittelt.«

»Sie Schwachkopf!«

Die Serviererin trat erneut an ihren Tisch. Auf einem Teller trug sie ein rohes, blutiges T-Bone-Steak. Sie lächelte selig.

»Woher hast du das so plötzlich?«, fragte Asmodi misstrauisch.

»Vom Metzger gegenüber.«

»Ich habe keinen Appetit mehr«, blaffte Asmodi. »Friss es selbst.«

Das Lächeln auf dem Gesicht des Mädchens verblasste. Es spürte, dass es den Herrn nicht hatte erfreuen können. Es nahm das blutige Fleisch und begann, mit den Zähnen große

Stücke daraus zu reißen. Das Blut spritzte und rann dem Mädchen über das Kinn in den Ausschnitt hinein.

»Wie heißt du eigentlich?«, fragte Asmodi. Der Anblick des Blutes auf der Haut des Mädchens ließ seinen Hunger erwachen.

»Ramona.«

»Ich habe Appetit auf dein Herz, Ramona. Schenkst du es mir?«

Ramona nickte eifrig. Sie strahlte, als sie nach Messer und Gabel griff und sie sich in die Brust stieß.

»Was nun Michael Zamis betrifft …«, fuhr Skarabäus unbeeindruckt fort.

»Später, Toth, später!« Asmodi winkte ungehalten ab, während er seine Klauen in den Brustkorb des Mädchens versenkte und ihr das dampfende, pochende Herz herausriss, um es genüsslich zu verspeisen.

Mein Sohn!

Wie ich dich kenne, wirst du nicht erstaunt sein, diese Schwarze Depesche zu erhalten. Und ebenso wenig wirst du überrascht sein, dass ich dich ausgewählt habe. Du bist der Älteste. Du bist der Stärkste. Du bist der Einzige, der die Familie Zamis führen kann, sollte mir etwas zustoßen.

Dein Bruder Georg ist ein Zauderer. Vielleicht wird eines Tages ein guter Magier und Anwalt innerhalb der Schwarzen Familie aus ihm. Deine Schwester Lydia ist nicht nur eine minderbegabte Hexe, sie folgt zu sehr ihren Trieben, um als verlässlich zu gelten. Demian und Volkart sind meine Problemkinder, aber sie gehören nun mal zur Familie, und sie bedürfen unseres Schutzes. Ich bin sicher, dass Sie uns unsere Hilfe eines Tages danken werden. Es betrifft ihre Herkunft, die mich sicher glauben lässt, dass etwas Besonderes in ihnen steckt. Bleibt deine Schwester Coco. Es war nicht recht, dass ich sie zeitweilig aus unserer Familie gestoßen habe, aber ich hatte keine andere Möglichkeit. Ich befürchte, dass sie nicht mehr am Leben ist, aber noch habe ich nicht den letzten Beweis, dass Theodotos Wolkow sie auf dem Gewissen hat. So oder so: Wenn ich ihn stelle, wird er mit der Wahrheit nur herausrücken, wenn ich ihn besiege. Wir haben eh das eine oder andere Hühnchen miteinander zu rupfen.

Ich drücke es bewusst so lapidar aus, damit du siehst, dass ich nicht voller Schwermut in den Kampf ziehe, sondern mit Hoffnung und Zuversicht.

Adalmar, ich weiß, mein Sohn, dass ich euch in den letzten Jahren nicht immer ein glorreiches Vorbild war. Aber auch wenn ich am Boden lag, wenn ich Verletzungen und Demütigungen habe einstecken müssen wie kein zweiter Zamis (Coco vielleicht ausgenommen), so wusste ich doch stets, dass ich am Ende der Sieger bleiben würde. Ich habe die Zähne zusammengebissen und an mich geglaubt.

So ist es auch jetzt, und dennoch halte ich es für angebracht, dir im Falle meines Todes die Führung zu übertragen.

Ja, aber was ist mit meiner Mutter, höre ich dich fragen. Müsste nicht sie die Nachfolge antreten? Ist sie nicht gescheit, klug und gleichzeitig kompromisslos und grausam? Sie ist eine hervorragende Hexe und die beste Frau, die ich mir an meiner Seite vorstellen kann. Aber sie hat einen unbestreitbaren Nachteil: Gefühle. Sie versteht sie geschickt zu verbergen, aber ich kenne deine Mutter besser als du. Und Gefühle, gar Mitleid und all diese menschlichen Schwächen, werden eines Tages unsere Sippe in den Untergang führen.

Gerade jetzt, da die Zeiten rau sind und einige Sippen innerhalb der Schwarzen Familie nach mehr Herrschaft streben, ist es wichtig, mit harter, unbarmherziger Hand die Stellung zu verteidigen und zu bewahren.

Du, Adalmar, warst mir vielleicht nicht der liebste meiner Söhne, aber du bist der, auf den ich stets die größten Hoffnungen setzte. Du bist, obwohl du noch immer am Anfang stehst, unser bester Hexer, vielleicht übertriffst du sogar Coco. Du bist ehrgeizig, zielstrebig und gehst über Leichen, um deine Ziele zu erreichen. Du bist grausam, blutrünstig, gefühllos und machtgierig. Kurzum: Bis zu einem erneuten Lebenszeichen von mir bist du der Führer der Zamis!

Ich bin mir sicher, dass du dieses Erbe nicht nur verwalten, sondern es mit all deinem Ehrgeiz und Machthunger zu neuer Blüte treiben wirst.

Dein Vater

Der finster dreinblickende Mann mit den kohlrabenschwarzen Augen, der spitzen Nase und dem gewaltigen Vollbart, der ihm das Aussehen eines Taliban verlieh, erlaubte sich ein schmales Lächeln. Er verspürte weder Triumph noch Trauer. Gefühle waren ihm fremd.

Er sah zu, wie die Depesche in seiner Hand in Flammen aufging und das Papier verkohlte. Er spürte die Hitze der Flammen nicht. Auch dagegen war er immun.

Von Kindheit an hatte Adalmar Zamis Geist und Körper darin trainiert, unangreifbar zu sein.

Seit Jahren hielt er sich nur selten in Wien auf; die meiste Zeit verbrachte er in einer einsamen Gegend in den Abruzzen, wo er seinen Experimenten nachging. Die karge Hütte, in der er lebte, hätte manch anderen Magiern allenfalls als Abstellkammer gedient. Für Adalmar war sie groß genug. Äußerliche Dinge oder gar Prunk und Protz verachtete er. Genauso, wie er die meisten seiner Mitdämonen verachtete. Er akzeptierte sie allein deswegen, um im Umgang mit ihnen seine dämonischen Eigenschaften weiter zu stählen: Intoleranz, Macht und Grausamkeit.

Selbst seine Familie liebte er nicht. Er war nicht einmal stolz darauf, ein Zamis zu sein. Zu sehr hatten sie in den letzten Jahren manche Schlappe einstecken müssen.

Aber er hatte keine Wahl: Er würde das Erbe annehmen

und sehen müssen, was er daraus machte. Doch in einem Punkt hatte er nicht den geringsten Zweifel:

Sein Vater hatte den Richtigen gewählt.

Noch in derselben Stunde packte er seine Habseligkeiten zusammen, schnürte sein Bündel und schlüpfte in seinen weiten Mantel.

In jener Nacht, so schworen hinterher die Bauern in der Umgebung, hatte man wieder die unheimlichen Lichter am Himmel vorbeihuschen sehen. Und mitten darin den schwarzen Schatten eines Mannes, dessen Mantel wie ein langer, schwarzer Schweif hinter ihm her wehte.

Als sich die Kellertür hinter Hannah schloss, wusste sie, dass sie ihre Kinder nie wiedersehen würde. Der bestialische Gestank erinnerte sie an einen Schlachthof.

»W-was ist das hier?«, fragte sie mit zitternder Stimme.

Statt zu antworten, krächzte der Unheimliche: »Zieh dich aus!«

Ängstlich schaute sie sich um. Das Kellergewölbe wurde nur von flackernden Kerzen etwas erhellt. Das, was der spärliche Lichtschein der Dunkelheit entriss, ließ sie jede Hoffnung vergessen. An den Wänden waren rostige Ketten mit Fuß- und Handfesseln angebracht. In der Mitte des Kellers stand eine Feuerschale. Mehrere lange Zangen lagen in der Asche. In einer Nische lag ein Knochenhaufen.

Hannah wagte nicht, ihre Blicke weiter durch den Raum schweifen zu lassen. Bereits jetzt wurde ihr schwindlig.

»Bitte, bitte lass mich gehen!«, flehte sie. »Ich mache alles, was du willst.«

»Natürlich machst du das«, verhöhnte sie ihr Entführer. »Du wirst alles machen, was ich dir befehle. Und jetzt runter mit dem Fummel!«

Sie schluchzte, während sie sich langsam entkleidete. Sein gieriger Blick klebte dabei auf ihrem Körper. Vielleicht hatte sie doch noch eine Chance! So, wie er sie ansabberte, blieb das, was sie tat, nicht ohne Wirkung auf ihn. Der Gedanke gab ihr die Kraft, sich nicht ganz aufzugeben.

Als sie nackt vor ihm stand, kam er langsam näher. »Wir werden eine Menge Spaß miteinander haben. Du, ich … und die anderen.«

»Die anderen?«

»Du wirst sie alle kennenlernen. Nacheinander. Übe dich in Geduld. Aber zunächst werden wir zwei den Reigen eröffnen.«

»Ich weiß nicht einmal deinen Namen.« Vielleicht konnte sie ihn mit Reden hinhalten.

»Für dich bin ich der Leonhard, aber das ist alles ohne Belang.« Ohne Vorwarnung zuckte seine rechte Faust vor und schlug ihr ins Gesicht. Die Lippen platzten ihr auf, zwei Vorderzähne klackerten zu Boden. Gleichzeitig drängte er sie gegen die Wand. Blitzschnell hatte er ihr die Handfesseln über Kopf angelegt. Ein weiterer brutaler Schlag schloss ihr das linke Auge. Sie schrie vor Schmerzen. Währenddessen bückte er sich und legte ihr mit routinierter Schnelligkeit die Fußfesseln an. Schließlich trat er einen Schritt zurück und betrachtete sein Werk mit offensichtlicher Freude.

»Gut schaust du aus«, sagte er zufrieden.

Hannah stand wie ein X mit gespreizten Beinen und über dem Kopf gespreizten Armen vor ihm. Sie wünschte sich, endlich in Ohnmacht zu fallen. Oder aus dem Albtraum aufzuwachen.

Doch der Albtraum begann gerade erst.

Nun legte auch er seine Kleidung ab. Zunächst den Hut. Er hängte ihn an einen rostigen Nagel, der aus der Wand ragte.

Jetzt sah sie zum ersten Mal wirklich sein Gesicht. Es glich eher einem Hahnenkopf als einem menschlichen Antlitz. Einem *gerupften* Hahnenkopf. Die Haut war schuppig und von zahllosen winzigen Bluttropfen bedeckt, so als schwitze er sie aus. Und das, was sie für seine spitze Nase gehalten hatte, war sein Schnabel!

Während er sich weiter entkleidete und alles sorgfältig zusammenfaltete, sah Hannah, dass sein ganzer Körper an einen gerupften Hahn erinnerte. Sein Geschlechtsteil baumelte wie ein rasierter Hühnerhals zwischen seinen Beinen. Und endlich dämmerte es ihr: Das war kein Mensch, der vor ihr stand. Das war ein … ein …

Plötzlich hörte sie das Stöhnen. Es kam nicht von ihm. Es drang aus einem anderen Teil des Kellers. Sie sah sich um und bemerkte erst jetzt den Durchgang, der in einen weiteren Raum führte.

Ihr Peiniger bemerkte ihren Blick. »Mach dir keine Hoffnung. Dort hinten habe ich weitere Küken wie dich hängen. Manche sind schon längst schlachtreif.« Er lachte meckernd. Dann fasste er sie an. Seine rauen Hände schliffen wie Schmirgelpapier über ihre samtweiche Haut. Er hinterließ bei ihr die gleichen winzigen Blutstropfen, die auch ihn verunzierten. Erneut schrie sie auf. Diesmal vor Grauen.

»Was ist? Gefällt es dir nicht, wenn ich dich streichle?«

Bevor sie antworten konnte, wurde hinter ihm die Tür aufgestoßen und eine schwarzgekleidete Gestalt sprang herein.

»Was …?« Leonhard drehte sich herum, aber er war viel zu langsam. Bevor er sich verteidigen konnte, hatte ihn der Schwarzgekleidete bereits erreicht und zu Boden geschleudert. Der Überraschte knallte mit dem Kopf schwer auf den Stein, während sein Gegner sofort nachsetzte. Mit gezielten Faustschlägen setzte er ihn schachmatt. Dann hob er ihn mit einer Hand hoch und schleifte ihn zur Wand, um ihn dort mit Handfesseln zu fixieren. Er schien über schier übermenschliche Kräfte zu verfügen.

Der ungleiche Kampf hatte weniger als eine Minute gedauert. Der Besiegte hing schlaff in den Ketten und stöhnte.

Als Nächstes wandte sich der Schwarzgekleidete Hannah zu. Sie schöpfte neue Hoffnung, während er langsam näherkam und sie anlächelte. Wer war er? Woher kam er? All das war jetzt unwichtig. Wichtig war, dass er sie vor diesem Monster gerettet hatte.

»Mach mich los, bitte!«, flehte sie.

Er baute sich vor ihr auf. »Warum sollte ich das? Wo du dich mir doch so herrlich präsentierst.« Mit der Hand strich er fast liebevoll über ihre rechte Brust. »Hier drunter sitzt, was ich begehre. Den Rest von dir betrachte als Abfall.«

Hannah hatte keine Kraft mehr zu protestieren. Als er zu einer der in der Feuerschale liegenden Zangen griff und sie in Höhe ihres Herzens ansetzte, wusste sie, dass sie von einem Albtraum in den anderen geraten war.

»Ich habe eine Botschaft für dich«, sagte sie. Es war ein Leiern fast ohne Intonation. »Alexei erwartet dich.«

Er dachte an ihre Worte, während sie nun schweigend nebeneinander her durch die Nacht gingen. Die Callas führte ihn. Mehrfach hatte Michael Zamis versucht, von ihr zu erfahren, wo es hinging. Doch der Bann, unter dem sie stand, war zu stark. Selbst mit äußerster Konzentration vermochte er ihn nicht zu brechen. Also blieb ihm keine andere Wahl, als ihr zu vertrauen.

Aber was hieß schon vertrauen? Seitdem die Callas vor der Villa aufgetaucht war und Alexeis Namen genannt hatte, war nichts mehr wie zuvor. Die Schatten der Vergangenheit hatten ihn endgültig eingeholt. Und er musste sich ihnen stellen. Es war noch niemals gut gewesen, eine Sache nicht zu Ende zu führen. Egal, ob sie gut oder schlecht ausging. Es war an der Zeit, es auszufechten.

Er straffte sich, während er so langsam ahnte, wohin die Callas ihn führte. Das Café Zamis lag nur noch wenige Hundert Meter entfernt. Es war voraussehbar gewesen. Die Callas gehörte fast schon zum Inventar.

Während sie sich dem Café näherten, spürte er die Veränderung in der Atmosphäre. Sie war wie elektrisch aufgeladen, als würde ein Gewitter oder Unwetter bevorstehen.

Michael Zamis wusste, dass es einen anderen Grund hatte. Alexei Zamis bezog seine Macht aus dem Schwarzen Zimmer. Er schien so potent zu sein, dass seine Aura bis hierher reichte. Nein, es war mehr als die Aura. Undeutliche Schemen tanzten um ihn herum, ein warmer Wind, der den Geruch der Verwesung mit sich trug, schlug ihm entgegen. Die Schemen wisperten ihm ins Ohr, sie lachten und verhöhnten ihn und zerrten an seiner Kleidung.

Er wusste, dass sie ihm nichts anhaben konnten, dazu war ihre Präsenz zu schwach. Es musste sich um die Seelen der Opfer handeln, die Alexei im Laufe der vielen Jahrzehnte, in denen er dem Schwarzen Zimmer zu Willen war, getötet hatte.

Michael Zamis spürte, wie etwas nach seinem Geist tastete. Eine flüsternde Stimme, die er als die Alexeis erkannte, raunte ihm Schmähungen zu. Er drängte sie zurück, bis sein Kopf wieder frei war.

Das Café lag nun direkt vor ihnen, doch die letzten Schritte fielen ihm besonders schwer. Der Wind schlug ihnen nun mit Orkanstärke entgegen. Die Callas war zu schwach, um dagegen anzukämpfen. Michael fasste sie am Arm und zog sie mit sich. Letztlich hatte er nur ein schwaches Grinsen für Alexei übrig. Er ließ die Muskeln spielen, aber es beeindruckte Michael nicht im Geringsten. Das alles waren Chimären, die ihm nicht gefährlich werden konnten.

Dennoch kostete es ihn Kraft, die Tür zum Café aufzustoßen und die Callas hineinzudrängen. Er selbst folgte, während die Tür hinter ihm zufiel. Augenblicklich war der magische Sturm nicht mehr zu spüren. Das Café erwies sich einmal mehr als Refugium, in dem die meiste Magie nicht funktionierte. Er fragte sich, ob das auch für Alexei galt.

Der Mann stand mit dem Rücken zur Theke gewandt. Alexei Zamis hatte sich nicht verändert. In all den Jahrzehnten schien er um keinen Tag gealtert. Nach außen wirkte er noch immer wie ein dreißigjähriger Mann, obwohl seine Haare ergraut waren. Aber grau waren sie schon damals gewesen, als Michael ihn kennengelernt hatte. Seine Gesichtszüge wirkten unscharf, als liege ein Schleier über ihnen. Seine Augen erstrahlten in einer hypnotischen, undefinierbaren Mischung aus Grau und Gelb.

Die beiden Männer standen sich gegenüber wie Duellanten. Sie schätzten einander ab. Dann endlich lächelte Alexei Zamis. Es war ein kaltes Lächeln, aber dennoch sollte es so etwas wie Entspannung ausdrücken. »Ich freue mich, dass du gekommen bist.«

Michael Zamis lächelte nicht, als er fragte: »Was willst du von mir? Seit damals sind wir quitt miteinander.«

»Oho, sind wir das?«, fragte Alexei höhnisch. Er sah sich nach Karl um, der stoisch hinter der Bar stand und Gläser polierte, als interessiere ihn alles um ihn herum nicht im Geringsten. Die Callas stand noch immer neben sich und reagierte ebenfalls nicht. Sonst war niemand mehr im Café. Selbst Vindobene hatte sich offenbar verdrückt.

»Quitt nennt der mächtige Michael Zamis es also, wenn er

jemanden übers Ohr gehauen hat? Das Schwarze Zimmer gehört mir, nicht dir. Ich habe dir prophezeit, dass wir uns einmal wiedersehen werden. Der Fluch hat sich erfüllt.«

»Ich weiß von keinem Fluch. Ich weiß nur, dass ich mich am besten niemals mit dem Schwarzen Zimmer befasst hätte.« Er näherte sich Alexei, bis die beiden Männer nur einen Meter voneinander entfernt standen.

Alexei hielt dem Blick stand, während er erwiderte: »Niemand kann sich dem Schwarzen Zimmer entziehen. Es wusste, dass die Zeit kommen würde, da jemand seine Kräfte wieder erwecken würde.«

»Ich weiß. Ich wusste es in dem Augenblick, da Coco auf dieses Café stieß. Seit damals, als ich meinen Anteil des Zimmers in den Katakomben verschloss und versiegelte, fürchtete ich diesen Tag. Ich habe ihn nicht verhindern können.«

Indem Coco das Café Zamis eröffnete, unter dessen Katakomben ein Teil des Zimmers lagerte, war die Bestie erwacht. Ohne es zu wissen, hatte sie andere, *ältere* Kräfte erweckt. Er konnte seiner Tochter nicht einmal einen Vorwurf machen. Er war zu schwach gewesen, es zu verhindern. Sogar zu stolz, sie zu warnen. Er hatte sie ins Verderben laufen lassen. Und nun waren sie alle bedroht. Er hätte es besser wissen müssen.

»Was erwartest du jetzt von mir?«, fragt Michael Zamis angewidert.

»Dass du nach Russland reist und das vollendest, was dir damals nicht gelungen ist: Wolkow zu besiegen und das Schwarze Zimmer zu vereinigen!«

»Das hatte ich eh vor!«, knurrt Michael Zamis. »Aber was wird danach passieren?«

»Was immer du willst.«

Michaels Augen verengten sich zu schmalen Schlitzen, während er sein Gegenüber musterte. Doch Alexeis Miene war undurchschaubarer denn je.

»Also gut«, sagte er schließlich. »Über den Preis sprechen wir, wenn ich Wolkow erledigt habe.«

Grußlos drehte er sich um. Doch an der Tür verharrte er, als sei ihm noch etwas eingefallen. Schließlich wandte er sich abermals an Alexei:

»In der Schwarzen Familie herrscht seit Tagen einige Unruhe. Jemand von außerhalb wütet in der hiesigen Rotlichtszene und hinterlässt eine blutige Spur.«

Alexei zog theatralisch eine Augenbraue hoch: »So? Warum sagst du mir das?«

»Bisher traf es nur Menschen, doch gestern hat es jemand auf Hühner-Leo abgesehen …«

»Ich kenne den Menschen nicht.«

»Hühner-Leo ist ein Freak mit geringen magischen Kräften, die er dazu benutzt, Damen aus dem Milieu für sein spezielles Gewerbe zu gewinnen.«

»Und das wäre?«

»Er reitet sie zu. Und überlässt sie dann denjenigen Freaks, die am meisten zahlen.«

»Seit wann interessiert sich ein Michael Zamis für einen räudigen Freak?«

Für einige Sekunden sah es so aus, als würde sich Michael auf seinen Kontrahenten stürzen. Es arbeitete in seinem Gesicht. Doch schließlich setzte er sein gewohntes Pokerface wieder auf. »Jemand hat Hühner-Hugo und eine Dirne gestern Nacht ermordet, indem er ihnen das Herz herausriss. Die Öffentlichkeit ist beunruhigt. Es ist riskant, auf diese Weise auf uns aufmerksam zu machen. Ab sofort erwarte ich von dir Zurückhaltung, verstanden?«

»Und wenn nicht?«

»Dann wird spätestens mein Nachfolger mit dir abrechnen. Also?

»Verstanden«, sagte Alexei. Er grinste nicht mehr.

Moskau zeigte sich von der unwirtlichsten Seite. Ein heftiger Schneeregen wehte Michael Zamis ins Gesicht. Schneekristalle verfingen sich in den schulterlangen Haaren, während er vor dem Hotel stand und hinaufsah. Dabei versuchte er mit seinen magisch geschulten Sinnen mehr zu ertasten, als seine Sehorgane vermochten. Er sah hinauf zu der Dachterrasse, von der seine Tochter hinab in die Tiefe gesprungen war. Immer wieder rief er sich die Szene vor Augen, die er in der Kristallkugel gesehen hatte. Sie hatte sich in sein Gedächtnis eingebrannt und schmerzte wie eine offene Wunde. Coco war gesprungen, daran hatte er nicht den geringsten Zweifel. Doch bevor sie aufgeprallt war, war die magische Aufzeichnung zu Ende gewesen. Weder er noch ein anderes Familienmitglied hatte Cocos Todesimpuls gespürt.

Er war Rationalist. Also glaubte er nicht daran, dass seine Tochter gestorben war. Anderseits würde kaum ein Dämon einen solchen Sturz überleben.

Seine Gedanken überschlugen sich, prüften eine These nach der anderen, während er weiterhin nach einem Lebensimpuls seiner Tochter tastete.

Nach wie vor stand er wie erstarrt und schaute die Fassade des Baltschug Kempinski hinauf, während sich ein Teil seines Geistes aus seinem Körper löste und sich auf Wanderschaft begab. Unsichtbar huschte sein Geist durch die Eingangspforte des Hotels, schwirrte an einigen Gästen vorbei und nistete sich kurz in den Gedanken eines Pagen ein. Er wurde fündig.

Der Page erinnerte sich an Coco. Das Bild einer attraktiven

jungen Frau haftete wie ein Pin-up in seinem Kopf. Michael Zamis versuchte tiefer in ihn einzudringen, stieß aber gegen eine unsichtbare Wand. Für ihn war das der Beweis, dass jemand die Erinnerungen des Mannes manipuliert hatte. Enttäuscht ließ er ihn ziehen und versuchte es bei der Empfangschefin, die hinter dem Tresen stand. Es war eine resolute, schlanke Geschäftsfrau mit blond gefärbten Haaren. In ihren Gedanken fand er klare Strukturen vor – und wiederum war da ein Abbild von Coco. Die Emotionen, die er dabei auslöste, waren eher von Neid und Eifersucht geprägt. Aber auch bei ihr prallte er auf ein Hindernis, wenn er versuchte, tiefer zu gehen.

Enttäuscht ließ er von ihr ab. Vielleicht war er ja zu ungeduldig. Vielleicht musste er sich nur ein wenig länger in ihren Gedanken einnisten, um Erfolg zu haben. Er versuchte es bei einem der Pagen, die neben den Aufzügen standen. Auch in dessen Erinnerungen fand er ein Abbild seiner Tochter. Dass der Page sie nackt abgespeichert hatte, sprach aber wohl eher für seine schmutzige Fantasie, die ihr Anblick bei ihm ausgelöst hatte.

Ein Chihuahua riss sich samt diamantbesetzter Leine von seinem Frauchen los und kam kläffend auf den Pagen zugerast. Wahrscheinlich spürte der Hund die unsichtbare Präsenz, die Michael Zamis ausstrahlte. Er verbiss sich in dem Hosenbein des Hotelbediensteten und war nur mit Mühe zu bändigen. Selbst als sein Frauchen herbeigestürzt kam und ihn losreißen wollte, ließ er nicht locker.

Michael reagierte genervt, indem er den Pagen beeinflusste, dem Tier einen Tritt zu geben.

Der Hund jaulte auf, während er mehrere Meter durch die Luft gewirbelt wurde und mit gebrochenem Rückgrat auf dem Teppich regungslos liegen blieb.

»Mörder!«, schrie seine Besitzerin und stürzte auf den Pagen los. Mehrere der anderen Gäste schauten pikiert.

Michael Zamis trieb es zur Eile. Er löste sich aus dem Körper des Pagen und huschte in den Aufzug, dessen Türen sich soeben schlossen. Auch hier spürte er die Präsenz seiner Tochter. Sie war hier gewesen. Mit diesem Aufzug war sie gefahren. Wieder gab er sich ganz der Spurensuche hin, versuchte die Aura zu ertasten, die sie in diesem engen Raum hinterlassen hatte, vergegenwärtigte sich Cocos Gestalt, wie sie hier gestanden und von den Männern angegafft worden war. Einen Hauch dieser vergangenen Präsenz, die sie hinterlassen hatte, konnte er spüren.

Der Aufzug hielt in mehreren Etagen, aber erst in einer der oberen war er sicher, dass seine Tochter hier ausgestiegen war. Bevor die goldene, von Marmor eingefasste Lifttür wieder zuglitt, schwebte er hinaus.

Und plötzlich glaubte er sie vor sich zu sehen. Sie war durchscheinend wie ein Gespenst, und er wusste, dass es nur ein Abglanz der Vergangenheit war, den er kraft seiner Sinne heraufbeschwor. Seine Tochter schwebte vor ihm her. Anscheinend unterhielt sie sich, aber er konnte die anderen Personen nicht sehen. Sie blieben für ihn unsichtbar. Er folgte der Erscheinung, bis sie vor einer Tür stand. Sie blickte auf ihre Schlüsselkarte und sagte irgendetwas zu ihrem unsichtbaren Begleiter.

Michael verstärkte seine magischen Sensoren bis zur Schmerzgrenze. Aber mehr als seine Tochter vermochte er nicht zu sehen. Er wusste nicht, mit wem sie zusammen war und was sie sagte.

Eine Zimmertür öffnete sich, und sie spazierte hinein. Er folgte ihr und gelangte in eine geräumige, luxuriös ausgestattete Suite. Der Schemen seiner Tochter gewann an Kontur, war aber immer noch durchscheinend. Als er genauer hinschaute, teilte sich das geisterhafte Abbild. Fünf, zehn und mehr Cocos huschten plötzlich durch den Raum. Michael Zamis begriff, dass er sie gleichzeitig in verschiedenen Zeiten sah. Nun hörte er auch Stimmen, und einmal tauchte ein weiterer Mann auf. Er spürte dessen Macht selbst über den vergangenen Zeitraum hinweg. Die in einen Bärenfellmantel gehüllte, schemenhafte Gestalt war über zwei Meter groß, mit kurz geschorenem, silberweißem Haar und Bart. Es gab nur einen Mann auf der Welt, der ein derartiges Äußeres zur Schau trug, und Michael Zamis erkannte ihn sofort: Theodotos Wolkow. Das Oberhaupt der mächtigsten Moskauer Dämonensippe stand greifbar vor ihm. Zumindest sein Abbild. Aber es bewirkte, dass Michael Zamis in Wut geriet. Zumindest hatte er nun den Beweis: Wolkow war mit Coco zusammengetroffen. Aber hatte er sie auch auf dem Gewissen?

Das Bild des Oligarchen verblasste wieder, und Michael Zamis konzentrierte sich erneut auf seine Tochter. Offensichtlich hatte sie sich sehr lange in diesem Zimmer aufgehalten. Ab und an hörte er sogar ihre Stimme: »Asmodi …«

Deutlich vernahm er mehrmals den Namen. Der Fürst der Finsternis also! Er hatte seine Hände im Spiel. Das hätte er sich denken können!

Er konzentrierte sich auf eines der Abbilder. Es war von allen anderen am klarsten und deutlichsten zu erkennen. Schließlich verließ ihn die Geduld. Nein, hier würde er nichts mehr erfahren, es sei denn, er würde noch länger seine Zeit vergeuden.

Sein Geist wanderte weiter. Diesmal nahm er den direkten Weg, indem er einfach durch die Zimmerdecke schwebte. Er fand sich auf der Dachterrasse wieder. Von hier hatte sich Coco hinab in die Tiefe gestürzt.

Ein weiteres Mal konzentrierte er sich mit aller Kraft, um die Vergangenheit herbeizubeschwören. Da endlich sah er seine Tochter wieder! Die Erscheinung wirkte fast real. Es war jemand bei ihr. Von irgendwoher kannte er den Kerl. Er hatte ihn schon einmal gesehen. Dann fiel es ihm ein: Helmut von Bergen hieß der Mistkerl. Ein windiger Fürst und Dämon, der seine besten Zeiten hinter sich hatte. Was hatte von Bergen mit seiner Tochter zu schaffen? Er trug sie wie ein Kind auf den Armen.

Michael Zamis konzentrierte sich wieder auf Coco. Sie sah müde und erschöpft aus. Gleichzeitig stand ihr die Panik im Gesicht geschrieben. Wahrscheinlich wurde sie verfolgt, und die Dachterrasse war ihre letzte Zuflucht. Hatte von Bergen damit zu tun? Nein, es schien eher so, als seien beide auf der Flucht. Ein eiskalter Wind ließ Cocos Haare wehen. Dann hatte von Bergen die Dachterrasse erreicht. Coco, die noch immer in seinen Armen hing, schwebte über dem Abgrund.

Am liebsten hätte Michael Zamis aufgeschrien und wäre dazwischengefahren. Die Szene war so real, dass er sich beherrschen musste. So oder so war er machtlos.

Was er sah, war längst passiert, war Vergangenheit und nicht mehr rückgängig zu machen.

Dennoch hätte er am liebsten die Augen geschlossen, als er nun mit ansehen musste, wie von Bergen Coco einfach fallen ließ. Aber nicht einmal den Blick konnte er abwenden. In seinem Zustand war er körperlos, besaß keine Augen, nur seine magischen Sinne, und die konnte er nicht einfach ausblenden.

Mehr noch, er musste wissen, ob sie wirklich in den Tod gestürzt war. Wie ein unsichtbarer Blitz huschte sein Geist vorwärts und ließ sich ebenfalls hinab in die Tiefe fallen. Zehn Stockwerke unter sich sah er Coco, wie sie dem Erdboden entgegenfiel. Er schoss zu ihr auf, sah das Entsetzen in ihrem Gesicht – all das in Bruchteilen von Sekunden.

Plötzlich sah er die Raben. Zuerst hielt er sie für real, dann begriff er, dass auch sie nur die Vergangenheit widerspiegelten. Sie schossen von überallher auf Coco zu und verkrallten sich in ihr. Cocos ganzer Körper war von den flatternden und krächzenden Tieren bedeckt. Sie stürzten mit ihr in die Tiefe, aber ihre Flügelschläge verlangsamten den Fall.

Das waren keine normalen Raben! Sie verfügten über magische Kräfte, ansonsten hätten sie dieses Kunststück nicht fertiggebracht.

Dann erreichten sie den Boden. Etliche der Raben wurden zerquetscht. Doch der Fall war derart verlangsamt worden und Cocos Aufprall so weich, dass sie überlebte.

Sie war nicht tot!

Er hatte es von Anfang an gewusst: Seine Tochter war am Leben!

Jetzt musste er sie nur finden. Und sich um Wolkow kümmern.

Vielleicht war beides auch nur ein Abwasch.

»Du hier?« Georgs Begrüßung klang genauso überrascht, wie er war. Er verstellte sich nicht.

Vor der Gartentür der Villa Zamis stand sein Bruder Adalmar. Das lange Haar und der Bart sahen zerzaust aus, als wäre er durch die Nacht geritten. Oder geflogen. Er traute Adalmar alles zu.

»Wen hast du sonst erwartet?«, knurrte Adalmar. »Seit wann ist mir der Eintritt verwehrt?« Seine rabenschwarzen Augen blitzten zornig.

Georg wirkte einen Zauber, der die magische Sicherung der Gartenpforte für einige Sekunden außer Kraft setzte, und öffnete sie für seinen Bruder. Adalmar schritt mit missgelauntem Gesicht hindurch.

Während sie den gewundenen Kiesweg zur Haustür gingen, sagte Georg: »Während du deinem Privatvergnügen fröntest, hatten wir hier einigen Ärger auszustehen. Seitdem Vater fort ist, hielten wir es zudem für besser, sämtliche magischen Fallen zu verstärken. Du weißt ja selbst …«

»Ich weiß über alles Bescheid.« Adalmar kanzelte seinen Bruder mit einer Handbewegung ab. »Vater hat mich die ganze Zeit über den Stand der Dinge unterrichtet. Deswegen bin ich hier. Ihr habt ebenfalls die Schwarze Depesche erhalten?«

»Ja, aber …« Georg rang sich ein schiefes Lächeln ab. »Herzlichen Glückwunsch, Bruderherz, dass du Vater vertreten darfst.«

»Das ist kein Kindergeburtstag. Natürlich habe ich damit gerechnet, dass er mir die Nachfolge überträgt. Wer sonst soll in der Lage sein, den Niedergang unserer Sippe aufzuhalten?«

Georg biss sich auf die Zunge und schwieg.

»Es wird sich einiges ändern«, redete sein Bruder weiter. Er wies zur Pforte: »Eine gewisse Vorsicht ist sicherlich vonnöten, aber eine der mächtigsten Sippen Wiens hat es nicht nötig, sich zu verstecken. Wenn wir zu alter Stärke zurückgefunden haben, wird das Haus Zamis wieder offen sein für jeden, indem wir unsere Macht nach außen tragen. Dennoch werden wir vorerst die Sicherheitsmaßnahmen verstärken …«

Georg war froh, als sie endlich drinnen waren, und er sich die Allmachtsfantasien seines Bruders wenigstens nicht mehr allein anhören musste.

Auch seine Mutter war nicht erfreut, mitten in der Nacht in die Bibliothek zum Familienrat herbeigerufen zu werden. Volkart und Demian waren ebenfalls geladen. Die eine Person, zu der die Zwillinge wiedervereint worden waren, gähnte demonstrativ. Adalmar hatte auf dem bequemen Sofa Platz genommen, das sonst allein Michael Zamis für sich in Anspruch nahm. Die anderen saßen verteilt auf schmalen Sesseln.

Bevor Adalmar das Wort ergreifen konnte, sagte Thekla Zamis: »Was immer du zu sagen hast, mein Sohn, mache es bitte kurz. Wir alle haben die Schwarze Depesche gelesen. Also spiel dich nicht unnötig auf. Dein Vater wird, so schnell er kann, wieder die Familiengeschäfte übernehmen.« Sie kannte ihren Sohn gut genug. Bei allem Talent, das in ihm steckte, manchmal war Adalmar zu ehrgeizig.

Adalmar warf ihr einen finsteren Blick zu. »Verzeih, Mutter, aber ich glaube, du nimmst es nicht ernst genug. Vater hätte nie eine Schwarze Depesche verschickt, wenn er nicht Sorge hätte, dass er nicht zurückkehren wird.«

»Bleib auf dem Teppich. Eine Depesche ist kein Schwarzes Testament. Wenn du wirklich der Ansicht bist, dass dein Vater ernsthaft in Gefahr ist, sollten wir ihm beistehen.«

»Die Entscheidungen überlässt du bitte mir«, sagte Adalmar. »Ich habe euch zusammengerufen …«

»Er hat uns zusammengerufen?«, fragte Demian dazwischen, und Volkart antwortete aus demselben Mund: »Ich habe ihn auch nicht rufen hören.«

»Trotzdem, Georg hat recht: Vater ist in Gefahr. Wir müssen helfen«, sagte Demian, während Volkart zu singen begann: »Russland, Russland, Russland ist ein weites Land …«

»Ruhe!«, donnerte Adalmars Stimme dazwischen. »Ruhe oder ich werfe euch zwei Idioten dem Basilisken zum Fraß vor!«

Die beiden Zwillinge schwiegen pikiert.

»Mäßige dich im Ton!«, sagte Thekla Zamis. »Es sind deine Brüder.«

Adalmar seufzte tief. »Allmählich begreife ich, warum unsere Familie so weit heruntergekommen ist.« Er straffte sich, schaute drohend in die Runde, als erwartete er weiteren Widerspruch und fuhr schließlich mit betont ruhiger Stimme fort: »Solange Vater fort ist, vertrete ich seine Stelle. Sobald auch Lydia eingetroffen ist, werden wir zu einem Schwarzen Sabbat laden und die Nachfolge verkünden.«

Erneut regte sich Unmut. »Hört, hört!«, sagten Volkart und Demian. Thekla murmelte verächtlich: »Als hätten wir gerade nichts Besseres zu tun, als einen Schwarzen Sabbat auszurichten.«

Zum ersten Mal seit seinem Auftauchen in der Villa verzogen sich Adalmars Lippen zu einem schmalen Lächeln. »Ich bin nicht plötzlich größenwahnsinnig geworden. Vertraut mir. Aus dem Schwarzen Sabbat werden wir gestärkt hervorgehen. Jeder wird wissen, was er riskiert, sollte er unsere momentane Schwäche ausnutzen. Umgekehrt werden wir uns umhören, ob es eine Möglichkeit gibt, Vater zu helfen.«

Alle nickten. Auch Thekla war einverstanden. Adalmar nickte zufrieden. Die erste Hürde war geschafft.

»Und jetzt«, trug er den Zwillingen auf. »Geht in den Keller und holt eine von Vaters besten Whiskyflaschen herauf. Am besten einen Port Ellen. Wir wollen anstoßen!«

Zwei Tage war er nun schon in Moskau. Zwei Tage, in denen er nach seiner Tochter gesucht hatte. In den Hotels und Sehenswürdigkeiten der Stadt, in den Parks und versteckten Winkeln. In den Hochhausbezirken hatte er sich ebenso umgesehen wie in den slumähnlichen Hüttenvierteln. Er hatte sich bei den Obdachlosen unter den Brücken und in den U-Bahn-Schächten erkundigt, nicht immer auf die feine Art. Er hatte das gesamte U-Bahn-Netz erkundet, jeden verborgenen Winkel erforscht, aber Cocos Spur hatte sich verloren. Noch merkwürdiger kam ihm vor, dass sich die Freaks verkrochen. Nicht ein Einziger kam ihm zu Gesicht, den er hätte ausquetschen können. Gerade die Freaks waren in der Regel bestens informiert.

Aber auch Wolkow schien wie vom Erdboden verschluckt. Michael Zamis hatte sämtliche bekannten Adressen abgeklappert und heimlich observiert. Vergeblich.

Es hatte Zeiten gegeben, da hatte er selbst eine russische Seele besessen, doch das moderne Russland war ihm fremd. Er hatte keinen Zugang mehr.

Die alten Zeiten … Während er einmal mehr durch die windigen Straßenschluchten marschierte, wanderten seine Gedanken weit zurück in die Vergangenheit. Und als hätte sein Unterbewusstsein seinen Hilferuf vernommen, stand er plötzlich vor einem winzig scheinenden Lokal. Er stutzte, denn er erkannte es sofort. Hier war er früher oft eingekehrt und hatte der hübschen Galina den Hof gemacht.

Das kleine Lokal hatte keinen Namen, und es hing auch keine Speisenkarte am Eingang. Jeder, der es zum ersten Mal betrat, war überrascht, wie voll es darin war.

Ob Galina noch so hübsch wie damals war? Ehe er es sich anders überlegte, hatte Michael Zamis das Lokal betreten. Er sah gleich, dass sich einiges verändert hatte.

Der Laden, der nur von außen so klein wirkte, sich in Wirklichkeit aber wie ein Schlauch in die Länge zog, war völlig verstaubt. Früher hatte jeden, der eintrat, nicht nur das Stimmengewirr der zahlreichen Gäste, sondern auch das Ticken unzähliger Uhren begrüßt. Die Uhren standen auf Regalen und Tischen, in Nischen und sogar auf dem Boden. Doch sie alle waren stehen geblieben.

Fast glaubte Michael Zamis, niemanden hier mehr anzutreffen, als er schlurfende Schritte hörte.

Hinter dem Tresen tauchte eine uralte Frau auf. Ihr Kleid glich einem Stofflumpen. Es schlotterte um ihren abgemagerten Körper. Das faltige Gesicht erinnerte an einen Totenschädel, über dessen Knochen sich statt Fleisch brüchiges Pergament spannte. Aber erst, als sie den zahnlosen Mund öffnete und erstaunt seinen Namen nannte, erkannte Michael Zamis, dass er Galina gegenüberstand.

Ihr Zustand erschütterte ihn mehr, als er zugeben wollte. Als Dämon hatte er nie einen Gedanken an Alter und Siechtum verschwendet. Aber sie, die er einst als blühende Schönheit angehimmelt hatte, so zu sehen, erinnerte ihn an seine eigene Vergänglichkeit. Rasch schüttelte er die schwarzen Gedanken ab und trat näher.

»Du bist es wirklich?«, fragte er.

»Ja, ich bin deine Galina. Erinnerst du dich an mich?«

»Natürlich, ich habe dich nie vergessen.«

Sie lachte rau. Es hörte sich an wie der Hustenanfall einer Asthmakranken. »Deswegen hast du dich seit ewigen Zeiten auch nicht mehr hier blicken lassen, was? Viel ist passiert seit damals …« Sie bückte sich und zauberte wie aus dem Nichts eine Wodkaflasche hervor. »Aber die Flasche, aus der du zuletzt getrunken hast, habe ich verwahrt. Du weißt, bei mir überdauert alles die Zeit.« Sie kicherte.

Ja, nur du hast die Zeit nicht überdauert, dachte Michael mit einer gewissen Wehmut. Galina war eine begabte Hexe gewesen. In ihrem Lokal mussten die Gäste nicht mit Geld bezahlen. Sie zahlten mit Zeit. Lebenszeit. Unter den Dämonen war dieser Ort eine beliebte Anlaufstelle gewesen. Dämonen hatten Lebenszeit in Hülle und Fülle. Es schadete ihnen nicht, etwas davon abzugeben und dafür ihren Spaß zu haben. Und auch Galina hatte schließlich Zeit genug angesammelt, sie war immer jünger und schöner geworden, sodass sie sie nicht mehr selbst benötigte, sondern auf magische Weise in ihre Uhren einfließen ließ. Auf Abruf.

Auch Menschen kamen hierher. Vor allem ältere, die sich von Galina eine Verjüngungskur versprachen. Mancher kam als Greis und verließ das Lokal als Mann in den besten Jahren. Dafür hatte er seine Seele verpfändet. Das war Galina: eine Zeit- und Seelenhändlerin.

Nun schien sie nur noch eine kraftlose alte Vogelscheuche zu sein.

Mittlerweile hatte sie zwei Gläser mit Wodka gefüllt und schob eines davon Michael hin. Ihres erhob sie und sagte: »Auf alte Zeiten!«

»Ja, auf alte Zeiten«, sagte Michael Zamis und ließ den Wodka genussvoll die Kehle hinabrinnen. Danach warf er das Glas hinter sich, wo es an der Wand zersprang.

»Was ist mit dir passiert?«, wollte er schließlich wissen.

»Mit mir? Interessiert dich mein Schicksal wirklich?« Auch sie trank nun ihr Glas leer. Dann sagte sie. »In Zeiten, in denen die Wolkows regieren, ist für jemanden wie mich kein Platz mehr. Die Dämonen machen es den Menschen nach und hecheln nach immer mehr Macht. Sie tummeln sich auf genau denselben Feldern und machen ihr Geschäft mit Energie, Krieg, Drogen und Prostitution. Sie suchen das kurzfristige Vergnügen und gleichzeitig den ultimativen Thrill und haben keinen Sinn mehr für magische Spielereien, wie ich sie praktizierte. Selbst die Menschen kaufen die Jugend heutzutage an jeder Straßenecke ein.«

Ihr Atem rasselte, als hätte sie die Rede bereits überanstrengt.

»Ab und zu verirrt sich jemand hierher. Nur deswegen bin ich nach wie vor am Leben.« Sie sah ihn an und lächelte. Ihr zahnloser Mund erinnerte ihn an eine Fledermaushöhle.

»Du hast Wolkow erwähnt. Ich suche ihn.«

»Viele suchen ihn«, erwiderte Galina. »Aber bei mir findest du ihn ganz bestimmt nicht. Noch einen Wodka?«

Bevor er antworten konnte, begann eine Uhr zu ticken. Erstaunt sah er sich um und blickte auf eine alte Standuhr. Ihr Pendel schlug gleichmäßig aus.

»Du hast dir einen zweiten Wodka verdient«, sagte Galina. »Du hast die Uhr wieder zum Laufen gebracht.«

Während er auf das Ziffernblatt starrte, wurde ihm schwindlig. Irgendetwas ging hier vor, irgendetwas … er taumelte. Sein Blick irrte erneut zu der Standuhr. Die Zeiger bewegten sich rasend vorwärts, auch das Pendel schlug schneller.

»Ich würde lügen, wenn ich behaupten würde, dass ich immer gewusst hätte, du würdest eines Tages wiederkommen. Nein, aber für jeden meiner Gäste habe ich eine Uhr hier stehen. Und diese Standuhr, Michael Zamis, ist für dich reserviert.«

Nur mit Mühe konnte er den Kopf bewegen und den Blick von der Uhr abwenden.

»Keine Angst, du wirst nicht gleich sterben. Es wird Tage dauern, bis deine Kräfte versiegt und auf mich übergegangen sein werden.«

Er war hilflos. Er stand unter ihrem Bann. Zu leichtgläubig hatte er sich übertölpeln lassen. Verzweifelt kämpfte er gegen die zunehmende Taubheit in den Gliedern an. Es gelang ihm, zumindest einen Schritt nach vorne zu machen.

Galina lachte gehässig, als er stolperte und sich nur aufrecht halten konnte, indem er sich am Tresen festhielt.

»Ja, irgendwann zieht es den einen oder anderen von euch doch wieder hierher. Und so lange habe ich die Hoffnung, noch ein paar Jährchen am Leben zu bleiben …«

Plötzlich wurde die Eingangstür aufgerissen. Galina zuckte zusammen, als zwei bullige Männer hereinmarschiert kamen.

Sie trugen kurze Lederjacken und Armeehosen. Der eine war kahlrasiert, der andere hatte schulterlange, schwarze Locken. Beide wirkten sie nicht so, als wollten sie nur etwas trinken. Galina spürte die dämonische Ausstrahlung der beiden.

Misstrauisch schaute sie ihnen entgegen. Die beiden dagegen schauten nur Michael Zamis an. Als der Glatzköpfige heran war, packte er den Wehrlosen grob an der Schulter.

»Fass ihn nicht an!«, keifte Galina. »Er gehört mir! Wenn ihr etwas wollt, dann zahlt gefälligst dafür!«

»Halt's Maul, Alte!« Der Glatzkopf hielt es nicht einmal für nötig, sie anzusehen.

Der Langhaarige hatte Michael nun ebenfalls erreicht. Sie nahmen ihn in die Mitte.

»Was habt ihr mit ihm vor?«

»Ich sag doch: Halt's Maul!«

»Lass sie doch ein wenig plaudern«, schlug der Langhaarige vor. »Vielleicht weiß sie mehr. Was hat er dir erzählt?«

»Erzählt? Was soll er mir erzählt haben? Ich kenne ihn nicht.« Sie war keineswegs eingeschüchtert. »Nehmt ihn meinetwegen mit, aber zahlt vorher seine Zeche.«

Der Glatzkopf funkelte sie drohend an. »Lüg uns nicht an, alte Hexe! Deine Bezahlung ist stadtbekannt.« Er wies auf Michael Zamis. »Der Kerl hier spioniert schon seit Tagen in ganz Moskau herum. Wenn du es dir nicht mit unserem Boss verderben willst, dann fällt dir vielleicht doch noch was ein.«

»Ihr wollt also nicht für ihn zahlen?« Ihre Stimme klang drohend. Die beiden Gorillas sahen sich an. Dann platzte dem Glatzkopf der Kragen. »Verzieh dich, Alte, ehe ich dir die Rechnung präsentiere!« Er hielt es für einen gelungenen Witz und lachte. Dabei zogen sich seine Lippen zurück, verwandelten sich in schwarze Lefzen, und er zeigte sein Wolfsgebiss. Galina ließ sich nicht beeindrucken.

»Wenn ihr nicht freiwillig zahlt, dann muss ich euch zwingen.«

Auch der zweite Koloss begann zu lachen. »Du altes Weib? Wärst du jünger, würde ich meinen Spaß mit dir haben und dir jedes deiner Worte auf andere Weise zurück in dein Maul schieben. So aber …« Er holte blitzschnell zu einem Schlag aus, erstarrte aber mitten in der Bewegung.

Eine der vielen Uhren hatte zu ticken begonnen. Eine weitere fiel in den Takt ein. Andere folgten. Innerhalb weniger Sekunden erdröhnte Galinas Kneipe unter dem Ticken unzähliger Uhren. Während der Glatzköpfige nach wie vor wie eingefroren dastand, hielt sich der zweite Schlägertyp die Ohren zu. Er taumelte zwar, schien aber weniger anfällig zu sein als der Glatzkopf. Sein Kopf schwoll ebenso an wie sein Körper. Seine Kleidung zerriss, als der sich ausdehnende Leib sich in eine Werwolfgestalt verwandelte. Mit gebleckten Zähnen torkelte er auf Galina zu.

Doch er hatte die Rechnung ohne Michael Zamis gemacht. Er war aus seiner Lethargie erwacht. Als der Angreifer an ihm vorbeiwankte, schlug Michael zu. Er rammte ihm die Faust in den Bauch. Dabei begleitete er den Schlag mit gerade so viel Magie, dass der Hüne erst einmal zu Boden ging. Ein zweiter Schlag brach sein Rückgrat.

»Lass ihn am Leben«, sagte Galina. »Ich brauche es.« Die Gier glänzte in ihren schwarzen Rattenaugen. Michael nickte. Er war außer Atem. Die zwei Schläge hatten ihm mehr Kraft gekostet, als er gedacht hatte. Sein Blick fiel auf den anderen Schläger. Er stand noch immer regungslos wie eine Statue da.

»Ich habe beide unter Kontrolle«, sagte Galina. Täuschte sich Michael, oder klang ihre Stimme nicht schon viel heller und jugendlicher? Wie auch immer, ihn hatte sie verschont. Er sah zu der Standuhr. Ihre Zeiger waren wieder stehen geblieben.

Michael Zamis nickte. »Ich bin dir zu Dank verpflichtet. Ohne dich hätten mich die beiden getötet.«

»Es wird Zeit, dass dem Großmaul Wolkow jemand entgegentritt. Jemand wie du. Und was den Dank betrifft: Versprich nichts, was du nicht halten wirst.«

»Aber wo finde ich Wolkow?«

Galina wies auf den am Boden liegenden Langhaarigen. Er stöhnte und wimmerte vor Schmerzen. »Ich habe dich nur gebeten, ihn am Leben zu lassen. Aber du kannst ihn gerne befragen.«

Zehn Minuten später hatte Michael Zamis aus ihm herausbekommen, wo Wolkow sich aufhielt.

»Ich bin überzeugt, dass irgendetwas – irgendeine immens mächtige magische Entität – nach Jahrhunderten des Schlafes oder der Gefangenschaft im Hauptteil des Schwarzen Zimmers erwacht ist und nun die Eigentümer der versprengten Bruchstücke des Zimmers attackiert …«

Wolkows Worte hallten nach wie vor in Coco nach, obwohl es einige Tage her war, dass er ihnen das Angebot gemacht hatte, zusammenzuarbeiten.

»Ich traue ihm nicht!« Helmut von Bergen hatte sich raunend zu Coco Zamis gebeugt. Sie saßen im »Schwarzen Bären«, einem Wirtshaus, das wie geschaffen für Theodotos Wolkow schien. Der Dämon mit dem Bärenfellmantel hatte sie kurz allein gelassen, weil er mit einem Informanten an der Theke eine Unterredung hatte.

Coco verdrehte die Augen. »Das sagst du jetzt schon zum tausendsten Mal. Glaubst du, ich traue ihm über den Weg? Aber wir haben keine andere Wahl. Bisher haben wir ihn weder besiegen können, noch eine Spur des Schwarzen Zimmers gefunden. Also machen wir gute Miene zum bösen Spiel und gehen weiterhin scheinbar auf sein Angebot ein, gemeinsam das Zimmer zu suchen.«

Die Adresse, die Wolkow ihnen vor ein paar Tagen hatte zukommen lassen, war die des Kaliningrader Zoos gewesen. Einer der Pfleger des Wolfsgeheges im Tiergarten hatte sich als Werwolf und Kontaktmann zu Wolkows Leuten in Kaliningrad entpuppt. Schließlich hatten sie wieder eine Nachricht erhalten. Diesmal hatte Wolkow sie in den »Schwarzen Bären« bestellt.

»Scheinbar? Du glaubst tatsächlich, dass er darauf hereinfällt und uns traut?«, fragte von Bergen.

Coco lächelte, nippte an ihrem Weinglas und verzog das Gesicht. Der Wein schmeckte wie Essig. Zumindest in dem Fall hatte Wolkow die Wahrheit gesagt, als er ihr riet, lieber ein *Ostmark*-Bier oder den Wodka der Marke *Stary Kjonigsberg* zu bestellen. »Trauen? Nein, er traut uns genauso wenig wie wir ihm. Sobald er am Ziel ist, wird er uns töten.«

Von Bergen setzte ein verdrießliches Gesicht auf. »Na dann: Ich erhebe mein Glas auf unser baldiges Verlöschen.« In seinem Glas perlte edelster Krimsekt.

Coco ging nicht auf den Toast ein. Sie schüttelte insgeheim den Kopf. Für derartigen schwarzen Humor fehlte ihr im Augenblick der Sinn. Stattdessen konzentrierte sie sich auf ihre Umgebung. Das Wirtshaus schien bei Einheimischen wie Touristen hoch im Kurs zu stehen. Es war brechend voll, und dementsprechend laut ging es her. Die umhereilenden Kellnerinnen setzten ihre Ellenbogen ein, um die Getränke und Speisen an die Tische zu bringen.

Es waren auch ein paar wenige Dämonen anwesend. Coco spürte deren Aura, ohne dass sie speziell jemanden ausfindig machen konnte. Sie hielten sich geschickt in dem Getümmel verborgen.

Wolkows Informant war jedenfalls kein Dämon. Der Mann, mit dem er an der Theke sprach, war nicht größer als ein Liliputaner und in einen bodenlangen Fuchsfellmantel gehüllt. Sein Gesicht war nicht zu erkennen, weil er ein schwarzes Tuch davorhielt. Schließlich klopfte ihm Wolkow auf die Schulter, schob ihm einen Umschlag zu und kam wieder an ihren Tisch gestapft. Auf seinem Gesicht lag ein zufriedenes Grinsen.

»Wer war der Herr?«, erkundigte sich von Bergen.

Wolkow setzte sich. Eine Kellnerin servierte ihm ein Literglas *Ostmark*-Bier. Er trank es in einem Zug leer, ehe er antwortete: »Das war Fjodor der Fuchs, ein Freak. Normalerweise meidet er die Öffentlichkeit, aber für eine kleine Belohnung springt er auch schon mal über seinen Schatten.«

»Gibt es eigentlich irgendjemanden, den Sie nicht kaufen?«, fragte Coco. »Oder umgekehrt: Gibt es einen Menschen, Dämon oder Freak, der Ihnen kostenlos etwas zur Verfügung stellt?«

»Du meinst aus Freundschaft? Oder gar Liebe? Das sind menschliche Regungen, die mir höchst suspekt sind.«

»Und was hat Ihnen Fjodor der Fuchs erzählt?«, fragte von Bergen gespannt.

»Eine etwas längere Geschichte. Damals, 1944, als die Stadt im Bombenhagel der Royal Air Force versank, wurde auch das Schloss zerstört. Mitsamt dem Schwarzen Zimmer. Spätestens nach der Schlacht von Königsberg war aus dem Wahrzeichen der Stadt eine Ruine geworden.« Er verschwieg wohlweislich, dass es ihm damals gelungen war, einen Teil des Schwarzen Zimmers zuvor in Sicherheit zu bringen. »Ich habe nach dem Krieg immer wieder nach dem Zimmer gesucht, aber es war wie vom Erdboden verschluckt. Schließlich überredete ich den damaligen Partei- und Staatschef Breschnew, die Ruine zu sprengen.«

»Sie hatten wohl schon immer Verbindungen zu höchsten Kreisen, oder?«, fragte Coco verächtlich.

»Es hat mir nie geschadet. Damals, das war 1968, versprach ich mir von der Sprengung endlich Aufklärung. Wenn überhaupt, so müssten Trümmer des Zimmers zutage treten, dachte ich mir. Und dann hätte ich weitere Grabungen vorgenommen.«

»Und? Hatten Sie Erfolg?«

Wolkow schüttelte den Kopf. »Leider nein. Nichts! Die Kisten, in denen das Schwarze Zimmer aufbewahrt worden war, blieben weiterhin unauffindbar. Ehrlich gesagt …« Er schaute Coco auf unergründliche Art an. »… zwischenzeitlich hatte ich deinen Vater in Verdacht. Und irgendwann war es dann auch egal. Ich verlor das Interesse an dem Zimmer. Ich hatte genügend Macht angehäuft. Und plötzlich …« Er machte eine Handbewegung, die wohl bedeuten sollte, dass alles bereits gesagt war.

Abermals dachte Coco an das Gespräch vor einigen Tagen zurück, als er aufgetaucht und ihnen sein Angebot unterbreitet hatte:

»Ein mächtiger Dämon, der ein Bruchstück des Schwarzen Zimmers sein eigen nennt, ist kein Geringerer als dein werter Herr Vater, der Sippenpatriarch Michael Zamis. Ich wette, er hat gerade in Wien mit ähnlichen Angriffen zu kämpfen wie ich hier in Russland. Ohne den Besitz des vollständigen Schwarzen Zimmers habe ich nicht die Macht, diese Angriffe auf Dauer zu parieren oder ihnen zu entgehen. Das ist der Grund, warum ich bereit bin, ein Zweckbündnis mit euch beiden zu schmieden.«

Die Frage war, ob er es wirklich ehrlich damit meinte, sie danach ziehen zu lassen, oder ob er danach trachten würde, sie zu töten.

Sollte er sie ruhig weiter duzen und nicht für voll nehmen. Insgeheim hatte sie ihren eigenen Plan. Sie hatte einen anderen Auftrag zu erfüllen. Asmodi hatte sie nach Moskau entsandt, damit sie ihm Wolkow brachte. Mittlerweile war ihr klar, dass auch Asmodi in erster Linie an dem Schwarzen Zimmer interessiert war. Wie auch immer, sie hatte keine andere Wahl, wenn sie ihr ungeborenes Kind aus Asmodis Klauen befreien wollte. Er hatte ihr den Fötus geraubt und erpresste sie damit.

Ihre Gedanken kehrten zurück in die Gegenwart. »Und nun ist das Zimmer wieder erwacht …«

Wolkow drehte sich zu einer Kellnerin um und zwang sie mit hypnotischem Blick, das Tablett mit den Biergläsern, das für einen anderen Tisch bestimmt war, bei ihm abzustellen. Dann trank er ein weiteres Glas in einem Zug leer.

»Es ist erwacht, und damit kommen wir zu Fjodor dem Fuchs. Seit genau dem Tag, an dem auch ich attackiert werde, passieren hier in Kaliningrad die merkwürdigsten Dinge.« Er beugte sich vor und raunte: »Irgendein Verrückter metzelt wahllos Menschen, Freaks und Mitglieder der Schwarzen Familie nieder. Den Opfern hat man das Herz herausgerissen. Das erinnert mich fatal an Alexei Zamis.«

»Alexei Zamis?« Weder Coco noch von Bergen hatten den Namen je gehört.

»Ich hatte euch doch bereits erzählt, dass ich überzeugt bin, dass irgendetwas – irgendeine immens mächtige magische Entität – nach Jahrhunderten des Schlafes oder der Gefangenschaft im Hauptteil des Schwarzen Zimmers erwacht ist und nun die Eigentümer der versprengten Bruchstücke des Zimmers attackiert. Alexei Zamis war dem Schwarzen Zimmer verfallen und sorgte dafür, dass es Nahrung erhielt – Nahrung in Form von blutigen Herzen.« Er erzählte ihnen, was er außerdem alles wusste. Wieder verschwieg er einen wichtigen Teil. Wie er einen Pakt mit Alexei Zamis geschmiedet und ihn schließlich halb tot seinem Schicksal überlassen hatte. »Alexei Zamis hat den Bombenhagel damals überlebt und ist zu neuem Leben erwacht, da bin ich sicher. Und er kann überall dort auftauchen, wo Teile des Schwarzen Zimmers lagern.« Er griff zu einem weiteren Glas Bier.

»Aber das Schloss ist doch, wie Sie sagten, in die Luft gesprengt worden, ohne dass darunter etwas entdeckt wurde«, sagte Coco.«

»Ich hab's«, meldete sich von Bergen zu Wort. »Es bedeutet, dass sich die Kisten woanders befinden müssen.«

»Sie haben es erraten«, sagte Wolkow und haute den Bierkrug mit solcher Wucht auf die Tischplatte, dass er zerbarst. Dabei zeigte er wieder sein breitestes Grinsen. Von Bergen schwieg pikiert. *Sie haben es erraten* hatte in etwa so geklungen wie: *Selbst du hast es also gerafft, Alter!*

»Und ich habe auch eine Ahnung, wo wir ansetzen müssen«, fuhr Wolkow fort. »Fjodor der Fuchs und seine Sippe haben bis vor Kurzem im Dom Sowjetow gehaust.«

»Handelt es sich um eine entweihte Kirche?«, erkundigte sich von Bergen, und diesmal war der geringschätzige Blick, mit dem ihn Wolkow bedachte, nicht mehr zu missdeuten. Er hielt sich jedoch zurück und fuhr ruhig fort: »Dom Sowjetow, das Haus der Sowjets, wurde in den siebziger Jahren direkt in Nachbarschaft des gesprengten Schlosses erbaut. Ein imposanter Hochhausklotz, mit dem die Stadt- und Räteverwaltung protzen wollte. Der Bau blieb allerdings unvollendet, und seit heute ahne ich auch, warum.«

»Weil sich das Schwarze Zimmer darunter befindet?«, fragte Coco. Ihre Wangen glühten. Sie konnte nicht verhindern, dass Wolkows Erzählung sie fesselte.

»Wohlgemerkt: Wir sprechen immer nur von Teilen des Zimmers. Aber es ist die einzig logische Erklärung: Jemand hat damals nach dem Krieg die in den Trümmern des Schlosses liegenden Kisten einfach ein paar Meter weiter vergraben. Als dann Dom Sowjetow darüber erbaut werden sollte, ist es erneut erwacht. Fjodor der Fuchs kann sich erinnern, dass es schon damals während des Baus viele mysteriöse Todesfälle gegeben haben soll. Offiziell wurde es zur Ruine erklärt, weil der Boden nachgab. Auch das könnte ein Indiz dafür sein, dass etwas im Boden lagert … Jedenfalls sind Fjodor und seine Freaks vertrieben worden. Jemand – oder etwas – hatte es dort auf ihr Leben abgesehen. Immer wieder wurde ein Buckliger in der Nähe der Tatorte gesehen. Fjodor der Fuchs hat ihn mir beschrieben: Es kann sich nur um Alexei Zamis handeln.«

»Alles schön und gut«, sagte von Bergen. »Aber die Sache hört sich doch sehr gefährlich an. Sollten wir nicht erst einmal abwarten, wie sich alles entwickelt?«

»Im Gegenteil«, entschied Wolkow. »Wir schauen uns den Kasten noch heute Nacht aus der Nähe an!«

Es ging auf Mitternacht zu. Michael Zamis hatte sich in einen Schatten verwandelt. Aber auch für einen Schatten war es ein Wagnis, einfach so in das Refugium seines Gegners zu spazieren. Also wartete er, während er das Anwesen heimlich aus seiner Deckung heraus beobachtete und seine wachsende Ungeduld mit schwarzmagischen Mandalas bezähmte.

Wolkows Domizil lag in der teuersten Siedlung der Superreichen, außerhalb Moskaus in Ussowo. Früher oder später hätte er die Adresse auch so erfahren, aber ohne den Zwischenfall in Galinas Lokal hätte er nicht mit Sicherheit gewusst, ob Wolkow auch anwesend war. Michael Zamis war sich bewusst, dass er nur diese eine Chance hatte. Wenn Wolkow erst einmal merkte, wer ihm auf den Fersen war, würde es schwierig werden, ihn zu stellen.

Es wunderte ihn, dass in der Zeit, in der er schon hier lauerte, kaum jemand herausgekommen und keiner hineingegangen war. Natürlich hatte er das gesamte Anwesen einmal von außen inspiziert. Nirgendwo war ein Durchkommen. Es war besser abgesichert als die Villa Zamis. Sowohl vor Menschen als auch vor Dämonen. Überall waren Überwachungskameras angebracht, und an allen Ecken standen grimmig dreinblickende Wächter. Das beeindruckte Michael Zamis weniger als die zahlreichen magischen Abwehrbanner, die es selbst ihm unmöglich machten, die Mauer an irgendeiner Stelle zu überwinden.

Jetzt kam ein protziger Hummer-Geländewagen auf das Eingangstor zugeschossen. Der Fahrer hinter den schwarz verblendeten Fenstern bremste im letzten Moment ab und hupte ungeduldig. Michael Zamis stand nur zwei Meter von dem Wagen entfernt. Ganz unsichtbar konnte er sich nicht machen, aber in seiner Schattengestalt war er von seiner Umgebung kaum auszumachen.

Die surrenden Überwachungskameras richteten sich auf den Hummer. Die Fensterscheibe auf der Fahrerseite wurde heruntergefahren, und kurz sah Michael Zamis den Kopf einer blond gelockten Frau. Sie sagte aufgebracht etwas in die Sprechanlage. Offensichtlich blieb es nicht ohne Wirkung, denn nur Sekunden später glitt das Tor auf.

Jetzt oder nie! Michael Zamis entschloss sich, seine Chance zu nutzen. Offensichtlich hatte die Dame etwas auf dem Herzen, und es war so dringend und überzeugend, dass man sie offenbar keiner genaueren Kontrolle überzog. Wie ein Schemen glitt sein Schatten unter den Wagen und schmiegte sich an der Unterseite fest. Dabei wirkte er weitere schwarzmagische Zauber, die seine Identität verwischten.

Er hatte gerade rechtzeitig gehandelt. Kaum war die Öffnung breit genug für den Hummer, gab die Fahrerin Gas und preschte hindurch.

Die Fahrt dauerte weniger als eine halbe Minute. Michael fühlte sich durchgeschleudert, als der Wagen mit quietschenden Reifen brutal gebremst wurde. Er blieb unter der Karosserie, während er sah, dass ein Paar wohlgeformte Beine direkt neben ihm auf dem Kiesweg zu sehen waren und rasch Richtung Eingang schritten.

Michael Zamis beschloss, zunächst abzuwarten. Zumindest hatte keine der magischen Fallen angeschlagen. Seine Magie hatte gewirkt, und die Wächter waren wegen der Besucherin viel zu abgelenkt, um einen Schatten wie ihn überhaupt zu bemerken.

Er sah, wie zwei ebenso schwergewichtige wie schwer bewaffnete Dämonen, bei denen es sich offensichtlich um Schergen aus der Werwolfriege Wolkows handelte, die Blondhaarige in Empfang nahm. Offensichtlich war auch sie eine Dämonin. Und zwar eine äußerst temperamentvolle, wie Michael im nächsten Moment feststellte.

»Ihr lügt! Ich weiß, dass Theo da ist. Wo soll er sonst sein? Wahrscheinlich liegt er mit irgendeiner räudigen Hure im Bett.« Einer der Wächter lachte spöttisch, bekam aber augenblicklich seine Bestrafung. Die blonde Dämonin rammte ihm das Knie in den Unterleib. Mit einem gequälten Seufzer sackte er zu Boden, während die Frau an ihm vorbeilief. Der zweite Wächter war zu verdutzt, um zu reagieren. Dann jedoch lief er der Blonden hinterher. Aber sie war schnell. Flinker als jeder Mensch lief sie zum Eingang. Ihr schwergewichtiger Verfolger erschien dagegen behäbig wie eine Dampfwalze. Er hätte schießen können, aber entweder wagte er es nicht, oder die Dämonin war dagegen immun.

Sie erreichte weit vor ihm den Eingang und schlug die Tür

von innen zu. Der Verfolger stieß einen lauten russischen Fluch aus.

Michael Zamis hielt die Gelegenheit für günstig, unter dem Hummer hervorzukriechen. Zumal er es nicht dulden konnte, dass die blonde Dämonin ihm womöglich zuvorkam, dem Objekt seiner Rache etwas anzutun. Welches Hühnchen auch immer sie mit ihm zu rupfen hatte.

Er wich einigen offensichtlichen magischen Fallen aus und huschte an dem ersten Wächter vorbei. Dann hatte er den zweiten erreicht. Dieser hatte sich in seine Werwolfgestalt verwandelt und versuchte soeben, die Eingangstür einzurammen. Michael ließ ihn gewähren. Wenigstens so lange, bis die Tür splitterte und der Weg frei war.

Erst im letzten Moment bemerkte ihn der Werwolf. Mit seiner krallenbewehrten Tatze schlug er zu. Aber Michael war vorbereitet. In letzter Sekunde wich er einen Schritt zurück. Die Tatze schlug ins Leere. Aufheulend setzte der Werwolf sofort nach, aber auch der zweite Schlag traf nicht. Michael hatte sich gebückt. Er griff nach einer der zerborstenen Türlatten. Sie war unten zersplittert und lief spitz zu wie ein Pfahl. Als der Werwolf ihn ansprang, ließ Michael sich nach hinten fallen. Die Latte hielt er wie einen Speer vor sich. Der Werwolf bemerkte es zu spät. Er sprang direkt auf die Spitze zu. Die Latte durchbohrte sein schwarzes Herz und trat auf dem Rücken wieder hinaus.

Michael wälzte sich unter dem Sterbenden hervor. Er schaute nach draußen. Der zweite Werwolf war noch immer mit seinen Schmerzen beschäftigt. Offensichtlich war das kein normaler Tritt gewesen, den die Dämonin ihm verpasst hatte. Wahrscheinlich hatte sie ihm irgendeinen magischen Schlag mitgegeben. Jedenfalls drohte von ihm kein unmittelbarer Angriff.

Michael orientierte sich kurz und lief weiter. Das süßliche Parfüm der Frau wies ihm den Weg. Er kam an einem weiteren Wächter vorbei, der wie leblos auf dem luxuriösen Teppich lag. Es zeigte nur, wie gefährlich die blond gelockte Dämonin war.

Oder wie wütend. Auf jeden Fall würde er auf der Hut sein müssen.

Plötzlich hörte er eine weitere Tür splittern. Das Geräusch kam aus dem Obergeschoss. Michael huschte die breite Treppe hinauf.

Von irgendwoher gellte eine Alarmsirene los. Er hatte nicht mehr viel Zeit, um mit Wolkow abzurechnen. Doch anstatt weiterzurennen, musste er sich erneut verstecken. Von unten waren aufgeregte Schreie und Schritte zu hören. Er wagte einen kurzen Blick zurück. Drei weitere Männer aus Wolkows Privatarmee waren aufgetaucht. Michael drückte sich an die Wand, sodass seine schattenhafte Gestalt mit ihr verschmolz. Sie rannten an ihm vorbei, direkt in eines der nächsten Zimmer, dessen zweiflügelige Tür weit offenstand. Erneut hörte er die Dämonin zetern und schimpfen, schließlich laut aufschreien. Gleichzeitig ertönte das raue Lachen der Horde.

Vorsichtig schlich Michael näher. Die Wolfsmenschen hatten die Dämonin gebändigt. Zwei von ihnen hatten ihre Arme gepackt, der dritte stand lachend vor ihr und wich mühelos ihren wütenden Tritten aus. Jetzt, wo die Überraschung nicht mehr auf der Seite der Frau stand, hatten sie sie im Griff.

»Wo steckt er? Mit welcher Schlampe treibt er sich herum?«, keifte sie.

Der Wolfsmensch, der vor ihr stand, schlug ihr hart ins Gesicht. Blut schoss der Frau aus der gebrochenen Nase, doch augenblicklich setzten ihre Selbstheilungskräfte ein. Das Nasenbein richtete sich wieder, und das Blut verschwand.

»Ein bisschen mehr Respekt, wenn du von unserem Herrn sprichst!«, wies sie der Wolfsmensch zurecht und ließ einen zweiten Schlag folgen. Die Dämonin spuckte ihm ins Gesicht. Offensichtlich handelte es sich um eine magische Säure, denn der Wolfsmensch schrie auf und schlug die Hände vors Gesicht.

»Jetzt reicht es, du Hure!« Seine beiden Kumpane zwangen ihr Opfer zu Boden. Nun schrie auch sie vor Schmerzen.

Michael Zamis hielt es an der Zeit, einzuschreiten. Nicht, weil er Mitleid hatte, sondern endlich Gewissheit haben musste. Befand sich Wolkow hier im Haus oder nicht? Die Zeit lief ihm in Riesenschritten davon. Noch immer tönte der Alarm durchs Haus. Jeden Augenblick mochten weitere Wolfsmenschen aus Wolkows Brigade angestürmt kommen.

Wie ein Blitz sprang er ins Zimmer und zwischen die Kämpfenden. Den am Boden liegenden Wolfsmenschen ignorierte er. Von den beiden anderen ging die Gefahr aus! Das Überraschungsmoment war auf seiner Seite. Ehe sie überhaupt begriffen, dass sie es mit einem weiteren Gegner zu tun hatten, lagen sie ebenfalls am Boden und krümmten sich vor Schmerzen. Michael grinste: Er hatte ihnen einen magischen Virus verpasst, der sie innerhalb von Sekunden von innen zerfraß. Er überließ die beiden ihrem Schicksal.

Die blonde Dämonin sah ihn misstrauisch an. »Wer sind Sie?«

»Bestimmt nicht Ihr Freund. Wo steckt Wolkow?« Drohend baute er sich vor ihr auf.

»Wenn ich das wüsste, wäre ich nicht hier. Offensichtlich ist er nicht zu Hause. Wahrscheinlich treibt er sich mit irgendeiner Hure in einer seiner Bars herum.«

Michael Zamis wandte sich um und sah auf den dritten Wolfsmenschen hinab. Er hielt sich nach wie vor die Hände vor die Augen. Obwohl er größer war als seine beiden sich ebenfalls am Boden wälzenden Gefährten, wirkte er wie ein Häufchen Elend.

»Vielleicht kann er uns etwas verraten.« Er presste den Kopf des Wolfsmenschen mit der Schuhsohle auf das Parkett.

»Wie heißt du?«

»Karkow. Das werdet ihr bereuen, ihr …«

Ein Tritt gegen den Kopf ließ ihn verstummen.

»Wenn jemand etwas bereuen wird, dann du. Wo steckt dein Herr und Meister?«

Karkow schwieg beharrlich.

»Lassen Sie mich das machen«, schlug die blonde Dämonin vor. »Ich habe meine Methoden.«

»Die kenne ich«, gab Michael Zamis zurück. »Glauben Sie mir, meine sind wirkungsvoller.«

Er beugte sich zu Karkow hinab und flüsterte ihm ins Ohr: »Willst du so jämmerlich sterben wie deine beiden Freunde? Oder schnell und schmerzlos?«

Es dauerte fünf Minuten, in denen sich Michael Zamis intensiv mit ihm befasste. Danach bettelte Karkow um die schnelle Variante.

»Also, wo steckt Wolkow?«, fragte er kalt.

»Kaliningrad«, flüsterte Karkow. Es war das letzte Wort, das über seine Lippen kam. Michael Zamis schenkte ihm einen gnädigen Tod.

»Kaliningrad?« Die Dämonin legte die Stirn in Falten. »Was hat er denn da verloren?«

»Ich fürchte, ich weiß es«, erwiderte Michael Zamis düster. »Kommen Sie mit mir, wenn es Sie interessiert.«

Während Sie durch die nächtlichen Kaliningrader Straßen rasten, spürte Coco, wie Wolkow zunehmend nervöser wurde. Hing es mit der bevorstehenden Erkundung zusammen oder mit den Nachrichten, die er offensichtlich laufend während der Fahrt bekam? Sein Handy war mit einer Freisprecheinrichtung versehen. Da Wolkow ein Bluetooth-Headset benutzte, hörte Coco leider nicht, was der andere sprach. Sie versuchte, sich heimlich in das Gespräch zu schalten, aber ihre magischen Vorstöße endeten kläglich. Wolkow war auf der Hut. Und er redete nur so viel wie nötig in das Mikrofon. Offensichtlich gab es Ärger zu Hause in Moskau.

Coco ließ sich nicht anmerken, dass sie daran interessiert war. Sie schaute zu von Bergen: Der Tagesalb hatte die Augen geschlossen und schien vor sich hinzudösen. Vielleicht tat er auch nur so unbeteiligt und interessierte sich wie sie viel mehr für Wolkows zunehmende Nervosität.

Sie fuhren zu viert in der luxuriösen Mercedes-Limousine. Außer ihnen saß nur ein Chauffeur hinter dem Steuer. Offensichtlich traute sich Wolkow diese Aktion allein mit ihnen zu. Oder er hatte sonst niemandem, dem er vertrauen konnte. Nicht einmal seinen eigenen Leuten.

An einer unbeleuchteten Straßenecke ließ er den Chauffeur anhalten. Sie stiegen aus, und der Wagen fuhr mit abgeblendeten Scheinwerfern davon.

»Eine unwirtliche Gegend«, stellte von Bergen fest. Der Fürst schlug den pelzbesetzten Kragen höher. Der kalte Wind schlug ihnen allen ins Gesicht. Er trug nadelspitze Eiskristalle mit sich.

Coco sah sich um. Das Haus der Sowjets zeichnete sich vor dem vollen Mond deutlich ab. Die gigantische Bauruine wirkte wie ein riesiger Monolith von einem anderen Stern.

»Hätten wir die letzten Meter nicht auch noch fahren können?«, beschwerte sich von Bergen. Er wies auf seine Lackschuhe, mit denen er durch die halbgefrorenen Pfützen stapfen musste.

»Stellen Sie sich nicht so an!«, knurrte Wolkow ungehalten. »Nehmen Sie sich ein Beispiel an Coco.«

Coco war vorangegangen. Bis zum Dom Sowjetow waren es mehr als fünfhundert Meter zu laufen, aber dennoch flößte ihr die weiße Fassade bereits jetzt Furcht ein. Von dem Gebäude ging eine unbestimmte Gefahr aus, auf die ihre magischen Sinne besonders empfindlich reagierten. Vielleicht hatten deshalb die Freaks Dom Sowjetow als Unterkunft gewählt: weil es von Dämonen gemieden wurde.

Doch jetzt war etwas darin erwacht, was weit schrecklicher war als alles, was die Schwarze Familie bisher hervorgebracht hatte.

Während sie weiterging, schlossen die anderen zu ihr auf. »Spüren Sie das auch?«, fragte sie Wolkow. Der Wolfsdämon nickte. Er hielt ihr seine behaarte Hand hin. »Sämtliche Härchen stehen nach oben. Und das am ganzen Körper.« Er grinste breit. »Willst du es sehen?«

»Nein danke«, sagte Coco. Bisher hatte er es vermieden, sie anzubaggern. Sie hoffte, dass es dabei auch blieb. Sein Grinsen verlosch. »Irgendetwas lauert dort drinnen auf uns. Es spürt, dass wir kommen …«

»Sollten wir dann nicht unsere Erkundung auf morgen vertagen?«, schlug von Bergen vor. Weder Coco noch Wolkow würdigten ihn einer Antwort.

Schließlich standen Sie direkt vor dem sechzehnstöckigen Gebäude. Mit jedem Schritt war die Anspannung gewachsen, aber nun war die fremde Wesenheit nicht mehr nur zu erahnen. Sie manifestierte sich in magische Energie, die Coco, von Bergen und Wolkow in Form von blauen Flammen umtanzten. Statt des eisigen Windes schlug ihnen nun ein warmer Hauch entgegen, der den Geruch von Verwesung mit sich trug.

»Dom Sowjetow heißt uns herzlich willkommen«, sagte Coco.

»Nicht Dom Sowjetow. Das Schwarze Zimmer. Ich kenne den Geruch nur zu gut.« Wolkow hob den Kopf und sog den Gestank wie den Duft eines besonders begehrenswerten Parfüms ein.

Er marschierte nun voran, und Coco und von Bergen folgten ihm.

Sämtliche Türen waren vernagelt. Nichts wies darauf hin, dass sich in dem Gebäude jemand befand. Dennoch hatte Coco das Gefühl, als würde hinter jedem der schwarzen Fenster etwas stehen und jeden ihrer Schritte verfolgen.

Wolkow blieb schließlich vor einem Kellerschacht stehen. Ein mit mehreren Schlössern abgesichertes Gitter versperrte den Zugang. Für Wolkow war es kein Hindernis. Er bückte sich und zerrte daran, bis die Schlösser barsten. Coco war sich sicher, dass der bärenstarke Mann dabei keinerlei Magie angewandt hatte. Wahrscheinlich hatte er den Kraftakt sogar begrüßt, um Luft abzulassen.

Nun lag der Schacht offen vor ihnen. Wolkow zögerte keine Sekunde. Er sprang hinunter, fluchte lautstark, als er unsanft unten aufkam und hinfiel, und war sofort wieder auf den Beinen.

Coco sprang als Nächste. Sie landete direkt in Wolkows kräftigen Armen. Er hielt sie etwas länger als nötig, sie spürte, wie seine tastenden Hände ihre Brüste umfassten, aber dann schien er sich auf seine Aufgabe zu besinnen und ließ sie los.

Von Bergen folgte. Er zeterte und schimpfte, aber er erwies sich als erstaunlich geschickt und hielt sich auf den Beinen.

Das nächste Hindernis war auch für Wolkow nicht ohne magische Hilfe zu überwinden. Das Kellerfenster, das zum Schacht hinauszeigte, war mit Gitterstäben gesichert.

»Scheint so, als hätten die Sowjets damals einen Hochsicherheitsbunker errichten wollen«, sagte Coco, während sie in die Hocke ging, einen Zauberspruch gegen verschlossene Eingänge wirkte und befriedigt zur Kenntnis nahm, dass sich die Gitterstäbe wie Gummi zur Seite biegen ließen.

Wolkow war sichtlich beeindruckt, würde sich aber wohl eher die Zunge abbeißen, als dies zuzugeben. Coco huschte als Erste durch die entstandene Lücke. Wieder musste sie springen, aber diesmal war es nicht ganz so tief. Sie rollte sich geschickt ab, während sie gleichzeitig mehrere Irrlichter aufflammen ließ. Im Schein der magischen Flammen erkannte sie, dass der Raum nicht völlig leer war, wie vermutet. Einige aufgeschlitzte Matratzen, schmutzige Kleidungsstücke, schimmelige Essensreste und stinkende Fäkalien zeugten davon, dass hier unten jemand gehaust hatte.

»Freaks!«, stellte von Bergen naserümpfend fest. Coco hatte kaum mitbekommen, dass er ihr inzwischen gefolgt war. Auch Wolkow zwängte sich durch die Gitterstäbe und landete auf dem Boden.

»Angst vor der Dunkelheit?«, fragte er grinsend und wies auf die Irrlichter.

»Nein, aber ich bin eine Hexe und keine Werwölfin oder Vampirin, die im Dunkeln sehen kann. Und ich mache mir ganz gern ein genaues Bild von meiner Umgebung. Vor allem von solch einer.«

»Seid mal ruhig!«, zischte von Bergen.

Sie lauschten, und dann hörte es auch Coco. »Das sind Stimmen«, flüsterte sie schließlich. »Also ist jemand hier im Haus!«

Wolkow gab ein Grunzen von sich. »Das sind keine menschlichen Stimmen. Sie stammen aus dem Schwarzen Zimmer. Es sind die Stimmen der getöteten Opfer. Wir sind auf der richtigen Spur.«

Ohne weiter zu zögern, übernahm er wieder die Führung. Eine Brandschutztür führte aus dem Kellerraum. Sie war nicht verschlossen. Dahinter lag ein dunkler Gang. Coco ließ die Irrlichter vorbei an Wolkow huschen, damit sie den Weg erhellten. Diesmal enthielt sich der Hüne eines Kommentars.

Die wispernden Stimmen waren verstummt. Die Stille empfand Coco fast bedrohlicher. Immer stärker hatte sie das Gefühl, dass etwas sie belauerte.

Schließlich hatten sie das Ende des Ganges erreicht. Eine weitere Feuerschutztür versperrte ihnen den geradeaus weiterführenden Weg. Sie war fest verschlossen. Eine zweite führte nach rechts und ließ sich mühelos öffnen.

»Welchen Weg nehmen wir?«, fragte von Bergen.

»Im Zweifel immer den schwereren«, entschied Coco. »Der andere könnte in eine Falle führen.«

»Ich vermute eher, dass die Freaks ihn benutzt haben. Aber auch ich bin dafür, zu erforschen, was uns hinter der verschlossenen Tür erwartet.«

Irgendetwas an seinem Ton gefiel Coco nicht. Es hörte sich falsch an. So als wüsste er genau, was sie hinter der Tür erwartete.

Diesmal war Wolkow an der Reihe, sich wieder beweisen zu müssen. Nachdem er sich mit der Schulter mehrmals vergeblich gegen die Tür geworfen hatte, reichte es ihm. Er stieß einen magischen Fluch aus, und die Tür explodierte förmlich.

»Na bitte, geht doch«, sagte er zufrieden.

Coco war weniger beeindruckt. Wolkow mochte ein überragender Hexer sein, aber er war zu impulsiv.

»Von dem Lärm werden selbst Scheintote munter geworden sein«, sagte von Bergen. Offensichtlich war auch er nicht mit Wolkows Vorgehensweise einverstanden. Der Russe warf von Bergen einen wütenden Blick zu. »Glauben Sie im Ernst, unser Eindringen ist unbemerkt geblieben. Sie haben doch den Willkommenschor gehört.«

Wie auf ein Stichwort war wieder das geisterhafte Wispern zu hören. Es schien aus den Wänden zu kommen. Ohne Zweifel handelte es sich um Stimmen, aber sie waren nicht zu verstehen, so sehr sich Coco auch anstrengte. Mal glaubte sie ein englisches Wort herauszuhören, dann wieder ein russisches. Bis sie begriff, weshalb es wie eine unverständliche Kakofonie klang. »Sagten Sie nicht, dass es sich um die Opfer handelt?«

Wolkow nickte, und Coco fuhr fort: »Die Stimmen sprechen in allen Sprachen der Welt – und sie stammen aus allen Zeiten. Das Schwarze Zimmer, oder wer immer es bewohnt hat, muss uralt sein.« Plötzlich wurde ihr bewusst, auf was sie sich einließ. Sie stöberten hier herum, ohne zu wissen, wer genau ihr Gegner war. Doch, einer wusste es. Wolkow!

»Was soll die Quasselei«, sagte er unwirsch, als spüre er ihr Misstrauen. »Wollen wir jetzt weitergehen oder nicht?«

»Sie wissen, was uns erwartet. Wir nicht«, sagte auch von Bergen. Nicht das erste Mal hatte Coco das Gefühl, dass der Tagesalb tatsächlich ihre Gedanken lesen konnte. Zumindest war er so empathisch, dass er ihr Zögern richtig deutete und ihre Partei einnahm.

»Sie sollten uns reinen Wein einschenken, das ist auch meine Meinung«, sagte Coco. »Welche Gefahr geht von dem Schwarzen Zimmer aus?«

Wolkow breitete die gewaltigen Arme in einer Geste der Unschuld aus. »Welche Gefahr? Keine Sorge, für euch stellt es keine dar. Kapiert ihr nicht, dass es nur seinen Besitzern schaden kann?«

»Ich glaube Ihnen kein Wort, Wolkow«, sagte Coco.

»Dann glaub es nicht. Meinetwegen könnt ihr verschwinden. Ich gehe allein weiter.«

Coco war sich nicht sicher, ob er nur bluffte. Aber sie hatte keine andere Wahl. Sie wagte sich nicht auszumalen, wenn irgendwo hier in der Ruine ein Teil des Zimmers schlummerte und Wolkow es gelänge, es zu bergen. Er würde unbesiegbar sein. Ihre Mission wäre gescheitert. Nein, sie hatte keine Wahl.

»Regen Sie sich nicht auf, Wolkow, natürlich folgen wir Ihnen. Es wäre nur schön, wenn Sie uns ein wenig mehr Vertrauen schenken würden.«

Wolkow nickte zufrieden. »Ich schenke euch mehr als mein Vertrauen. Ich gewähre euch die Ehre, mich zu begleiten.«

Er wandte sich um und ging weiter. Coco nickte von Bergen zu, dass sie ihm folgten.

»Ich traue ihm nicht mehr«, zischte von Bergen ihr ins Ohr. »Nicht nach dieser Rede.«

Coco erwiderte nichts. Sie war sich sicher, dass Wolkow seine Ohren spitzte.

»Folgen wir ihm«, entschied sie, während sie weitere Irrlichter herbeibeschwor. Sie hatte das Gefühl, dass sich die Dunkelheit immer mehr zusammenballte. Einige der Irrlichter flackerten kurz auf und verloschen wieder, als hätte ein Windstoß sie hinweggefegt. Coco fröstelte.

Wolkow stapfte unverdrossen weiter. Mit seinen Wolfsaugen und seinem ausgeprägten Geruchssinn schien ihm die Finsternis nichts auszumachen. Coco und von Bergen schlossen zu ihm auf. Die wispernden Stimmen waren nun so laut zu hören, dass sogar ihre Schritte darin untergingen. Trotzdem hatte Coco nicht das Gefühl, dass von den geflüsterten Worten eine Bedrohung ausging. Je länger sie ihnen lauschte, umso verlorener kamen ihr die Stimmen vor. Sie hatte sogar das Gefühl, dass die klagenden Laute sie abschrecken sollten, als wollten sie sie warnen, weiterzugehen.

Wolkow schrie auf und wankte zurück. Gleichzeitig spürte

auch Coco den Schmerz in ihrer Magengegend. Sie befand sich nur knapp hinter ihm. Der zurücktaumelnde Riese riss sie mit zu Boden. Auch von Bergen stöhnte vor Schmerzen.

»Was ist passiert?«, presste Coco hervor. Wolkow antwortete nicht. Er schien voller Panik, schlug um sich und sprang wieder hoch. Dann flüchtete er, als sei der Teufel hinter ihm her, in die Richtung, aus der sie gekommen waren.

Coco fühlte noch immer den brennenden Schmerz, aber es gelang ihr, rückwärts zu robben. Sofort ließ der Schmerz ein wenig nach. Sie hob den Kopf und schaute nach vorne. Da erkannte sie, was Wolkow so entsetzt hatte: Auf dem Boden war mit Leuchtfarbe ein riesiger Drudenfuß gezeichnet. Daneben befanden sich weitere kleinere Dämonenbanner. Allesamt waren sie zwar nicht tödlich, aber sehr wirkungsvoll. Coco kroch weiter zurück, und mit jedem Zentimeter klang der Schmerz ab, bis er schließlich ganz verebbte.

»Verstehst du das?«, fragte von Bergen verblüfft. Auch er hatte sich wieder erholt. »Dass Wolkow wie von der Tarantel gestochen davonläuft?«

»Immerhin war er näher dran. Vielleicht war es schmerzhafter für ihn als für uns. Ich habe keine Ahnung. Aber wer mag die Dämonenbanner angebracht haben?«

»Vielleicht die Freaks, als sie hier hausten. Du weißt, dass sie eigentlich ständig auf der Hut vor uns sind.«

»Und was machen wir jetzt?«

»Wir suchen Wolkow. Wahrscheinlich wartet er draußen auf uns.« Sie wandte sich um und erstarrte. »Hörst du das?«

Von Bergen nickte. Aus dem Gang vor ihnen waren Stimmen zu hören. Diesmal schien es sich um reale Stimmen zu handeln, während der unheimliche Flüsterchor verstummt war.

»Schauen wir uns doch mal an, wer uns da Gesellschaft leisten will«, schlug Coco vor. Sie waren nur wenige Meter weit gegangen, als sie die Lichtkegel von Taschenlampen erkannten. Kurz darauf blickte Coco in ein bekanntes Gesicht: Fjodor der Fuchs. Diesmal hielt er kein Tuch vor das Gesicht. Es war mit eiternden Geschwüren übersät.

Offensichtlich war er ihnen gefolgt. Und er war nicht allein. Hinter ihm tauchten weitere Freaks auf.

»Ist Wolkow an euch vorbeigelaufen?«, fragte Coco.

Fjodor sah sie mit einem wollüstigen Blick an, der ihr gar nicht gefiel. »Wohin sollte er wohl sonst gelaufen sein?«, erwiderte Fjodor. »Ich soll euch einen angenehmen Aufenthalt wünschen.« Er ließ den Stahl der Taschenlampe über Cocos Körper gleiten. »Eigentlich schade, dass wir nur auf euch aufpassen sollen …«

»Du dreckige Ratte, geh endlich aus dem Weg!«, drohte von Bergen und ging auf ihn zu. Nach nur einem Meter stöhnte er auf und ging in die Knie. Coco sprang ihm zu Hilfe, doch auch sie spürte, wie eine unsichtbare Faust ihren Magen zusammenpresste und ihre Beine nachgaben. Dann erkannte sie den Grund. Auf dem Boden war ein weiteres Pentagramm aufgemalt. Als sie vorhin hierhergegangen waren, war der Drudenfuß noch nicht dort gewesen. Die Leuchtfarbe war frisch. Deswegen also fühlte sich Fjodor so sicher. Er stand auf der anderen Seite des Dämonenbanners. Als Freak war er immun dagegen.

»Was hat das zu bedeuten?«, stöhnte von Bergen. Trotz seiner Schmerzen war er vor allem wütend. Sein Stolz ertrug es nicht, von einem Freak besiegt zu werden.

»Ganz einfach«, erwiderte Fjodor. »Ihr zwei werdet so lange hierbleiben, bis ihr verreckt. Oder mein Meister euch befreit. Lebt wohl!«

Er wandte sich um und verschwand mit seiner Horde in der Dunkelheit.

Coco half von Bergen, sich aus dem Gefahrenbereich des Pentagramms zurückzuziehen. Der Tagesalb schien empfindlicher als sie darauf zu reagieren.

»Wir haben uns tatsächlich von Wolkow übertölpeln lassen!«, schimpfte von Bergen. »Wir sitzen in diesem Flur fest, der zu beiden Seiten mit Pentagrammen gesichert ist. Wir können weder weiter- noch zurückgehen. Schöne Aussichten.«

Sie saßen Rücken an Rücken auf dem Boden, um im Falle eines Angriffs sofort reagieren zu können. Nur ein paar Irrlichter spendeten etwas Licht.

»Lamentieren hilft uns nicht weiter. Ich bin sicher, dass Wolkow das nicht von Anfang an geplant hat. Er hat auf der Fahrt hierher die ganze Zeit telefoniert und wirkte sehr aufgeregt. Irgendetwas muss ihn bewogen haben, uns plötzlich hier gefangen zu setzen.«

»Sei mal still, ich glaube …« Von Bergen horchte angestrengt.

Und dann hörte es auch Coco: Der flüsternde Totenchor hatte wieder eingesetzt. Doch da war außerdem ein anderes Geräusch zu hören. Ein entferntes Grollen, das wie ein gewaltiges Gewitter rasch näherkam.

Nur mit Widerwillen begleitete Georg seinen Bruder Adalmar bei der »letzten Inspektion«, wie er es nannte. Obwohl es noch vierundzwanzig Stunden bis zur Eröffnung des Schwarzen Sabbats dauern würde, war bereits alles vorbereitet. Adalmar erwies sich auch in dieser Hinsicht als ehrgeiziger Perfektionist.

Sie standen im Garten vor dem Pool, der inzwischen statt Wasser mit stinkendem Schlamm gefüllt war. Riesige fleischfressende Sumpfpflanzen warteten bereits hungrig auf Opfer. Kurz ließ sich eine gigantische warzenübersäte Kröte blicken, deren mit spitzen Zähnen bewährtes riesiges Maul ein Kleinkind verschlingen konnte, dann tauchte sie wieder unter.

»Das Ganze ist mir zu unspektakulär«, sagte Adalmar. »Besorg ein paar Alligatoren und gib ihnen bis morgen Abend nichts zu fressen.«

»Wo soll ich die herbekommen?«

»Keine Ahnung. Aus dem Zoo? Aus irgendeinem Zirkus? Du wirst das schon schaffen.«

Georg seufzte insgeheim. Sein Bruder Adalmar entpuppte sich mehr und mehr als Tyrann. Und niemand konnte sich ihm entziehen. Außer ihre Mutter. Thekla Zamis hatte starke Kopfschmerzen vorgegeben und sich in ihr Schlafzimmer zurückgezogen. Die inzwischen eingetroffene Lydia war als Putzhilfe eingeteilt, und selbst die Zwillinge wagten es nicht mehr, herumzualbern. Adalmar hatte sie dazu verdonnert, in den Szeneklubs nach Jungfrauen Ausschau zu halten und sie in den Keller der Villa zu schaffen.

So blieb allein Georg die undankbare Aufgabe, die Eskapaden seines Bruders unmittelbar ertragen zu müssen.

Die Kontrolle des Gartens ging weiter. Außer von Irrwischen wurde die Umgebung von Hexenlichtern und magischen Feuerkreiseln erhellt. Ab und zu zuckte ein künstlich erzeugter Blitz hernieder und offenbarte eine schaurige Attraktion wie einen am Galgen hängenden verwesten Leichnam oder einen besonders hässlichen Freak, der stumpfsinnig in seinem Käfig dahinvegetierte.

»Hier und da sollten auf den Kieswegen ein paar grotesk verrenkte tote Körper liegen«, sagte Adalmar nun. »Der Atmosphäre wegen.«

Georg seufzte innerlich, nickte aber.

»Meinst du, du kriegst das bis morgen Abend alles hin?«, fragte Adalmar besorgt.

»Und wenn nicht?« Georg platzte der Kragen. »Du spielst dich auf, als gelte es, den Fürsten der Finsternis zu inthronisieren!«

Zu seiner Überraschung grinste Adalmar. Er rieb sich den schwarzen Bart und antwortete: »Vielleicht bedeutet dieser Schwarze Sabbat ja den Beginn von Asmodis Ende.«

Georg klopfte seinem Bruder auf die Schulter: »Die Ansage gefällt mir schon besser.« Jeder einzelne Zamis hatte mit Asmodi ein Hühnchen zu rupfen. Zu oft hatte der Fürst der Finsternis in den vergangenen Jahren der Sippe Schaden zufügt. »Aber steck den Kopf lieber nicht zu weit vor. Du weißt, Asmodi hat überall seine Ohren. Abgesehen davon, dass unser Vater schon wieder auftauchen wird.«

Adalmars Miene verdüsterte sich erneut. »Du musst mir nicht sagen, was ich zu machen oder zu lassen habe.«

Er klatschte einmal in die Hände und eine ganze Schar kleiner Kometen zischte durch den Garten. Die Minikometen waren sein ganzer Stolz. Adalmar hatte stundenlang über seinen Zauberbüchern gesessen und so lange getüftelt, bis sie das seiner Meinung nach perfekte Farbspiel zelebrierten.

Andere begnügen sich mit einem Feuerwerk, Adalmar fährt Kometen auf, dachte Georg. Er wusste nicht, ob er darüber lachen oder weinen sollte, dass sein Bruder derart abgehoben hatte.

Adalmar wies in ein dunkles Dickicht: »Hier könnten ein paar illuminierte Schrumpfköpfe hängen – natürlich sprechende.«

»Natürlich«, sagte Georg schluckend. Jetzt musste er sich doch das Grinsen zurückhalten. »Wie wär's, wenn du damit Lydia beauftragst? Sie ist doch eh gerade am Abstauben. Wir müssten ein paar peruanische Tsantsas im Keller haben.«

»Am Abstauben? Wie kommst du darauf? Nein, Lydia habe ich mit einer ganz speziellen Aufgabe beauftragt.«

»Sag nicht, sie soll ein paar knackige Jünglinge als Nachspeise für unsere weiblichen Gäste anlocken?«

»Nein, obwohl … du bist schon nahe dran. Ich habe sie auf den Strich geschickt. Du weißt, dass dort in letzter Zeit ein Verrückter den Nutten das Herz herausreißt. Und seitdem es Hühner-Leo erwischt hat, ist selbst Asmodi daran interessiert, den Perversen zu fangen. Es wäre ein schönes Willkommensgeschenk für Asmodi, wenn ich ihm den Gesuchten morgen Abend auf dem Höhepunkt des Sabbats präsentieren könnte.«

Georg konnte nicht anders, als seinen Bruder fassungslos anzustarren. »Du benutzt unsere Schwester als Lockvogel?« Er hatte plötzlich nur noch abgrundtiefe Verachtung für Adalmar übrig.

Lydia fror sich den Hintern ab. Bereits einmal war sie nun die gesamte eineinhalb Kilometer lange Strecke auf der Äußeren Mariahilfer Straße zwischen Westbahnhof und Technischem Museum auf und ab flaniert, ohne dass sie etwas Verdächtiges gemerkt hätte.

In ihrem ultrakurzen Paillettenrock und dem hautengen Latexmieder hatte sie nicht die geringsten Probleme, dass genügend Männer anbissen. Probleme bereitete es ihr eher, die Freier ständig abzuwimmeln.

Es waren schon ein paar Typen dabei, die sie nicht von der Bettkante gestoßen hätte, aber sie hatte Angst, dass Adalmar davon Wind bekommen würde. Er hatte ihr eingeschärft, nach einem perversen Dämon Ausschau zu halten.

»Wie erkenne ich einen perversen Dämon?«, hatte sie naiv gefragt.

»Indem er sich mit dir einlässt.« Seitdem Adalmar glaubte, der Chef zu sein, behandelte er sie noch herablassender als sonst.

Er hatte ihr auch genau erklärt, warum der »Wiener Ripper«, wie ihn die Zeitungen nannten, kein Mensch sein konnte: weil kein Mensch imstande war, einem anderen mit bloßen Händen die Brust aufzureißen und das Herz zu entnehmen.

Ihr war es egal, ob sie sich mit einem Dämon oder gewöhnlichen Sterblichen einließ; für sie bestand das Leben meistens eh nur aus Sex. Vor allem seit den letzten Schönheitsoperationen fand sie sich begehrenswerter denn je. Und die Männer sie. Und wo es mal nicht ganz so klappte, half sie mit ihren bescheidenen Hexenkünsten nach.

Wenn es nach ihr ging, konnte es dabei nicht pervers genug zugehen, insofern konnte sie über ihren weltfremden Bruder Adalmar nur schmunzeln. Ein Dämon, der nicht pervers war, war kein Dämon. Es sei denn, er hieß Coco und war ihre jüngere Schwester.

Sie tänzelte auf und ab, um die Kälte zu verscheuchen. Adalmar hatte ihr verboten, Magie einzusetzen, warum auch immer. Ein kleiner Wärmezauber würde jetzt ganz gut tun, nur ein ganz kleiner …

»Ist Ihnen kalt, Fräulein?«, fragte eine sanfte Stimme in ihrem Rücken.

Lydia fuhr herum und sah sich einem leicht nach vorne gebeugt stehenden Mann gegenüber. Seine Gesichtszüge wirkten irgendwie unscharf, vielleicht lag es aber auch nur an der schlechten Beleuchtung.

Sie war nicht wählerisch, aber der Freier gefiel ihr nicht. Eine undefinierbare Aura ging von ihm aus, die sogar sie anekelte. Lieber hätte sie es mit einem glitschigen Fisch getrieben.

»Verzieh dich, du siehst doch, dass ich zu tun habe«, sagte sie und griff nach einer Zigarettenschachtel aus ihrem Handtäschchen.

Als sie die Zigarette zum Mund führte, brannte plötzlich ein

Streichholz in seiner Hand, und er reichte ihr Feuer. Ein simpler Taschenspielertrick. Da musste er schon mehr auffahren, um sie zu beeindrucken.

Sie wandte sich demonstrativ ab, während sie tief inhalierte und Rauchkringel in die kalte Nachtluft blies.

»Wie teuer bist du?« Er ließ nicht locker. Ohne sich umzudrehen, erwiderte sie: »Zu teuer für dich. Hau ab.«

»Ich bezahle dich für eine ganze Nacht.« Ohne dass sie seine Schritte gehört hätte, stand er wieder vor ihr. Seine graugelben Augen klebten an ihr und schienen sie hypnotisieren zu wollen. Der Typ war wirklich hartnäckig. Sie überlegte, wie sie ihn wieder loswurde. Jetzt erkannte sie auch, warum er so krumm dastand. Er hatte einen Buckel, der sich deutlich unter seinem grauen Mantel abzeichnete.

Ihre anfängliche Abneigung legte sich jedoch. Der Mann war ihr dermaßen zuwider, dass er sie fast schon wieder anzog. Und schließlich wurde sie ihn auf die Weise vielleicht am schnellsten wieder los.

»Die ganze Nacht habe ich keine Zeit für dich«, sagte sie herablassend. »Aber über eine halbe Stunde lässt sich reden.«

Der Mann grinste derart zufrieden, dass es ihr fast schon wieder leidtat, auf sein Angebot eingegangen zu sein. Aber jetzt war es zu spät. Außerdem konnte selbst ein Adalmar nicht verlangen, dass sie sich hier draußen eine Lungenentzündung holte. So konnte sie sich zwischendurch wenigstens aufwärmen. Und vielleicht hatte der Freier ja doch was zu bieten. »Einverstanden«, sagte er nun. »Ich zahle jeden Preis.«

Hatte sie einen solchen Eindruck auf ihn gemacht? Sie betrachtete ihn zum zweiten Mal etwas genauer. Er wirkt nach außen wie ein Dreißigjähriger, aber seine grauen Haare ließen ihn älter wirken. Genau wie die gebeugte Haltung.

Einen Moment lang stand sie unschlüssig herum. Sie hatte

noch nie als Hure gearbeitet. Auch ihr Gegenüber wirkte nun irritiert. Lydia beschloss, die Wahrheit zu sagen. Zumindest die halbe: »Ich stehe hier zum ersten Mal. Hast du einen Vorschlag, wo wir hinkönnen?«

»Es gibt genug Hotels in der Nähe, aber seitdem der Ripper hier sein Unwesen treibt, ist es hier nicht mehr sicher.«

»Der Ripper?« Sollte sie so tun, als hätte sie nie von ihm gehört? Obwohl das ja stimmte. Erst von Adalmar hatte sie davon erfahren. Sie interessierte sich nicht für solche banalen Dinge. Aber dann hielt ihr Gegenüber sie bestimmt für blöd. »Du meinst den Frauenmörder«, setzte sie rasch hinzu.

»Ja, ich glaube, er hat schon viermal zugeschlagen. Du hast doch keine Angst, oder?«

Fast hätte sie laut aufgelacht. Dachte der Typ, er würde sie mit dieser Masche weich kriegen? Er sah eigentlich nicht aus wie ein Sadist. Eher umgekehrt wie jemand, der auf ein paar Schläge auf den Hintern aus war.

»Doch, ein wenig schon«, log sie. »Aber bei dir bin ich ja in Sicherheit.« Sie lächelte ihn an und hakte sich bei ihm unter. Er zuckte kurz zusammen, so, als sei er es nicht gewohnt, dass ihn einer anfasste.

Lydia spürte nach wie vor eine Aura an ihm, die sie nicht einordnen konnte. Die sie gleichzeitig abstieß und anzog.

»Wo führst du mich hin?«, fragte sie.

»Kennst du das Café Zamis?«, fragte er lauernd.

Natürlich kannte sie es. Seit ihre törichte Schwester es übernommen hatte, sprach die ganze Schwarze Familie darüber. Wollte er sie testen? Wusste er, dass sie auch eine Zamis war?

»Ich habe davon gehört«, antwortete sie schließlich. »Aber du willst mich doch nicht nur zu einem Mokka einladen, oder?«

»Lass dich überraschen.« Er lächelte geheimnisvoll.

Im selben Moment, als sie den Hummer erreicht hatten, kam eine ganze Horde Wolfsmenschen aus dem Anwesen herausgestürmt.

»Starten Sie schon mal den Wagen!«, schrie Michael Zamis seiner blonden Begleiterin zu. Mittlerweile wusste er immerhin, dass sie Anna Samoilowa hieß und die Tochter eines einflussreichen Moskauer Sippenführers war.

Sie nickte und sprang in den Hummer, während sich Michael den anstürmenden Wolfsmenschen entgegenstellte. Es waren fünf, und allesamt hatten sie ihre Kleidung bereits gesprengt.

Michael Zamis kamen sie gerade recht. Bei Galina war er fast wehrlos gewesen, gerade eben war er ins Leere gelaufen. Sein Zorn brauchte endlich ein Ventil.

Der erste Wolfsmensch hatte ihn erreicht. Michael Zamis wartete geduldig ab, bis dieser zum Schlag ausholte. Die scharfen Krallen hatten es auf seine Augen abgesehen. Michael parierte den Schlag mit Leichtigkeit. Gleichzeitig verwandelten sich seine Finger in lange Rasiermesser. Bevor der Wolfsmensch erneut zuschlagen konnte, durchtrennte Michael ihm das Handgelenk. Der Wolfsmensch schrie auf, als hätte man ihm den Bauch aufgeschlitzt.

Aber das war gar nicht nötig. Bevor er erneut angreifen konnte, begann sein Fell gleich büschelweise auszufallen. Dafür wuchsen auf seiner Haut innerhalb von Sekundenbruchteilen faustgroße schwarze Geschwüre. Der Angreifer ging in die Knie und wälzte sich schreiend vor Schmerz auf dem Boden. Dabei warf er seinem Gegner hasserfüllte Blicke zu. Blutiger Schleim tropfte seine Lefzen hinab.

Die schwarzen Beulen platzten auf, und Blut und Eiter spritzten daraus hervor.

Der Wolfsmensch heulte vor Wut und Agonie. Schmerzerfüllt hielt er sich den anschwellenden Bauch, der bereits jetzt dem einer Schwangeren glich. Der Bauch schwoll weiter und weiter an, bis das Fleisch riss und aus dem Inneren ebenfalls eine blutige Melange aus Schleim und Eiter spritzte. Mit einem letzten, erbärmlich klingenden Schrei auf den Lippen starb die Kreatur.

Die anderen Angreifer waren wie erstarrt. Entsetzt hatten sie die Verwandlung ihres Kameraden mit ansehen müssen.

»Was hast du mit ihm angestellt?«, fragte einer der Wolfsmenschen drohend. Er bleckte das gewaltige Gebiss. Man sah ihm an, dass ihn nur die Angst, dass ihm ein ähnlich grausamer Tod beschieden war, zurückhielt.

»Yersina pestis. Dein Freund ist an einer ganz gewöhnlichen Beulen- und Lungenpest gestorben. Gut, ich habe ein wenig nachgeholfen, damit der Krankheitsverlauf etwas schneller vorangetrieben wird. Schließlich sollte er nicht zu lange leiden.«

»Die Pest! Sie ist ansteckend!«, rief einer aus dem Rudel und machte instinktiv ein paar Schritte nach hinten. Andere ließen sich von seiner Angst anstecken. Sie wurden von den Anführern wütend angeknurrt und mit Schlägen bedacht. Für kurze Zeit sah es so aus, als würden sie übereinander herfallen, dann kehrte wieder Ruhe ein.

Michael Zamis streckte ihnen seine Rasiermesserkrallen entgegen. »Möchte es noch jemand versuchen? Jede meiner Klingen ist mit dem Pesterreger behaftet.«

»Was willst du hier?«, fuhr ihn der erste Wolfsmensch wieder an. »Wir haben dir nichts getan. Was die Hure Samoilowa angeht, so nimm sie meinetwegen mit. Sie hat hier nichts mehr zu suchen.«

Michael merkte sehr wohl, dass sie ihn langsam einzukreisen begannen. »Vielleicht suche ich aber eine ganz andere

Frau«, sagte er. Er überlegte, ob es etwas brachte, sie nach Coco zu fragen. Aber das war bei diesen hirnlosen Kampfmaschinen wahrscheinlich zwecklos. Andererseits wollte er sich nicht mit leeren Händen zurückziehen. Wolkow sollte nicht nur erfahren, dass er hier gewesen war, er sollte es auch spüren. Auf schmerzhafte Weise spüren. Und er sollte ihn, Michael Zamis, dafür hassen.

Jemand sprang ihn von hinten an. Er hatte damit gerechnet und fuhr blitzschnell herum. Die Klinge stach direkt in das linke Auge des Angreifers und kam aus dessen Schädel hinten wieder raus. Auch ihm erging es nicht besser. Innerhalb von Sekunden zerstörte die Pest seinen Körper. Schreiend verendete er in seiner eigenen Blutlache.

Erneut stockte der Angriff. Michael Zamis grinste grausam und klapperte mit den Rasiermesserfingern. »Lohnt es sich wirklich, für seinen Herrn so grausam zu sterben?«, fragte er provozierend.

Ein wütendes Konzert aus knurrenden Flüchen und schauerlichen Heultönen war die Antwort. Wahrscheinlich wollten sie damit sowohl ihn einschüchtern, als auch sich selbst Mut machen.

»Nun, wer will der Nächste sein?« Niemand wagte sich mehr vor. Dafür hatten sie den Kreis um ihn jetzt fast geschlossen. Michael Zamis beschloss, nicht länger zu warten. Freunde würden er und das Rudel eh nie werden.

»Also verreckt in der Hölle!«, schrie er triumphierend. Sein folgender Kampfschrei übertönte sogar ihr Geheul. Er begann sich wie ein Irrwisch im Kreis zu drehen, wurde immer schneller und schneller, während die Wolfsmenschen irritiert zurückwichen. Die Rasiermesserkrallen lösten sich von seinen Händen und wurden in Richtung der verwirrten Gegner katapultiert. Jede einzelne Klinge fand ihr Opfer.

Nachdem die ersten zehn Klingen verbraucht waren, wuchsen innerhalb weniger Umdrehungen weitere an Michaels Händen. Auch diese schleuderte er den Wolfsmenschen entgegen.

Die meisten wälzten sich inzwischen auf dem Boden. Der klägliche Rest von ihnen versuchte sich in das herrschaftliche Anwesen zu flüchten. Die rasenden Rasiermesser verfolgten sie auch dorthin.

Langsam beendete Michael Zamis seinen Tanz. Er atmete schwer. Die magische Aktion hatte auch an seinen Kräften gezehrt.

Scheinwerfer blendeten hinter ihm auf. Er wandte sich um und blickte auf den Hummer, der mit laufendem Motor auf ihn zugeschossen kam.

Als er schon dachte, Anna Samoilowa würde ihn über den Haufen fahren, bremste der Wagen haarscharf vor ihm ab. Die blonde Dämonin beugte sich aus dem Fenster. »Steigen Sie schon ein, oder wollen Sie hier Wurzeln schlagen? In fünf Minuten wimmelt es hier von Wolkows Leuten.«

Michael Zamis zögerte. Dann schüttelte er den Kopf. »Nein. Noch bin ich hier nicht fertig. Aber vorher muss ich von Ihnen etwas wissen.« Er konzentrierte sich kurz und formte dann mit den Händen aus dem Nichts eine fast dreidimensionale Projektion.

Das Bild zeigte eine attraktive junge Frau, schlank, Anfang bis Mitte zwanzig mit einem modischen Kurzhaarschnitt, der ihr markantes, anziehendes Gesicht mit den hohen Wangenknochen und den dunkelgrünen Augen vorteilhaft betonte. Die Frau trug Jeans und ein T-Shirt, das die Formen ihres Busens, den sie nicht in einen Büstenhalter gezwängt hatte, nachmodellierte. Cocos Oberweite wirkte fast zu groß für die sonst so schlanke Figur.

»Wer soll das sein?«, fragte Anna Samoilowa. »Eine weitere von Wolkows Huren?«

»Nein, meine Tochter. Haben Sie sie schon mal gesehen? Vielleicht sogar hier auf dem Anwesen?«

Die Dämonin zog die Stirn in Falten und schien ernsthaft nachzudenken. »Nein, ich hätte ihr wahrscheinlich die Augen ausgekratzt. So verteufelt gut wie sie aussieht, entspricht ihre Tochter genau Wolkows Beuteschema. Nicht, dass er besonders wählerisch wäre.«

»Also sind Sie sicher, dass sich meine Tochter nicht hier befindet?«

Sie lachte rau auf. »Bis vor ein paar Tagen war ich die einzige Frau an seiner Seite, die er hier in seinem Allerheiligsten duldete. Ich hatte schon vermutet, dass es eine neue Nebenbuhlerin gibt, aber wenn sie im Haus wäre, dann hätte ich sie aufgespürt. Außerdem wären dann weniger Männer hier, die das Haus bewachen sollen. Wolkow fühlte sich immer stark genug, dass er sich nur mit wenigen Leibwächtern umgab. Nein, ich bin sicher, dass er mit ihr woanders ist. Er hat überall seine Liebesnester. Warum wollen Sie das eigentlich so genau wissen?«

»Deswegen«, sagte Michael Zamis. Ein Blitz löste sich aus seinem Zeigefinger. Der Blitz ballte sich zu einer Feuerkugel, die auf das Anwesen zuzischte. »Und deswegen!« Ein weiterer Blitz. »Und deswegen!«

Erst als das ganze Haus in Flammen stand und die Todesschreie der letzten sich darin befindlichen Wolfsmenschen verebbt waren, wandte sich Michael Zamis wieder der Dämonin zu. »«Wenn Sie wollen, können wir jetzt losfahren.«

»Wenn es nicht zu spät ist. Drei der prophezeiten fünf Minuten sind abgelaufen, mein Lieber.«

Michael Zamis sprang in den Wagen. Kaum hatte er die Tür

zugeschlagen, gab die Dämonin Gas. Der schwere Geländewagen sprang mit einem Satz vorwärts. Die Flammen warfen zuckende Schatten auf ihr schönes Gesicht.

»Eine beeindruckende Vorstellung, die Sie da eben abgeliefert haben«, sagte sie, während sie mit quietschenden Reifen einen Bogen fuhr und schließlich die Zufahrt zum Tor entlangraste.

»Ich kenne Wolkow. Er versteht nur diese Sprache.«

»Schade, dass er nicht im Haus ist und mitgeröstet wird.«

»Warum hassen Sie ihn so?«

»Er hat mich von einem Tag auf den anderen fallen gelassen. Und er hat es nicht einmal für nötig gehalten, es mir persönlich zu sagen. Ich möchte ihm zumindest einmal noch von Angesicht zu Angesicht begegnen.«

In ihrer Wut verwandelte sich ihr Gesicht in eine dämonische Medusenfratze. Statt der Haare kringelten sich Schlangen auf ihrem Haupt.

»Ihr Wunsch scheint in Erfüllung gegangen zu sein«, sagte Michael und zeigte auf die Gestalt, die plötzlich im Licht der Scheinwerfer aufgetaucht war und mitten auf dem Weg stand.

Es gab nur einen Dämon, der einen derart imposanten Eindruck allein durch ein einzelnes Kleidungsstück hinterließ. Der legendäre Bärenfellmantel umgab ihn wie eine Trophäe. Wolkow wirkte darin noch größer, noch imposanter … noch unbesiegbarer.

Anna Samoilowa gab unvermindert Gas.

»Wollen Sie ihn über den Haufen fahren?«, schrie Michael Zamis. Wolkow war nur noch fünf Meter entfernt. Er verzog keine Miene, als der schwere Wagen auf ihn zuraste.

In letzter Sekunde wandte Michael Zamis einen Zauber an, der den Wagen wie vor eine unsichtbare Gummimauer rasen ließ. Da er sich auf den Aufprall einstellte, konnte er sich rechtzeitig abstützen. Trotzdem stieß sein Kopf mit voller Wucht gegen die Ablage.

Anna Samoilowa wurde nach vorne geschleudert. Ihr Körper wurde durch die Windschutzscheibe katapultiert und flog durch die Luft wie eine Puppe.

Michael Zamis sah nicht, wo sie aufkam. Blut lief ihm aus der Stirn in die Augen.

Er wischte das Blut mit einer beiläufigen Armbewegung fort, riss die Tür auf und sprang nach draußen.

Wolkow war wie vom Erdboden verschwunden. Anna Samoilowa lag mit verrenkten Gliedern im Scheinwerferlicht. Sie blutete aus unzähligen kleinen Wunden, die von der zersplitterten Frontscheibe stammten. Während Michael Zamis sie anstarrte, begannen sich ihre Wunden zu schließen. Die Selbstheilungskräfte setzten ein. Die grotesk verrenkten Arme und Beine begannen sich wieder zu richten.

Hinter sich hörte er den Motor des Hummers aufheulen. Er fuhr herum und sah den Geländewagen auf sich zurasen. Abermals wirkte er einen Zauber, doch diesmal fuhr der Wagen einfach weiter. In letzter Sekunde sprang er zur Seite.

Anna Samoilowa hatte kein Glück. Sie lag hilflos am Boden, als der tonnenschwere Wagen über sie hinwegfuhr und sie zerquetschte. Langsam setzte der Hummer zurück. Abermals walzten die breiten Räder über die Dämonin – oder das, was von ihr übrig war. Zurück blieb ein Brei aus zermalmten Knochen, Fleisch, Blut und Eingeweiden. Nur den Kopf hatte ihr Gegner verschont. Noch immer war darin so etwas wie Leben. Während die Schlangen sich bereits im Todeskrampf wanden, blitzten die Augen voller Hass. Die Mundwinkel zuckten.

Michael Zamis erwartete den nächsten Angriff. Doch der Fahrer, der den Hummer steuerte, legte anscheinend eine Schweigeminute ein. Mit laufendem Motor stand der Wagen da. Wie eine riesige schwarze Spinne, die nur darauf wartete, dass er den nächsten Schritt tat. Hinter den verdunkelten Scheiben war nicht zu erkennen, wer hinter dem Steuer saß.

Er erfuhr es im nächsten Augenblick. Die Tür öffnete sich, und Wolkow sprang heraus. Sein überhebliches Grinsen sagte alles. Er fühlte sich als Herr der Lage und genoss die Überraschung.

Michael Zamis versuchte sich nichts anmerken zu lassen. Wolkow hatte zu irgendeinem Trick gegriffen, um sich erst vor dem heranrasenden Hummer in Luft aufzulösen und sich dann selbst den Fahrersitz zu erschleichen. *Nicht übel,* dachte Michael, aber auch kein Wunderwerk für einen Hexer seines Ranges.

»Schau an, Michael Zamis, wenn mich meine Erinnerung nicht täuscht.« Wolkow spuckte aus. Aus seinem Speichel entstand ein fingerdicker Feuerwurm, der sich auf Michael zuschlängelte. Ein Rauschen erfüllte die Luft. Aus der Finsternis kam ein schwarzer Vogel herabgeschossen. Seine Flügel brannten lichterloh. Er schnappte nach dem Wurm, hielt das sich windende Wesen fest zwischen seinem spitzen Schnabel und erhob sich mit einem triumphierenden Kreischen wieder in den Nachthimmel. Noch lange war der feurige Schweif, den er hinter sich herzog, zu sehen.

»Solche Spielereien haben wir doch nicht wirklich nötig, oder?« Michaels Stimme war voller Geringschätzung.

Statt direkt zu antworten, wies Wolkow anklagend auf das brennende Anwesen. Die Hitze war bis zu ihnen zu spüren. »Ich würde dich ja gerne zu einem Plausch in meine bescheidene Datscha einladen, aber du hast sie gerade angezündet.« Das Grinsen war ihm vergangen. Unverhohlene Wut sprach aus seinen Worten.

»Es sollte eigentlich nur eine Warnung sein, falls du meiner Tochter etwas angetan hast.«

»Deinem Töchterchen? Ich weiß nicht einmal, dass du eines hast.« Wolkow mochte ein großer Kämpfer und Stratege sein, aber er war ein schlechter Lügner. Zumindest in diesem Fall. Michael spürte, dass er ihn anlog.

»Wo hältst du sie versteckt?«, setzte er nach. »Oder hast du sie ebenso abgelegt wie sie?« Er wies auf Anna Samoilowa.

»Eine Verräterin. Um sie ist es nicht schade«, erklärte Wolkow leichthin. »Aber kommen wir zu dir. Eigentlich dachte ich, Asmodi hätte dich längst abserviert. Was treibt dich in mein Revier? Oder suchst du Asyl?

»Ich sagte es bereits, ich suche meine Tochter Coco.«

»Ich kann dir da nicht weiterhelfen. Ich kann dich aber auch nicht einfach wieder ziehen lassen. Du hast mein Haus zerstört. Also werde ich dich zerstören.«

Ohne Vorwarnung zuckte ein Blitzstrahl aus dem Himmel auf seinen Gegner zu. Erneut war Michael schneller. Bevor er ihn erreichte, änderte der Blitz seine Richtung und attackierte Wolkow. Der Russe fluchte. Dann verschwand er erneut wie vom Erdboden. Dort, wo er eben noch gestanden hatte, schlug der Blitz ein.

Das Geräusch mehrerer heranrasender Wagen war zu hören. Michael begriff, dass er nicht mehr viel Zeit hatte. Und er war so, wie er hier stand, ein wehrloses Ziel für Wolkow.

Er wechselte in den schnelleren Zeitablauf, eine Spezialität der Familie. Jede Sippe, die etwas auf sich hielt, pflegte ihr Spezialgebiet. Und er wusste plötzlich auch, wie Wolkow es schaffte, sich unsichtbar zu machen. Er hatte bemerkt, dass der Russe kurz vorher mit dem Daumen über den Fellkragen seines Mantels gestrichen hatte. Es war der legendäre Bärenfellmantel, der ihm die besondere Gabe verlieh, sich unsichtbar zu machen!

Während scheinbar alles herum um ihn erstarrte, hielt er

nach Wolkow Ausschau. Doch nach wie vor war er nirgendwo zu sehen.

Michael Zamis lief zu der Dämonin. Zuerst dachte er, dass sie tot wäre, aber als er sie in seinen Zeitablauf mit einbezog, erkannte er, dass in dem abgetrennten Medusenhaupt noch immer Leben war. Ihre Lider flackerten, als er in ihr Blickfeld trat.

»… erlöse mich!«, flehte sie ihn an. Die Schlangen auf ihrem Haupt hingen bereits abgestorben herab.

Er beugte sich zu ihr herunter und fragte: »Wo könnte Wolkow stecken?«

»Es … auf dem Gelände hinter dem Haus … eine Kirche … darunter … Reise …!«

Ein Schwall schwarzes Blut erstickte ihre Worte. Dann schlossen sich die Augen für immer.

Reise … Was hatte sie damit gemeint? Oder bot die Kirche nur ein besonders raffiniertes Versteck? Vielleicht hielt Wolkow ja sogar Coco dort gefangen. Er erhob sich und lief um das Haus herum. Die Flammen standen wie erstarrt in der Luft. Doch selbst in dem schnelleren Zeitablauf spürte er die Hitze, die von der Feuersbrunst ausging. Langsam schwanden seine Kräfte. Die Magie, die er freigesetzt hatte, hatte auch seine Leistungsfähigkeit auf die Probe gestellt. Er überlegte, ob er es wagen konnte, in den normalen Zeitablauf zurückzukehren. Aber nach wie vor war Wolkow verschwunden. Unsichtbar. Also war die Gefahr, dass er irgendwo hinterrücks auf ihn lauerte, immer noch allgegenwärtig.

Er raffte seine letzten Energiereserven zusammen und hielt den kräftezehrenden schnelleren Zeitablauf aufrecht. Weit und breit entdeckte Michael Zamis keine Kirche. Vor ihm erstreckte sich ein Wäldchen. Ein Pfad führte hinein.

Er lief den Weg entlang, bis vor ihm tatsächlich eine kleine

Kirche auftauchte. Sie war verwittert und erinnerte ihn eher an eine Ruine.

Misstrauisch näherte er sich dem Gebäude. Es ging keine schädigende Strahlung davon aus, also konnte er davon ausgehen, dass sie geschändet worden war. Natürlich, ein Wolkow würde nie eine geweihte Kirche auf seinem Grundstück dulden.

Vorsichtig öffnete Michael das schwere Portal. Da sah er den Schatten. Im nächsten Augenblick erkannte er Wolkow. Der Russe stand am anderen Ende des Mittelgangs und war offensichtlich überrascht, dass Michael ihn hier gefunden hatte.

Langsam trat Michael Zamis näher. »Wir sollten das jetzt zu Ende bringen. Jetzt und hier, Wolkow!«

»Ich würde dir ja gerne den Todesstoß verpassen«, entgegnete Wolkow. »Aber ich habe im Moment andere Prioritäten. Ich stehe kurz davor, das Schwarze Zimmer zu bergen. Und ob du es glaubst oder nicht, deine Tochter wird mir dabei helfen. Und weißt du, was ich danach mit ihr anstelle? Ich …«

Michael stieß einen Wutschrei aus und stürmte auf Wolkow zu. Doch der war plötzlich abermals verschwunden.

»Wolkow, du Feigling! Ich finde dich! Stelle dich wie ein Mann!«

Michael raste hin und her. Er suchte in jeder Bankreihe und in jeder Nische. Aber Wolkow blieb wie vom Erdboden verschluckt.

Da fiel ihm eine Falltür direkt hinter dem Altar auf. Sie war fast nicht vom Boden zu unterscheiden. Er riss sie auf, und war sich sicher, dass Wolkow diesen Fluchtweg benutzt hatte.

Eine steile Treppe führte in die Tiefe.

Michael Zamis zögerte nicht länger. Er stieg hinab.

Als er unten ankam, fand er sich in einem kreisrunden Raum wieder. Die Wände bestanden aus schwarzem Meteoritengestein und waren mit schwarzmagischen Symbolen versehen. Von ihnen ging selbst auf Michael eine derartige Abwehrkraft aus, dass er einen Gegenzauber wirken musste, um sich ihnen zu nähern.

Eine sichtbare Tür war nicht vorhanden. Abermals musste er Magie einsetzen. Er spürte, wie seine letzten Energiereserven allmählich zur Neige gingen. Falls Wolkow ihn jetzt stellte, hätte er schlechte Karten.

Dennoch, er musste es herausfinden. Er musste wissen, ob Wolkow hier unten seine Tochter gefangen hielt.

Plötzlich spürte er ein Ziehen in der Magengegend. Das Gefühl war ihm vertraut. Er verstärkte den magischen Impuls, und ein Tor aus Flammen durchbrach die Mauer. Ohne zu zögern, schritt er hindurch. Dahinter empfing ihn eine vertraute Dunkelheit.

Der Raum führte direkt zu einem Dämonentor!

An vielen Punkten der Erde gab es magische Kraftfelder, durch die man mittels eines einzigen Schritts den halben Erdball umrunden und von Kontinent zu Kontinent gelangen konnte. Oder auch nur von einem Dämonen- oder Höllentor zum nächsten.

Jedermann, selbst ein Sterblicher, der Kenntnis über die Dämonentore hatte, konnte sie benutzen, aber er war dabei ihren unerforschlichen Gesetzen unterworfen.

Offensichtlich hatte Wolkow deswegen hier sein Anwesen erbaut – weil es in der Nähe eines Höllentores lag.

Michael ließ sich von der Dunkelheit treiben. Vielleicht würde sie ihn ja dorthin führen, wohin es auch seinen Gegner zog. Mittlerweile war er sich fast sicher, dass Wolkow diesen Fluchtweg benutzt hatte. Auch war er deswegen so plötzlich aufgetaucht.

Längst war er aus dem schnelleren Zeitablauf wieder in die

normale Dimension zurückgekehrt. Gleichzeitig spürte er, wie die unerforschten Mächte, die innerhalb eines Dämonentores wirkten, ihm neue Kraft gaben.

Er schwebte auf einen flammenbekränzten Ausgang zu. Nachdem er ihn erreicht hatte, genügte ein einziger Schritt, um sich in der Wirklichkeit wiederzufinden.

Allerdings war es stockdunkel. Er entzündete mehrere Hexenlichter und sah sich um. Das Höllentor, dessen flammender Eingang sich soeben wieder schloss, endete in einem mit einer Feuerschutztür verschlossenen Raum.

Da vernahm er den Hilferuf. Nicht mit den Ohren, sondern mit seinen magischen Sinnen. Und die sagten ihm, dass ein Mitglied seiner Familie in höchster Gefahr war.

Seine Tochter.

Coco!

Sie musste hier irgendwo in der Nähe sein.

Coco wusste, wer sich ihnen näherte, bevor sie ihn sah. Nicht immer ließ der Fürst der Finsternis seine Aura, die ihn wie ein unsichtbarer Mantel umgab, jedermann spüren. Coco fühlte seine Ungeduld und seinen Zorn geradezu körperlich. Sie hörte die Freaks, die jenseits des Drudenfußes gelauert hatten, in Panik flüchten.

Auch sie wäre am liebsten vor dieser unsichtbaren Dampfwalze davongelaufen. Aber wohin? Auch Helmut von Bergen wirkte beeindruckt. Er tastete nach Cocos Hand und drückte sie.

Mühelos überwand Asmodi die Dämonenbanner. Ihm konnten sie nicht das Geringste anhaben. Dann stand er vor ihr, ein schwarzer Schatten, der nur entfernt menschenähnliche Konturen aufwies und eher einem aufrecht stehenden Reptil ähnelte. Zwei rote Augen glühten in der Schwärze.

»Wieso musste ich ausgerechnet euch zwei Versager mit der Mission betrauen?«, grollte Asmodi. Trotz seiner Furcht einflößenden Erscheinung klang seine Stimme geradezu sanft. Fast zu sanft. Von Bergen sank auf die Knie. Coco blieb aufrecht stehen und hatte für ihren Begleiter nur noch Verachtung über.

»Der Auftrag hieß, mir Wolkow zu bringen und nicht, euch mit ihm zu verbrüdern! Was habt ihr zu eurer Verteidigung zu sagen? Sprecht schnell, bevor ich euch vernichte!«

»Bitte nicht, Herr!«, flehte von Bergen. »Es ist alles ein Missverständnis. Ich …«

Ein Blitzspeer zuckte aus der Finsternis, die Asmodi war, heraus und bohrte sich in von Bergens Herz. Der Fürst schrie auf und sackte nach hinten. Es roch nach verbranntem Fleisch.

Coco warf sich über ihren Gefährten, schloss ihn in die Arme und rief seinen Namen. Er reagierte nicht. Dort, wo sein schwarzes Herz geschlagen hatte, klaffte ein faustgroßes Loch. Da begriff auch sie, dass er tot war.

Langsam erhob sie sich wieder. In hilfloser Wut ballte sie die Fäuste. »Warum hast du das getan?«

»Ich mag keine Versager«, erwiderte Asmodi. »Außerdem sollst du wissen, dass ich es ernst meine.«

»Also willst du mich als Nächstes töten?«

»Ich gebe dir eine letzte Chance. Als Mutter meines zukünftigen Kindes hast du sie dir verdient.«

Am liebsten hätte sie ihm ins Gesicht gespuckt, aber sie wusste, dass dies tatsächlich ihr Todesurteil bedeutet hätte. Im Augenblick hatte er eindeutig die besseren Karten.

»Was soll ich tun? Ich sitze hier in der Falle. Wolkow ist geflohen, und die Freaks lauern irgendwo dort hinten in der Dunkelheit, um über mich herzufallen.« Erst, nachdem sie es ausgesprochen hatte, wurde ihr bewusst, wie ausweglos ihre Lage wirklich war.

»Wolkow ist nicht geflohen, du Närrin. Er ist zurück nach Moskau, um deinen Vater davon abzuhalten, weiteren Unsinn anzustellen. Michael Zamis gebärdet sich wie ein Irrer, weil er glaubt, Wolkow habe dich getötet.«

»Er glaubt was …?« Coco wusste nicht, ob sie darüber glücklich oder besorgt sein sollte, dass ihr Vater sie suchte.

»Wie auch immer, Coco Zamis, erfülle deinen Auftrag. Denk an dein ungeborenes Kind. Bring deinen Vater zur Vernunft. Und liefere mir Wolkow!«

Der letzte Satz klang wie ein Befehl. Gleichzeitig schien sich seine schwarze Gestalt auflösen zu wollen.

»Halt!«, rief Coco. »Warum bringst du ihn eigentlich nicht selbst in deine Gewalt?«

Aus den rot glühenden Augen blitzte der Spott. »Für eine Fürstin der Finsternis, meine liebe Coco, fehlte dir jederzeit das nötige Fingerspitzengefühl.«

»Du meinst wohl die nötige Hinterhältigkeit. Da gebe ich dir sogar recht. Abgesehen davon werde ich nie deine Fürstin!«, zischte sie.

»Wie auch immer, als Oberhaupt kann ich es mir nicht erlauben, eine mächtige Persönlichkeit wie Wolkow direkt anzugehen. Daher habe ich dir die Chance gegeben, ihn zu kidnappen und ihn mir diskret auszuliefern.«

»Du willst das Schwarze Zimmer, an Wolkow ist dir doch gar nicht gelegen.«

»Wie immer liegst du völlig falsch, liebe Coco. Ich will nicht, dass an den Mächten, die das Schwarze Zimmer birgt, gerührt wird. Es ist verfluchte *centro-terrae*-Magie damit verbunden. Niemand weiß, welche Kräfte entfesselt werden, wenn weiterhin Dilettanten wie Wolkow damit herumpfuschen.«

»Er hat behauptet, dass er es nicht besitzt.«

»Er lügt. Die Wahrheit ist, er kann nicht damit umgehen. Er weiß nicht, wie man es öffnet. Daher ist ihm der Einfall gekommen, dass du der Schlüssel dazu sein könntest.«

»Aber warum?«

Die folgenden Worte klangen unwillig. »Weil du in seinen Augen eine begabte Hexe bist. Aber bilde dir ja nicht zu viel darauf ein.«

»Und wo befindet sich jetzt Wolkows Schwarzes Zimmer?«

»Direkt unter deinen Füßen. Es war Wolkow, der die Kisten damals nach dem Krieg an diese Stelle geschafft hat und das Dom Sowjetow darauf errichtete. Alles andere finde selbst heraus. Erfülle meinen Auftrag!«

Die schwarze Reptiliengestalt löste sich vor ihren Augen auf.

Sie hörte abermals Stimmen. Die Freaks wagten sich wieder heran. Aber es war noch jemand bei ihnen. Jenseits des Drudenfußes erkannte sie Wolkow. Die Freaks entfernten das Pentagramm, und der Russe kam eilig auf sie zugeschritten. Er wirkte nervös und angespannt. Sein Bärenfellmantel stank nach Rauch. An einigen Stellen glommen glühende Funken. Er wirkte, als sei er soeben der Hölle entronnen. Mit einem kurzen grimmigen Blick erfasste er die Lage. »Hast du ihn getötet?«, fragte er und wies auf den toten von Bergen. Der Körper des Tagesalbs ging bereits in Verwesung über. In einigen Minuten würde allein ein Häufchen Asche von ihm übrig geblieben sein.

»Wer sonst«, sagte Coco kühl.

»Etwas hat die Freaks in Panik versetzt. Eine schwarze Gestalt. Mehr konnte Fjodor der Fuchs leider nicht erkennen.«

»Helmut war ein Verräter. Er hat einen Dämon beschworen, der dich töten sollte.«

Wolkow zog eine Augenbraue hoch. »So? Und woher wusste er, dass ich wiederkommen würde?«

Coco zuckte beiläufig mit den Schultern. »Keine Ahnung, fragen können wir ihn ja nicht mehr.«

Ihre Kaltschnäuzigkeit schien ihn zu überzeugen. Wenigstens für den Moment.

»Du hast recht. Was scheren mich die Toten. Wir müssen weiter. Wir haben nicht mehr viel Zeit.«

Er packte sie grob am Arm und zog sie mit sich. Die Freaks überholten sie kichernd und feixend und wischten die Dämonenbanner fort.

»Warum plötzlich die Eile?«, fragte Coco. Halbherzig versuchte sie sich loszureißen, aber Wolkows Griff war wie aus Stahl. Sollte er ruhig glauben, dass sie eingeschüchtert war, sie würde ihre Kräfte sparen, bis der geeignete Zeitpunkt gekommen war.

Es ging noch tiefer hinab. Wie viele unterirdische Kellergeschosse mochte es hier geben? Endlich im sechsten oder siebten Untergeschoss standen sie vor einer weiteren Tür. Sie bestand aus Stahl und war mit zahlreichen Riegeln gesichert.

»Ich werde die Tür jetzt öffnen, und du wirst hineingehen«, sagte Wolkow.

»Und was erwartet mich hinter der Tür?« Obwohl sie es sich denken konnte, wollte sie die Antwort aus seinem Mund hören.

»Das Schwarze Zimmer. Du wolltest es doch haben!«

Sie schüttelte den Kopf. »Nein. Nein, Wolkow. Ich spüre, dass es falsch ist, diese Kräfte erneut zu wecken. Wir sollten sie ruhen lassen.«

»Du hast sie bereits erweckt, du Ahnungslose. Ich habe Erkundigungen eingezogen. Seitdem du in Wien das Café betreibst, ist die Macht des Zimmers wieder aktiv.«

»Aber ich habe damit nichts zu tun.«

»Irgendetwas ist an dir, das diese Kräfte weckt. Und deshalb wirst du jetzt hineingehen. Ich bin gespannt, ob du sie beherrschen wirst.«

Wieder schüttelte Coco den Kopf. Sie spürte eine Urangst, die sie bisher nicht gekannt hatte. Verfluchte *centro-terrae*-Magie! Im *centro terrae*, dem Mittelpunkt der Erde, der für die Sterblichen die Hölle bedeutete, hausten Dämonen, die nicht zur Schwarzen Familie gehörten, uralt und von unbestimmbarer Herkunft. Ihre Hinterlassenschaften wie die Pyramiden von Gyzeh oder die Ruinenstätte von Chichén Itzá stellten sowohl Menschen als auch normale Dämonen vor unlösbare Rätsel.

»Ich werde nicht hineingehen!«, bekräftigte Coco.

Wolkow gab den Freaks einen Wink, und sie schoben die schweren Riegel beiseite und schlossen die Tür auf. Abermals wehrte sich Coco, um Wolkows Griff zu entfliehen. Diesmal jedoch hielt er sie mit beiden Händen fest.

Die Freaks hatten die Tür inzwischen einen Spalt weit geöffnet. Zentimeter um Zentimeter schoben sie sie weiter auf. Ein undefinierbarer Gestank wehte Coco entgegen. Er schien aus den Abgründen der Hölle zu kommen und sogar ihr, einer irdischen Dämonin, Schaden zufügen zu können. Sie spürte, wie der Gestank sie mit unsichtbaren Geisterfingern berührte und in sie eindringen wollte. Gleichzeitig vernahm sie die flüsternden Stimmen der Toten. Sie waren nun ganz nah …

Verzweifelt wand sie sich in Wolkows Armen, während der Wolfsdämon sie unerbittlich auf den Türspalt zuschob.

Sie versuchte, sich in den schnelleren Zeitablauf zu versetzen. Vergeblich. Die *centro-terrae*-Magie absorbierte sämtliche anderen Kräfte.

Coco schrie und schlug um sich.

Aber es half nichts.

In diesem entscheidenden Moment war Wolkow der Stärkere.

Den Schrei erkannte er sofort. Im selben Moment wusste Michael Zamis, dass seine Tochter lebte! Die Erkenntnis verlieh ihm neue Kraft. Und Wut! Was tat ihr Wolkow an?

Er zögerte nicht lange und sprengte mit bloßen Händen die verschlossene Tür. Gleichzeitig versetzte er sich erneut in den schnelleren Zeitablauf, um rascher seiner Tochter beistehen zu können.

Eine Horde Freaks tauchte vor ihm auf. Er stieß sie beiseite und hastete weiter. Dann spürte er die fremde Macht. Er kannte sie. Sie war ihm vertraut.

Sein erster Impuls war, umzukehren und zu flüchten. Doch er wusste, dass das nicht seine Gedanken waren. Es waren fremde Gedanken, die das von ihm verlangten.

Er lief weiter. Und dann sah er ihn: Wolkow! Der verhasste Feind hielt Coco gepackt und war drauf und dran, sie durch einen Türspalt zu zwängen.

Michael Zamis erfasste die Lage mit einem Blick. Es gab nur eine Möglichkeit, Coco aus den Klauen ihres Gegners zu befreien. Obwohl er spürte, dass die Macht, die hinter der Tür lauerte, ihm seine magischen Kräfte entzog, setzte er seinen eisernen Willen dagegen und schaffte es, den schnelleren Zeitablauf aufrechtzuerhalten. Wolkow stand mit Coco nach wie vor wie erstarrt direkt neben dem Türspalt.

Michael entriss dem Gegner seine Tochter. Ihn selbst schleuderte er hinein in die wispernde Schwärze. Mit letzter Kraft schloss er die Tür und legte die Riegel vor.

Dann erst kehrte er in den normalen Zeitablauf zurück.

Hinter der Tür erklang ein Schrei, wie ihn Michael Zamis bisher nie vernommen hatte. Ein nicht enden wollender Schrei, der so voller Qual, Schmerz und Schrecken war, dass er nicht einmal seinem schlimmsten Feind ein solches Ende wünschte.

Außer Wolkow.

Coco erhob sich vom Boden. Es dauerte einige Sekunden, bis sie begriff, dass sie nicht mehr in Gefahr war. Und dann sah sie ihren Vater. Am liebsten hätte sie ihn vor Erleichterung umarmt, doch sie wusste, dass sie ihm damit keine Freude gemacht hätte.

In knappen Worten erklärte ihr Michael Zamis, was passiert und wie er hierhergekommen war. Die Freaks nutzten derzeit die Gelegenheit und nahmen Reißaus.

»Und was passiert jetzt?«, fragte Coco.

»Wolkow wollte mit deiner Hilfe die Magie des Schwarzen Zimmers ergründen und für sich nutzen. Es wird Zeit, dass wir zumindest diesen Zugang für alle Zeiten versperren. Damals hat Wolkow nicht auf mich hören wollen. Wir hatten große Teile des Schwarzen Zimmers, die bei der Bombardierung verschüttet wurden, retten können. Dabei habe ich auch Alexei kennengelernt, seines Zeichens Hüter des Schwarzen Zimmers. Doch Wolkow war schon damals niemand, der gerne etwas teilte. Wir sind nach einem erbitterten Kampf auseinandergegangen. Er hat sich den größten Teil der Kisten unter den Nagel gerissen. Ich gab mich mit wenigen zufrieden – und bereue es bis heute, dass ich überhaupt welche nach Wien geschafft habe. Die *centro-terrae*-Magie ist unberechenbar. Du siehst, was alles passiert ist, nur weil Wolkow wieder an den alten Dingen rührte.«

Coco schüttelte den Kopf. »Nicht nur Wolkow rührte daran. Auch Asmodi hat plötzlich wieder Interesse gezeigt.« Sie erzählte ihrem Vater von dem Auftrag.

Er ballte die Fäuste. »Eines Tages wird er dafür bezahlen müssen, dass er eine Zamis erpresst!«

»Er wird nicht sehr erbaut darüber sein, wenn wir diesen Zugang schließen.«

Michael Zamis grinste. »Das würde mich umso mehr freuen. Er soll toben und Feuer speien. Und wenn er dich zur Rechenschaft ziehen will: Schieb alles auf mich. Schick Asmodi zu mir. Er weiß, wo ich wohne. Ich werde ihm einen entsprechenden Empfang bereiten.«

Coco Zamis schaute ihren Vater erstaunt an, als sähe sie ihn zum ersten Mal. Es war der Michael Zamis, den sie irgendwann einmal gekannte hatte. Einen stolzen, unbeugsamen Mann, der sich jederzeit schützend vor seine Familie stellte und sie zur mächtigsten Sippe in Wien etablierte. Diesen Mann hatte sie zu hassen gelernt. Aber sie hatte ihn in den letzten Jahren auch mehr und mehr vermisst.

Jetzt war er zurückgekehrt.

Der alte Patriarch bot selbst Asmodi die Stirn.

Zum ersten Mal in ihrem Leben war sie stolz auf ihren Vater.

»Träum nicht. Lass uns ans Werk gehen, solange das Schwarze Zimmer mit Wolkow beschäftigt ist. Der Zauber, um den Eingang für immer zu verschließen, erfordert unsere ganze Konzentration!«

»Jawohl, Vater.«

Sie hätte nie gedacht, dass diese Worte ihr je noch einmal über die Lippen kommen würden.

Dann begannen sie mit der Beschwörung.

Lydia schrie. Doch niemand hörte ihre Schreie. Sie wusste nicht einmal, wo sie sich befand. Jedenfalls nicht im Café Zamis. Ihre letzte Erinnerung war, wie sie Arm in Arm mit dem buckligen Freier durch die Nacht spaziert war.

Jetzt war sie aufgewacht. Was sie sah, wirkte auf jeden Fall nicht wie die geeignete Umgebung für ein Schäferstündchen. Das Zimmer – wenn es überhaupt ein Zimmer war –, vielmehr der Ort, an dem sie sich befand, hatte keine wirklichen Strukturen, keine Wände, die Winkel und Perspektiven verschoben sich in ständiger Bewegung. Lydia wurde schwindlig, wenn sie zu lange hinschaute. Aber auch der Boden, auf dem sie stand, schwankte und schaukelte. Wenn sie zu lange auf einer Stelle stehen blieb, versanken ihre Schuhe darin. In dem rötlich schimmernden Licht erkannte sie weitere Personen, vielleicht ein Dutzend. Sie schwebten wie menschliche Monde durch den Raum. Manche waren längst verwest, bei anderen erkannte man die tödlichen Verletzungen. Ein paar rote Gebilde schwebten ebenfalls in dem Raum umher. Erst beim zweiten Hinsehen erkannte sie, dass es sich um Herzen handelte.

Von oben tropfte etwas auf ihre Haare. Es brannte wie Salzsäure. Sie schrie auf und wischte sich instinktiv über den Kopf. Jetzt brannte ihr auch die Hand. Fassungslos sah sie, wie die Haut kleine Blasen bildete. Ein weiterer Tropfen landete auf ihrer linken Schulter.

Sie schaute hoch und sah über sich einen weiteren Toten schweben. Er sah aus, als würde er allmählich zerfließen.

Da begriff sie, dass dieser Ort nichts anderes war als ein riesiger Verdauungstrakt.

Wieder schrie sie um Hilfe. Gleichzeitig wuchs ihr Zorn. Das alles hatte sie nur Adalmar zu verdanken!

Unter ihren Füßen erbebte der Boden. Auch das noch! Sie musste einen Weg nach draußen finden! Es fiel ihr immer schwerer, zu denken. Sie versuchte, sich einen geeigneten Zauber zurechtzulegen, aber ihr fiel keiner ein. Sie war nie eine gute Hexe gewesen. Jetzt bedauerte sie, sich nie wie ihre

Geschwister ständig fortgebildet zu haben. Außer in Liebeszaubern. Davon beherrschte sie eine ganze Menge.

Es war der letzte Strohhalm, nach dem sie griff. Sie wob einen Zauber, der den nächstmöglich erreichbaren Mann zu ihr führen würde. Wahrscheinlich würde es den Buckligen treffen. Wenn sie ihn erst einmal in die Finger bekam, würde sie schon mit ihm fertig werden!

Während unter ihr der Boden immer stärker erzitterte und sie tiefer einsank, rezitierte sie einen uralten Zauberspruch, der bisher immer geholfen hatte:

»Wenn ich einen Mann begehr,
dann führ ihn jetzt, jetzt, jetzt hierher …«

Sie schloss die Augen und hoffte inständig, dass ihr Ruf gehört wurde.

Karl polierte die Gläser. Wie immer. Es war spät in der Nacht. Aber das Café hatte keine festen Öffnungszeiten. Manchmal verirrten sich auch am frühen Morgen Gäste hierher.

Jetzt war das Café leer. Der letzte Gast war vor fünf Minuten gegangen. Ein Vampir, der recht durstig ausgesehen hatte.

Karl schaute auf die Uhr. Drei Uhr in der Nacht. Vielleicht sollte er sich etwas Schlaf gönnen. Die ganze Zeit schon hatte er die Schreie der Frau gehört. Sie kamen von *unten* aus den Katakomben. Sie beunruhigten ihn zwar nicht, aber sie würden ihn in den Schlaf begleiten. Und in seine Träume. Seitdem Coco Zamis das Café übernommen hatte, war vieles anders geworden. Aber nicht alles war besser.

Er hatte früher nie geträumt. Jetzt wurde er in jedem Schlaf von Albträumen heimgesucht.

Etwas tief *unten* war erwacht. Schon lange, und es drängte nach oben und war auch für seine Träume verantwortlich.

Nein, er würde nicht nachschauen, was es mit den Schreien

auf sich hatte. Dazu hatte er zu viel Respekt vor dem Unbekannten, das dort unten hauste. Vielleicht waren die Schreie dazu gedacht, ihn hinunterzulocken. Wer wusste das schon?

Mit stoischer Ruhe polierte er weiter die Gläser, während die Schreie immer verzweifelter klangen.

Er überlegte gerade, ob er nach dem Verbandskasten suchen und sich Watte in die Ohren stopfen sollte, als in seinem Kopf eine Stimme erklang.

Wenn ich einen Mann begehr,

dann führ ihn jetzt, jetzt, jetzt hierher …

Selten hatte Karl eine lieblichere Stimme gehört. Sie erweckte in ihm längst verloren geglaubte Erinnerungen. Erinnerungen an geflüsterte Versprechungen und leidenschaftliche Umarmungen, an wollüstige Stunden und verbotene Liebesnächte.

Seine Hose hatte seit Langem im Schritt nicht mehr so gespannt.

Die zärtliche Stimme in seinem Kopf dirigierte ihn. Sie sagte ihm, wo er sie finden würde und lenkte seine Schritte. Er merkte kaum, dass er sich nach unten begab. In den Keller. Doch noch immer war er nicht am Ziel. Das Ziehen in seinen Lenden war kaum mehr auszuhalten.

Trotzdem zögerte er kurz, bevor er in die tieferen Bereiche eindrang. In die Katakomben. Die Stimme in seinem Kopf klang nun ganz so, als würde jemand neben ihm stehen. Er wusste, dass er auf dem richtigen Weg war.

Schließlich stand er vor einer verschlossenen Tür. Dahinter steckte sein Objekt der Begierde. Vielleicht war sie es sogar, die geschrien hatte. Wie auch immer, er musste die Tür aufbrechen.

In einem angrenzenden Keller fand er eine alte Kohlenschaufel. Zufrieden nahm er sie an sich und hieb damit auf das Holz der Tür ein.

So lange, bis sie endlich nachgab und nach innen aufschwang.

Es dauerte ein paar Sekunden, bis er sich an die Dunkelheit gewöhnt hatte. Dann sah er die Frau, die auf der zerlumpten Matratze lag und ihn mit angsterfüllten Blicken anschaute.

»Schnell, hol mich hier raus! Ich versinke immer tiefer«, schrie sie verzweifelt.

Die Stimme klang nicht wie die, die er in seinem Kopf gehört hatte. Enttäuscht ließ er die Schultern sinken. Er kam wieder zu sich.

Jetzt erst nahm er den Gestank wahr. Der Raum war voller Leichen. Sie lagen auf dem Boden verstreut. Dazwischen lagen blutige Klumpen. Er musste an die Huren denken, die in letzter Zeit ermordet worden waren und denen jemand das Herz herausgerissen hatte.

»Jetzt helfen Sie mir endlich hier heraus!«, keifte die Frau. »Aber passen Sie auf den Schleim auf.«

»Ich sehe keinen Schleim«, sagte Karl. Dann holte er tief Luft, hielt den Atem an und hob sie vom Bett. In seinen Armen trug er sie aus dem Kellerloch nach draußen. Achtlos ließ er sie fallen. Dann begann er, die Tür wieder zu reparieren und den Keller zu verschließen.

Er bemerkte nicht, dass Lydia sich kopfschüttelnd aufraffte, und hörte nicht zu, wie sie ihn aufforderte, gefälligst ein Taxi zu rufen. Schließlich gab sie es auf. Sie fand allein den Weg zurück nach oben. Dort taumelte sie hinaus in die kalte Nachtluft.

Es war ein langer Weg zurück nach Hause. Dennoch: Sie lebte!

Und das war weit mehr, als sie in diesem Moment ihrem verfluchten Bruder Adalmar wünschte!

»Vater!« Georg öffnete das Gartentor, das die Villa Zamis vor unbefugten Gästen abschottete. Er war verblüfft, und das zeigte er auch.

»Wen hast du sonst erwartet?«, blaffte Michael Zamis. »Und warum wird mir der Zutritt zu meinem eigenen Haus verwehrt?«

»Ein Irrtum«, beeilte sich Georg zu versichern. »Adalmar hat uns aufgetragen, die magischen Fallen zu verstärken. Wahrscheinlich haben sie deine Identität nicht gleich erkannt.«

Michael Zamis trat misstrauisch über die Schwelle. Während er sich umsah, gab Georg seiner Freude Ausdruck: »Mensch, Vater, ich bin so froh, dass du wieder da bist! Du kannst dir nicht vorstellen …«

»Warum sollte ich nicht wiederkommen?«

»Du hast uns allen eine Schwarze Depesche hinterlassen.«

Michael Zamis winkte ab. »Nur zur Vorsicht. Und um gewisse Leute in die Irre zu führen.« Er grinste. Dann verdüsterte sich seine Miene erneut, während er auf den Eingang des Hauses zuschritt. Einige von Adalmars Kometen umkreisten ihn.

»Was ist das für ein Unsinn? Sind wir im Kindergarten.«

»Eine von Adalmars neuen Ideen«, sagte Georg.

»Guten Abend, Herr Zamis, mein Name ist Adabeda. Ich starb vor zweitausend Jahren und möchte Ihnen meine Lebensgeschichte erzählen.«

Der magische Schrumpfkopf war urplötzlich neben Michael Zamis aufgetaucht und hatte zu plappern begonnen.

Michael Zamis verpasste ihm einen Schlag, dass er davonsegelte.

»Und das? Was war das?«

»Eine weitere von Adalmars spleenigen Partyideen. Übrigens, pass auf, wenn du in die Nähe des Pools kommst …«

Gerade noch war ein zuckender Tentakel zu sehen gewesen, der sich nun wieder zurückzog. »Adalmar hat für morgen Nacht zu einem Schwarzen Sabbat geladen, um einiges zu verkünden.«

»Wo ist er jetzt?«, knurrte Michael Zamis.

»In seinem Bett. Er braucht viel Ruhe und Konzentration für den morgigen Sabbat, hat er ausrichten lassen.«

Mittlerweile hatten sie den Eingang erreicht. Laut schlug Michael Zamis die Tür hinter ihnen zu.

»Weck alle auf. Sag ihnen, dass ich wieder zu Hause bin. Und, ach ja, bereite vor allem Adalmar darauf vor, dass ich *ihm* etwas zu verkünden habe.«

»Du meinst, der Sabbat findet nicht statt?«, fragte Georg gut gelaunt.

»Nein«, knurrte Michael Zamis. »Und einiges andere auch nicht. Ab sofort werde ich die Zügel wieder anziehen. Ich fürchte, dein Bruder wird es als Erstes zu spüren bekommen. Und jetzt tu, was ich dir aufgetragen habe.

Nur zu gern befolgte Georg diesmal den Befehl seines Vaters.

Manchmal taten Veränderungen not.

Manchmal aber war es besser, dass alles beim Alten blieb.

So wie jetzt.

Zweites Buch

Diener der Wollust

von Michael Marcus Thurner

»Ich habe Hunger, und dieser lange Lulatsch in der Ecke rechts hinten käme mir gerade recht«, sagte Vindobene. Er leckte verlangend über seine Lippen und entblößte zwei fehlerhafte, braungelbe Zahnreihen.

»Wie oft habe ich dir schon gesagt, dass du gefälligst auswärts speisen sollst? Das Café Zamis ist tabu für dich.« Ich hielt den Kleinen zurück, bevor er verschwinden konnte.

»Warum? Der Kerl hat ohnedies schon bezahlt. Jetzt sitzt er bloß noch da, bei einem Glas Leitungswasser, dreht sich eine Zigarette nach der anderen und stiert aus dem Fenster.« Vindobene rieb sich über den Bauch. »Wenn du bloß seine Aura schmecken könntest …«

»Ja?«, fragte ich, mäßig interessiert, während ich Teller und Gläser reinigte.

»Er ist voll Widerwillen dem Leben gegenüber. Er hasst seine Mitmenschen. Er übersieht alles Schöne. Er würde sich selbst gerne in Stücke schneiden, wenn er nur den Mut dazu hätte.« Vindobene keuchte, während er immer schneller redete, sein Maul weit aufriss und ihm Tentakel aus der Kleidung wuchsen. »Ich muss ihn haben, Coco, ich muss …«

»Noch einmal: Du wirst meine Kunden in Ruhe lassen. Das Café Zamis ist neutrales Gebiet.«

»Aber es sollte Ausnahmen geben. Für Kleindämonen zum Beispiel, die schon längere Zeit nicht mehr richtig diniert haben. Ich sehne mich so sehr nach diesem ganz besonderen Wiener Sud. Und dieser Kerl ist vollgestopft damit.«

Ich packte Vindobene am Schlafittchen und zog ihn zu mir hinter die Theke. »Dann nimm das. Das wird dein Mütchen kühlen.« Ich drückte ihm ein Tablett mit Gläsern in die Hände. Mehrere Dämonen alteingesessener Wiener Sippen hatten Geburtstag gefeiert und waren eben erst gegangen. Sie hatten den Sittenkodex des Café Zamis *gerade noch* befolgt; die Überreste ihres Wütens bestanden aus Schleim, Eiter, Urinlachen, Knochenresten und gelbem Auswurf. »Da hast du etwas zu tun.«

»Aber …«

»Sag noch einmal aber, und ich schmeiße dich aus dem Café Zamis!«

Vindobene zuckte zusammen. Er wusste, was das für ihn bedeutete: Er würde aus dem Fokus der Aufmerksamkeit verschwinden und sich wieder in den Wiener Untergrund zurückziehen müssen, den er jahrzehnte- oder jahrhundertelang bewohnt hatte.

»Ist ja gut, Coco«, sagte er mürrisch, packte das Tablett und begann mit der Arbeit. Die Aufräumarbeiten würden ihn eine oder eineinhalb Stunden lang beschäftigen.

Ich warf einen Blick auf den Kerl, nach dem Vindobene so sehr gelüstete. Er hielt die Beine übereinandergeschlagen und zog an seiner Zigarette. Die Finger waren vom Nikotin gelb gefärbt, die Wangen eingefallen, der Kopf beinahe kahl geschoren. Ich schätzte sein Alter auf etwa fünfzig Jahre.

Wann hatte er das Café Zamis betreten? – Ich erinnerte mich nicht.

»Karl?«

»Hm?« Der ehemalige Wirt und mein Vorgänger als Pächter des Café Zamis drehte sich gelangweilt zu mir um.

»Kennst du den Mann?« Ich deutete in Richtung des Hageren.

»Hab ihn über die Jahre hinweg ein paarmal gesehen«, antwortete Karl knapp. »Er kommt, trinkt eine Melange, starrt auf die Mariahilfer Straße hinaus und geht irgendwann wieder. Manchmal ist er in Begleitung eines Freundes hier, der ebenso wortkarg wie er selbst ist. Ist mir nicht sonderlich sympathisch, der Typ.«

»Ist dir denn überhaupt jemand von unseren Gästen sympathisch, Karl?«

»Alle, die nicht zu viel Arbeit machen. Die mich nicht anquatschen. Die keine Getränke ausschütten. Die nicht zu laut und nicht zu leise sind. Die nicht auf gut Freund machen. Und solche, die mich einfach nur in Ruhe lassen.« Karl ließ sich behäbig auf einem der alten Thonet-Stühle nieder, faltete die Hände vor dem Bauch und begann, leise vor sich zu schnarchen.

Schrecklich. Ich war die Tochter eines der bedeutendsten Dämonen der Schwarzen Familie – und dennoch brachte ich es nicht übers Herz, diesen Menschen vor die Tür zu setzen. Ich hätte ihn ebenso wie Vindobene längst loswerden sollen.

Manchmal bereute ich es, *gut* zu sein.

Der Hagere stand auf, rückte die Nickelbrille sorgfältig zurecht, packte seine Siebensachen zusammen und kam auf mich zu. Bedeutete seine Anwesenheit Probleme?

Ich witterte und suchte nach Anzeichen dämonischer Unruhe. Nein. Dieser da war ein Mensch. Er würde mir keinerlei Schwierigkeiten bereiten, zumal ich die Geschehnisse im Café Zamis ohnedies kontrollierte. Dies hier war mein Bereich, mein eigenes Terrain.

Meine Heimat.

»Fräulein Zamis?«, fragte er und deutete eine förmliche Verbeugung an.

»Dieselbe.« Ich imitierte das hölzerne Auftreten meines Gegenübers. »Und Sie sind …?«

»Ein Freund, der die Zeiten überdauert hat. Einer, der ganz genau weiß, wann er sich verabschieden sollte.«

»Wie darf ich das verstehen?«

Der Hagere beugte sich vor, griff ungefragt nach meiner Rechten und hauchte einen Kuss auf den Handrücken. »Ich bin ein treuer Stammgast dieses Etablissements seit mehr als hundert Jahren. Ich habe mich mit Karl Kraus, Peter Altenberg, Friedrich Torberg und vielen anderen Größen der Wiener Kaffeehausliteratur unterhalten, habe Schach mit Rechtsanwalt Sperber gespielt – Sie kennen gewiss seinen Wahlspruch: *Räuber, Mörder, Kindsverderber gehen nur zu Doktor Sperber* –, und habe für Kokoschka Porträt gesessen. Der übrigens ein nicht sonderlich freundlicher Zeitgenosse war.«

Der Mann verbeugte sich abermals und schlug dabei die Hacken zusammen, wie ein Offizier längst vergangener Tage. »Verzeihen Sie, dass ich Sie mit meinen alten Geschichten langweile. Aber ich wollte Ihnen mitteilen, dass ich trotz zweier Kriege, der Februar-Unruhen 1934 und all der anderen schwierigen Zeiten dem Café Zamis stets die Treue gehalten habe. Einerlei, wie entsetzt ich über die Leitung des Betriebs auch war.« Er trat einen Schritt zurück. »Aber nun muss ich gehen, gnädiges Fräulein. Womöglich für immer.«

»Ich verstehe nicht …« Meine Gedanken rasten. Wer war der Kerl? Ein Verrückter, der eine Geschichte herbeifantasierte, von der besonderen Aura des Café Zamis irritiert? Oder steckte mehr hinter seinen Worten?

»Das werden Sie, wenn es so weit ist. Ich möchte Ihnen für die nächsten Monate alles erdenklich Gute und viel Glück wünschen, Fräulein Zamis. Machen Sie's gut.«

»Warten Sie!« Ich wollte ihn festhalten, nach ihm greifen. Doch er entglitt mir, und auch sein Geist blieb für mich unantastbar. »Wer sind Sie? Wovor haben Sie Angst?«

Er nahm die Brille ab, hauchte auf die Gläser und ließ das Glas über lederne Schoner an einem Ellenbogen gleiten. Kurzsichtig blinzelte er mich an. »Ich bin ein Reisender, Fräulein Zamis. Ich bin dankbar, dass ich so lange Zuflucht in Wien finden durfte und niemals von der Großen Macht entdeckt wurde. Doch meine Zeit hier ist zu Ende. Auf Wiedersehen.« Er setzte einen altmodisch wirkenden Hut mit hochgezogener Krempe auf und ging auf den Ausgang zu, um sich vor der Tür nochmals umzudrehen: »Achten Sie insbesondere auf die Wahrheit hinter der Wahrheit«, sagte er leise.

Dann verließ er das Café Zamis, und als ich ihm auf die Straße hinaus nachlief, konnte ich ihn nirgendwo mehr entdecken.

Ich betastete meinen Bauch und meinte, eine Art Leere zu spüren. Ich hatte ein Ungeborenes in mir getragen. Ein Ungeborenes, das Asmodi als sein Eigen bezeichnete. Obwohl ich hoffte, dass es das Kind Dorian Hunters war.

Doch konnte ich meinen eigenen Gefühlen denn vertrauen? In den letzten Wochen hatte sich das Sein nur sehr selten vom Schein unterscheiden lassen. Ich war Spielball mächtiger Dämonen gewesen – und war es immer noch. Ich musste nach Asmodis Pfeife tanzen, war ein Bündnis mit Skarabäus Toth eingegangen, war von meinem Vater unter Druck gesetzt worden und hatte kaum eine freie Entscheidung treffen können.

War dies die Form der Selbstständigkeit, die ich mir stets gewünscht hatte? In Momenten wie diesen wünschte ich mir, in den Schoß der Familie zurückkehren zu dürfen und Michael Zamis, dem Oberhaupt der Familie, alle Entscheidungen zu überlassen.

»Du denkst zu viel nach. Das macht Falten, und Falten machen dich weniger begehrlich.«

Ich drehte mich der Callas zu. Sie war eine der treusten Stammgäste des Café Zamis und unterhielt mich fast jeden Tag mit Zoten aus ihrem Leben, das sie unter dem Motto »Liebe, Lust und Leidenschaft« führte.

»Ich habe kein Interesse daran, begehrt zu werden.«

»Ach, hast du von deinem Leben schon genug?« Sie zündete sich eine Zigarette an, ein fürchterlich stinkendes Kraut, und inhalierte tief. »Ich verstehe. Du bist kaum einmal deinen Teenagerjahren entwachsen und glaubst, schon alles gesehen und erlebt zu haben.«

»Ich denke, ich hab schon das eine oder andere spannende Abenteuer erlebt, auf das ich lieber verzichtet hätte.«

»Natürlich, Pupperl.« Sie lachte und hustete gleich darauf, tief und kehlig. Mit heiserer Stimme sprach sie weiter. »Du hast mir bereits einige Schwänke aus deinem Leben erzählt. Ich bin froh, nicht an deiner Stelle zu sein. Aber du hast auch Dinge ausgespart.«

»Redest du von Liebe?« Ich schüttelte den Kopf. »Mit dem Thema bin ich durch.«

»Und wie steht's mit der Wollust? Mit hemmungslosem Begehren, bei dem es kein Nachdenken gibt, bei dem man sich einfach nur treiben lässt?« Die Callas leerte ihr Glas und schob es mir rüber. Ich füllte ihr nach. Heute bevorzugte sie Ouzo.

»Ich habe gelernt, mich niemals ganz gehen zu lassen und schon gar nicht, zu viel Gefühl in eine Liebesangelegenheit zu investieren. Es schadet mir, und es schadet dem Partner.«

Die Callas lächelte mich an. Hinter vollen Lippen kamen dunkle Zähne zum Vorschein. »Ich verstehe, Pupperl. Enttäuscht vom Leben, enttäuscht von der Liebe …«

»Ach, was weißt du schon!« Ich wandte mich verärgert ab und kümmerte mich um andere Gäste. Es gab viel zu tun, die Geschäfte liefen gut.

Sonderbare Wirrnisse spülten immer wieder Menschen eines bestimmten Schlags ins Café Zamis. Es war ein Biotop für all jene, die mal Ruhe von der Hektik des Lebens haben wollten, die sich sammelten, die eine neue Perspektive gewinnen wollten. Die Mitglieder Wiener Dämonenhäuser fühlten sich aus unterschiedlichsten Gründen vom Café angezogen. Einige von ihnen wollten sich über mich lustig machen. Über die Angehörige eine der stolzesten Sippen, die einem bürgerlichen Beruf nachging. Andere waren froh, sich mal austauschen zu können, ohne den Gesetzen des Intrigenspiels gehorchen zu müssen. Im Café Zamis gab es keine Rangunterschiede. Jener Dämon, der als einzige Gabe Furunkel auf den Rücken seines Opfers zaubern konnte, war genauso viel wert wie Asmodi, unser Herrscher.

Eine alte Frau winkte mir, ihr Arm zitterte schwer. Angie war ein Freak. Dank erstaunlicher Selbstkontrolle schaffte sie es, beinahe wie ein Mensch auszusehen und zu wirken.

»Wie geht's dir?«, fragte ich und putzte einen Teil der weißen Fäden weg, die sie einzuhüllen begannen. In den Resten des Fruchtsaftes, den sie aus einer breiten Schnabeltasse getrunken hatte, trieb eine fingergroße Spinne. Eines jener Tiere, die sie auf Schritt und Tritt verfolgten und Teil jenes Fluchs waren, den jemand über sie gelegt hatte.

»Wie immer.« Angie nickte ernst und legte mir einige Münzen auf den Tisch. »Ich muss gehen, muss woandershin …«

»Du kannst gerne noch eine Weile bleiben. Du bist hier in Sicherheit. Zumindest weitgehend.«

»Kann nicht. Muss weiter. Habe Dinge zu erledigen. Wichtige Dinge.« Ihre Finger waren arthritisch und verkrümmt. Sie schlug mit der Rechten in ihren Nacken und traf. Den grünbraunen Batzen mit langen Beinen daran streifte sie mithilfe einer der vielen Servietten ab, die ich vor ihr hingelegt hatte.

»Du weißt, dass du im Café Zamis jederzeit willkommen bist?« Ich half Angie in den speckigen Mantel, den sie zu jeder Jahreszeit trug.

Sie wandte sich mir zu, und in den oft vom Wahnsinn gezeichneten Augen sah ich seltenes Erkennen: »Du meinst es gut mit mir, kleine Zamis. Aber ich muss weiter, muss rennen, muss fliehen. Es ist mein Schicksal. Asmodi wollte es so.«

Zwei Spinnen krochen an ihrem Gewand nach oben. Eine schlüpfte in ihr Ohr. Aus dem Afterbereich des Tiers zischte weißer Schaum in die Ohrmuschel und verteilte sich rasch dort, wie ich mit Entsetzen feststellte. Das andere Tier begann indes mit wahnwitziger Geschwindigkeit ein Netz zu weben, ein Netz, das von Angies Brust bis zu den Knien hinabreichte.

Sie zerriss die Fäden und versuchte das Vieh zu erwischen, das sich rasch in den Falten ihres Mantels versteckte. Irgendwann ließ sie es bleiben. Sie entkam den Spinnen niemals. Wo auch immer sie hinkam – Hunderte, ja, Tausende der Viecher warteten auf sie, um sie zu befallen und zu quälen.

»Asmodi hat hier drinnen nichts zu sagen. Dies ist neutraler Boden.« Ich zog die Spinne zwischen zwei abstehenden Lederlappen hervor und ließ sie in die Schnabeltasse plumpsen. Sie zappelte wie wild und flüchtete schließlich auf den leblos dahintreibenden Leib ihrer Artgenossin, um ihn wie ein winziges Floß inmitten eines riesigen Ozeans zu nutzen.

»Soso, er hat hier nichts zu sagen?«, hörte ich jene Stimme, die ich so sehr hasste. »Wenn du dich da mal nicht irrst, Coco.«

Angie huschte davon, hin zum Ausgang, bevor ich sie aufhalten konnte. Ihr Kopf war vornüber gebeugt, der Körper verkrampft. Alles an ihr war Furcht und Panik.

»Ich mag theatralische Auftritte«, sagte Asmodi. »Ich liebe es, wenn man sich einnässt, sobald man meiner ansichtig wird.« Er deutete auf Angie, die eben die Straße überquerte und sich zwischen den Massen der Touristen verlor. »Warum gibst du dich bloß mit einem derartigen Gesindel ab, Coco? Du wirst dem Weib hinterherputzen müssen. Oder möchtest du, dass andere Kunden auf den gut sichtbaren – und auch gut riechbaren – Spuren ihrer Angst ausrutschen?« Asmodi rümpfte in gespielter Angewidertheit die Nase.

»Zerbrich dir bloß nicht meinen Kopf.« Ich sah dem Herrscher über die Dämonensippen ins Gesicht und widerstand dem Wunsch, seinem Blick auszuweichen. Dunkle Flammen loderten aus den Augen. »Was willst du hier? Möchtest du mir das Geschäft und die gute Laune gleichermaßen ruinieren?«

»Wenn ich nicht so viel zu tun hätte – gerne.« Asmodi grinste. »Leider gibt es andere Orte auf dieser Welt, an denen meine Anwesenheit erforderlich ist. Es gibt massenhaft Schlechtes, das gepflegt und gehegt gehört. Kriege, Hungersnöte, häusliche Gewalt, Unterdrückung, sexuelle Exzesse …« Er seufzte. »Manchmal denke ich mir, dass all diese Angelegenheiten selbst für einen wie mich zu viel sind. Die Menschen machen mir zurzeit Sorgen. Sie funktionieren einfach *zu gut* für meinen Geschmack, sie überfordern mich. Vielleicht sollte ich mir eine Auszeit nehmen und eine Urlaubsvertretung engagieren. – Wie wäre es, Coco: Hättest du Lust, meinen Platz für eine Weile einzunehmen?«

»Spar dir deinen Sarkasmus!«

»Aber das ist mein Ernst! Es stecken so viele Anlagen in dir, die dich zu einer ausgezeichneten Herrscherin über die Dämonensippen machen würden. Du lässt sie bloß nicht zum Vorschein kommen. Wenn du deine lächerliche Selbstbeherrschung aufgeben und dein Erbrecht einfordern würdest …«

»Warum bist du hier?«, schnitt ich ihm kurzerhand das Wort ab. »Hast du eine neue Mission für mich? Wann gibst du mir mein Kind zurück?«

»Das ist die Coco, die ich kenne! Sie kommt immer gleich zur Sache und legt nicht viel Wert auf Small Talk.« Asmodi zog eine dicke Zigarre aus der Tasche seines Lederwamses, steckte sie sich in den Mund und schnippte mit den Fingern, um eine Flamme zu erzeugen. Das Resultat war ein erbärmlich wirkender Funken, der gleich wieder erlosch.

»Das Café Zamis ist ein neutraler Ort, falls du es vergessen haben solltest«, sagte ich leise. »Hier wirkt keine Magie.«

»O doch, sie tut es. Eines Tages werde ich die Möglichkeit finden, um all die Barrieren zu entfernen, die dich schützen.«

Verärgert schnappte er nach der Streichholzschachtel, die ich ihm reichte, und zündete die Zigarre an. Ein süßlich-schwerer Geruch breitete sich aus, während Asmodi zu paffen begann und dabei blaue Rauchkreise ausstieß.

»Meinetwegen lass uns über das Kind reden«, sagte er leise. »Über mein und dein Kind.«

Asmodi verstand es immer wieder, mich mit wenigen Worten zu verletzen. Er kannte meine Schwachstellen. Er betastete sie vorsichtig, kreiste darum herum, um dann, völlig unvermutet, mit aller Kraft ins Zentrum des Schmerzes zu drücken, zu stechen, darin herumzuwühlen.

»Was willst du?«, fragte ich.

»Das Balg wäre in deinen Händen schlecht aufgehoben, Coco. Dennoch wäre ich bereit, es dir zu überlassen. Sofern du deinen nächsten Auftrag zu meiner Zufriedenheit abschließt.«

»Ich frage nochmals: Was willst du von mir?«

»Eigentlich handelt es sich um eine Kleinigkeit, die ich auch von anderen Unterlingen erledigen lassen könnte. Andererseits, so dachte ich mir, wäre es nicht schlecht, dich wieder einmal an deine Pflichten mir gegenüber zu erinnern.«

»Ich bin dir zu nichts verpflichtet, Asmodi. Es ist einzig und allein das Schicksal des Ungeborenen, das uns aneinander bindet.«

»Ach, immer diese Wortklaubereien.« Er sog kräftig an seiner Zigarre und stieß eine Rauchwolke aus, die einem gewaltig großen Penis ähnelte. »Belassen wir es dabei, dass du springst, wenn ich sage, dass du springen sollst. Und du *wirst* gefälligst springen und diesen Auftrag für mich erledigen.«

»Was soll's denn sein, Asmodi? Soll ich dir Frauen besorgen, die dir vorlügen, dass das eingeschrumpelte Gehängsel zwischen deinen Beinen riesig groß sei? Oder dass du eine Zierde deines Geschlechts seist? Dass es auf keinen Fall stimmt, dass du eine sonderbare Vorliebe für getragene Unterwäsche großer, stämmiger Männer hättest?«

»Du redest dich um Kopf und Leben, kleine Coco Zamis. Und um das deines Ungeborenen.«

»Verzeih, Asmodi.« Ich beugte erschrocken den Kopf. Ich war zu weit gegangen. Ich sorgte mich nicht um mein eigenes Schicksal. Doch solange ich nicht wusste, ob das Kind tatsächlich von diesem Geschöpf oder doch von Dorian Hunter stammte, musste ich meine Wut zügeln. Asmodi besaß keinerlei Skrupel. Er würde mein Kind zerquetschen wie eine Laus, wenn ihm danach war.

»Entschuldigung angenommen«, sagte er unnatürlich ruhig. »Und nun zu deiner Aufgabe, Coco: Ich erwarte einen guten Freund zu Gesprächen in Wien. Er soll in wenigen Tagen hier eintreffen. Namtaru, so sein Name, erwartet, dass man sich bestmöglich um ihn kümmert. Dies beinhaltet auch ganz besondere Vergnügungen während seiner Anreise aus Hamburg. Darum wirst du dich kümmern.«

»Ich soll mit ihm …?«

Asmodi lachte, tief und guttural. »Aber nein! Du wärst bei den etwas absonderlichen Wünschen Namtarus gewiss überfordert. Da braucht es Künstler ihres Fachs.«

»Ich würde dir ja gerne helfen, Asmodi. Aber das sind Bereiche, in denen ich mich nicht sonderlich gut auskenne.«

»Dann würde ich dir raten, dich umzuhören. Bei deinem Personal, bei deinen Stammkunden …« Der Dämon warf einen Blick zur Seite. Hin zur Theke. Dorthin, wo die Callas nach wie vor saß, eine Zigarette nach der anderen rauchte und betrübt in ihr Glas stierte.

»Sie hat mit dieser Angelegenheit nichts zu tun, Asmodi! Ich will keine unschuldigen Menschen in deine Machenschaften mit hineinziehen.«

»Du nimmst das Wort *unschuldig* im Zusammenhang mit der Callas in den Mund?« Wiederum lachte der Herr der Schwarzen Familie. »Rede mit ihr. Die Menschenfrau soll dir gefälligst helfen. Andernfalls vergesse ich meine guten Manieren und erlaube ihr nicht mehr länger, in Wien ihren … Geschäften nachzugehen.«

»Welchen Geschäften? Was weißt du über die Callas?«

»Und wenn du einen Tipp von mir haben möchtest: Kümmere dich um jene Dinge, die hinter den Mauern des Café Zamis vorgehen. Achte auf Gestalten, die dahinter lauern. Fürchte dich vor ihnen – und nutze sie. Sie könnten dir helfen, deinen Auftrag zu erfüllen.« Asmodi zog ein Blatt Papier aus seiner Brusttasche und legte es gemeinsam mit einem Stück runzligen Etwas auf den Tisch neben ihm. »Hier sind deine genauen Anweisungen. Sieh zu, dass du deine Arbeit zu meiner Zufriedenheit erledigst. Ich möchte nicht noch einmal eine derart schlechte Arbeit wie in Moskau und Kaliningrad erleben. Und nun gehab dich wohl, liebe Tochter, Freundin, Geliebte.«

Er drückte die Glut der zur Hälfte gerauchten Zigarre auf dem Holz des Tischs aus und warf das Rauchwerk achtlos auf den Boden. Dann drehte er sich um und verließ mein Caféhaus, ohne ein weiteres Wort zu verlieren.

Die Zigarrenreste stanken erbärmlich. Zwischen den Tabakblättern sah ich andere Dinge. Knochen vielleicht, oder Fleischstücke? Angewidert nahm ich das Stück Papier auf, das Asmodi zurückgelassen hatte. Und den Gegenstand, den er daraufgelegt hatte.

Ich fühlte einen Stich in meinem Leib, eine Art Ziehen, und ich hatte alle Mühe, aufrecht stehen zu bleiben. Was ich in der Hand hielt, übte eine besondere Wirkung auf mich aus. Es war gewiss magisch geladen und entfaltete seine Wirkung trotz der schützenden Umgebung, die das Café Zamis ausübte.

Ich hielt ein Stück schrumpeliger Placenta in meiner Hand, und ich wusste, dass sie aus meinem Körper stammte. Asmodi ließ mir eine Warnung zukommen, wie sie widerlicher nicht sein konnte.

»Guten Tag, Vater. Hallo, Georg.«

Die beiden betraten zögerlich mein Caféhaus. Michael Zamis wirkte reserviert wie immer. Georg hingegen schenkte mir ein Lächeln, als sie zu mir an die Theke traten. Es war knapp bemessen – und dennoch: Wir beide waren so etwas wie Verbündete im Kreis dieser so schwer zu durchschauenden Familie.

Ich schenkte Georg ungefragt ein Glas mit schwerem, vollmundigem Wein ein. Mein Vater bevorzugte seit einiger Zeit erlesenen Whisky. Ich kannte die Geschmäcker der beiden.

Der Abend war hereingebrochen, die Geschäfte liefen gut. Karl hatte alle Hände voll zu tun, um die Wünsche der Kunden zu erfüllen. Ich würde mich über kurz oder lang nach einer Aushilfe umsehen müssen. Der Verlust Lilians war nicht einfach so wegzustecken. Der Geist der Frau war zweifellos zerrüttet gewesen. Doch in ihren vielen guten Phasen hatte sie Erstaunliches geleistet.

»Also, was gibt's?«, fragte mein Vater und durchbrach damit

meine Gedanken. »Warum hast du uns hierher bestellt? Und warum bist du nicht in die Villa gekommen, wie es sich geziemt hätte?«

»Das Café Zamis erschien mir für eine Besprechung sicherer.«

»Die Villa ist ebenso …« Vater brach ab. Er wusste nur zu gut, dass die magischen Schutzeinrichtungen seines Heims in den letzten Monaten und Jahren immer wieder versagt hatten. Leise sagte er: »Ich setze alles daran, um die Villa wieder zu jener Festung zu machen, die sie einmal war. Aber darum geht es nicht. Was willst du von uns?«

»Es geht um das Caféhaus – und um Asmodi.«

Der Name des Herrn der Schwarzen Familie reichte, um Michael Zamis' Aufmerksamkeit zu erheischen. Er hörte konzentriert zu, während ich ihm von meinem Auftrag erzählte. Von den ominösen Hinweisen auf die Callas, die mittlerweile die Arme am Tresen verschränkt hielt, den Kopf darauf gelegt hatte und leise vor sich hin schnarchte. Von dem, was sich angeblich hinter dem Mauerwerk des Caféhauses verbarg.

»Namtaru also«, murmelte mein Vater. »Ich habe schon lange nichts mehr von ihm und seiner Sippe gehört.«

»Du kennst ihn?«

»Ich hörte immer wieder Gerüchte über ihn. Man sagt, dass er ein uraltes Wesen sei. Hättest du deinen Unterricht in Dämonologie mit ein wenig mehr Eifer verfolgt, wüsstest du, dass bereits im Reich der Akkadier und der Sumerer ein Geschöpf mit diesem Namen verehrt wurde. Er wurde auch als Pestgott bezeichnet.«

Ich erinnerte mich. Aber ich hatte mich niemals sonderlich für derartige Geschichten erwärmen können. Die Zeit, in der ich lebte, barg Schrecken genug. Ich wollte mich nicht zusätzlich mit denen vergangener Tage auseinandersetzen. »Und du meinst, dass dieser Namtaru tatsächlich mehr als fünftausend Jahre auf der Erde überlebt hat und nach wie vor sein Unwesen treibt?«

»Das ist eine Frage, die dir bestenfalls Asmodi beantworten kann. Aber du weißt ja, wie wenig auskunftsfreundlich unser … Herr ist.«

Ich machte mir eine geistige Notiz. Ich würde mich genauer über Namtaru informieren müssen. Im Internet, aber auch in alten Folianten und Schriften.

»Dich beschäftigt ein anderes Problem viel mehr, nicht wahr?«, fragte Georg.

Ich blickte ihn an und nickte. Er kannte mich gut und wusste, womit ich mich eigentlich beschäftigte. »Richtig erkannt, Bruderherz. Ich fühle seit einigen Tagen einen Einfluss, der vom Café ausgeht. Es existiert eine nichtkörperliche Präsenz, die sich auf meinen Geist legt und mir Schwierigkeiten bereitet.«

»Dann gib das Café Zamis endlich auf und komm in die Villa zurück! Es ist dort viel …« Mein Vater verstummte. Er sah mich an und wusste, dass ich mich nicht so einfach vom Caféhaus trennen konnte. Es war mir zur Heimat geworden. Zur sicheren Klause, in die ich mich zurückzog, sobald mir das vermeintlich freie und unabhängige Leben zu viel wurde.

»Was ich fühle, stammt aus diesen Mauern.« Ich deutete auf einen mit sonderbaren Kacheln versehenen Wandbereich schräg links hinter der alten, aber nach wie vor gut funktionierenden Espresso-Maschine. »Ich hatte bereits eine Begegnung mit Geschöpfen, die dahinter hervorgekrochen kamen und mich töten wollten.«

»Weiter.« Michael Zamis näherte sich dem gekachelten Bereich, legte eine Hand gegen die Wand und zog sie gleich darauf wieder zurück, so, als hätte er sich verbrannt.

»Ich hatte eine Begegnung von Geschöpfen, die aus einem Bildnis entsprungen zu sein schienen.«

»Welches Bildnis?«, fragte Georg neugierig.

»Dem der *Sieben Todsünden* von …«

»… von Jheronimus van Aken«, vervollständigte mein Vater, »auch Hieronymus Bosch genannt. Ein Freund der Dämonen, der im sechzehnten Jahrhundert lebte und über den die Menschen kaum etwas wissen. Aber seine Bilder sind ihnen in Erinnerung geblieben. Weil sie sehr lebensnah wirkten. Kein Wunder, hat er die gemalten Figuren doch alle gesehen und ihr Wirken gespürt.«

Ich hoffte, dass mein Vater weiterreden würde. Doch er schien beschlossen zu haben, mir nicht mehr Informationen als notwendig zukommen zu lassen.

»Die Figuren, die hinter den Kacheln hervorgekrochen kamen«, begann ich weiterzuerzählen, »stammten aus dem Bild über die Todsünde der Völlerei, mit dem lateinischen Wort *gula* beschriftet.«

»Und nun glaubst du, dass sich Gestalten eines weiteren Bildes bemerkbar machen?«, hakte Georg nach.

»Ich bin mir sicher.« Ich fühlte in mein Inneres. Ich konnte die Veränderungen spüren, die in diesen Minuten, Stunden und Tagen vor sich gingen. Eine Saat ging auf, eine Art Schleusentor öffnete sich. Gedanken, böse und verdorben, drangen aus der Wand hervor. Sie breiteten sich aus, unsichtbar für meine Gäste, aber spürbar. Sie verbreiteten Respekt. Oder Angst.

Seit Tagen schon hatte sich niemand mehr in den beiden Nischen nahe der Kachelwand niedergelassen. Der Instinkt sagte Menschen und Dämonen, dass sie sich von dem Ort fernhalten mussten.

»Ich dachte, dass es im Café Zamis keine Magie gibt?« Georg

folgte seinem Vater. Auch er wandte sich rasch wieder ab, angewidert und kopfschüttelnd.

»Natürlich gibt es sie!« Ich deutete auf verschiedene Einrichtungsgegenstände im näheren Umkreis. »Ich konnte einige Schutzzauber identifizieren, die hier drinnen für Sicherheit vor dämonischen Nachstellungen sorgen.« Ich zeigte auf übereinandergestapelte Putztücher. »Sie stammen aus dem Fundus im Keller des Lokals. Wir verwenden diese Fetzen zum Reinigen der Theke, der Sitzmöbel, der Fensterscheiben und vielem mehr.«

Georg ließ sich ein frisches Tuch reichen und schnüffelte daran. »Das riecht ein wenig sonderbar.«

»Es wurde mit dem Hautabrieb getöteter Mörder imprägniert und mit dämonischer Magie aufgeladen. Dank der Tücher wird der Schutz des Café Zamis immer wieder gestärkt.« Ich lächelte meinen Vater an. »Hast du schon mal was von den Filobranen gehört?«

»Selbstverständlich. Ich wollte, ich hätte einige dieser Putzteufelchen für die Villa zur Verfügung.«

»Ich würde dir gerne welche von mir leihen, aber meine sind ans Lokal gebunden.«

»Was, bei den schwarzen Seelen, sind Filobranen?«, fragte Georg.

»Schmutz- und Schutzgestalten«, sagte ich. »Sie sind nicht größer als eine Hand. Sie halten ein Haus in Ordnung und lassen sich kaum einmal blicken.«

»Sie gehören also zur Familie der Kobolde? Wie langweilig …«

»Vielleicht sind sie weit entfernte Verwandte der kleinen irischen Wesen«, unterbrach ich meinen Bruder. »Aber die Filobranen haben ihre Besonderheiten: Sie bestehen aus gemahlenen Finger- und Zehennägelresten von Dämonen, die mit blutigem Sperma aneinandergepappt wurden. Ich habe erst dreimal welche von ihnen zu Gesicht bekommen, und das auch bloß für Sekundenbruchteile. Sie sehen wie unförmige Kartoffeln aus, die mit Glassplittern gespickt wurden. Sie halten das Café Zamis in Schuss und füllen Lücken, sobald der magische Schutz nachlässt.«

Ich führte Vater und Bruder im Café Zamis umher. »Teile des Inventares gehörten meiner Meinung nach einmal zum Schwarzen Zimmer. Zum Beispiel diese Griffel, die aus Menschenknochen bestehen. Die Metallspitzen wurden aus den Wunden Getöteter gezogen. Die dazugehörigen Wachstafeln sind aus gegerbter Menschenhaut, überzogen mit Menschenfett. Manchmal erscheinen Botschaften, Bilder und Töne darauf, die unerklärlich bleiben. Zumindest vorerst.«

Vater verzog das Gesicht, als ich das Schwarze Zimmer erwähnte. Glücklicherweise zeigte es im Moment keinerlei Aktivität. Als hätten wir damit, dass wir den Zugang in Kaliningrad endgültig geschlossen hatten, auch dem Schwarzen Zimmer in Wien zumindest vorerst einen Schlag versetzt. Alexei Zamis ließ sich nicht mehr blicken. Morde waren seitdem keine mehr verübt worden. Es schien, als ginge alles wieder seinen gewohnten Gang.

»Woher weißt du das alles?«

Ich ignorierte Georg und zählte weiter auf: »Da wären Wand- und Bodenkacheln, deren Glasur das Blut gefallener Heiliger verschiedener Zeitepochen enthält. Ein dreibeiniger Hocker, der kaum einmal genutzt wird. Jeweils ein Bein stammt von einem Menschen, einem Freak und einem Dämon, die Sitzfläche ist aus unheiligem Holz getrieben. Das da sind Holztäfelungen, deren Bretter aus einer antiken Nekropole stammen. Der Körpersud der Gestorbenen ist durch magische Sublimation auf die Bretter übergegangen …«

»Woher hast du dieses Wissen?«, wiederholte mein Vater, weitaus forscher als Georg. »Dir fehlt jegliche Erfahrung im Umgang mit dämonischen Artefakten, und dass du nicht die beste Schülerin warst, wissen wir allesamt.«

»Glaubst du etwa, dass ich während der letzten Wochen und Monate untätig herumgesessen bin, Vater? Ich verlasse mich doch nicht auf Magie, die ich nicht verstehe! Ich will wissen, wer und was mich schützt.«

»Dennoch musst du Hilfe gehabt haben«, beharrte Michael Zamis.

Ich deutete auf Vindobene, das verkrümmte und verkrüppelte Wesen. »Er hat mich unterstützt. Einerseits weiß er mehr über dämonische Artefakte als jeder andere Dämon in Wien. Andererseits verfügt er über einen ausgezeichneten Geruchssinn.«

Vindobene verbeugte sich mehrmals vor meinem Vater. »Ich habe dir bereits öfter meine Dienste angeboten, Herr. Aber du hast mich stets von deiner Schwelle gejagt, sobald ich dir meine exquisiten Künste anbot.«

»Du bist mir zu … zu wienerisch. Ich will dich nicht in meiner Umgebung haben. Du bist gerade mal gut genug für Handlangerdienste.«

Es war ein seltenes und seltsames Erlebnis, Michael Zamis um Worte ringen zu sehen. Vindobene hatte einstmals in seinen Diensten gestanden, sich dann aber nur zu gerne entschlossen, mit mir ins Café Zamis zu übersiedeln und seinem ehemaligen Herrn zu entsagen.

»Du hättest ihn besser behandeln sollen, Vater«, sagte ich, nicht ohne Häme, kehrte aber dann in Gedanken wieder zu meinem eigentlichen Problem zurück. »Aber lassen wir das. All die Reibgeister in den Tüchern, all die Filobranen und dämonisch-magischen Artefakte hier können mich offenbar nicht vor dem bewahren, was hinter den Täfelungen heranwächst.«

»Du bittest also um meine Hilfe?«

»Ich frage dich um einen Gefallen, Vater.«

»Es wäre unsinnig, dir etwas zu geben, ohne eine Gegenleistung zu verlangen. Das weißt du, Coco.«

»Und *du* weißt, dass ich mich nicht länger erpressen lasse. Wenn du mir hilfst, freue ich mich. Wenn nicht, dann werde ich auch so zurechtkommen müssen.«

Ahnte er, dass ich bluffte? Dass ich schreckliche Angst verspürte und dieser heranwachsenden Gefahr unter keinen Umständen allein entgegentreten wollte?

Ein Seitenblick auf Vindobene zeigte mir, dass zumindest er mich durchschaute. Sein ohnedies schiefgewachsenes Gesicht war zu einer Grimasse verzogen, die Gier und Sehnsucht andeutete. Er lebte von mir und meinen Emotionen – und er spiegelte sie wie einen negativen Bildabzug wider.

»Also schön, ich helfe dir«, sagte Vater nach einigen Sekunden des Überlegens. »Unter einer Voraussetzung.«

»Ich sagte eben, dass ich mich von dir nicht mehr unter Druck setzen lasse …«

»Wir, also Mutter, Georg und ich, wünschen uns, dass du wieder in der Villa Zamis vorbeikommst und uns besuchst. Das ist alles, was wir von dir möchten.«

Fühlte ich da so etwas wie Trauer oder Sehnsucht? War dies ein plumper Versuch meines Vaters, eine Art Bindung zu mir aufzubauen und eine Rolle einzunehmen, die er mir in all den Jahren verweigert hatte?

»Die Villa lebt von ihren Bewohnern, Coco. Sie ist weitaus mehr als ein normales Haus. Ohne deine Anwesenheit wird sie schwächer, wird die Familie schwächer und damit angreifbarer.«

»Ich verstehe«, sagte ich. Vater verhielt sich so, wie ich ihn kannte: kühl, unnahbar, distanziert.

Georg zwinkerte mir zu und deutete ein Lächeln an. So, als wollte er mir sagen, dass das Familienoberhaupt nun mal nicht aus seiner Haut konnte, er sich aber sehr wohl danach sehnte, mich in seiner Nähe zu haben.

»Einverstanden«, sagte ich und atmete tief durch. So wie Vater, so wie Georg. Nur Vindobene schüttelte enttäuscht den Kopf. Wir hatten ihn von seiner Nahrungsquelle abgeschnitten. Von Zorn und Neid und Missgunst und all den anderen Eigenschaften, die in Wien ein so außergewöhnliches Biotop bildeten.

Wir bereiteten uns, so gut es ging, auf das Unvermeidbare vor. Schwarzer Sud, für Menschen nicht erkennbar – aber sehr wohl spürbar –, breitete sich entlang der Wandtäfelungen aus. Angehörige der Dämonensippen begannen das Café Zamis zu meiden. Die Ankunft der Diener einer weiteren Todsünde stand unmittelbar bevor. Sie würden wohl noch diese Nacht eintreffen.

Ich hängte das Schild: »Wegen Inventur geschlossen« vor die Tür und vertröstete die letzten standhaften Stammkunden auf den übernächsten Tag, bevor alle verfügbaren Mitglieder der Zamis-Familie und ich den Raum absicherten.

Karl, der das Lokal so gut wie nie verließ, hatte sich in seinem kleinen Kellerabteil verkrochen, die Callas war mit einer Flasche Absinth in der Hand als letzter Gast verschwunden, torkelnd und kaum mehr in der Lage, ein vernünftiges Wort hervorzubringen.

Thekla, meine Mutter, war mir ebenso zu Hilfe gekommen wie Lydia.

Meine Schwester musterte mich wie immer missgünstig. Sie

hatte widerwillig, aber doch den Befehlen unseres gemeinsamen Vaters gehorcht.

Georg zog Bann- und Schutzkreise, Michael Zamis sprach Beschwörungen. Ich sicherte das Lokal nach allen Seiten ab. Draußen vor der Tür, in der mondänen modernen Welt, würde man nichts von den Vorgängen im Caféhaus bemerken. Touristen und Wiener, die die Mariahilfer Straße rauf und runter flanierten, würden das Lokal nicht mehr wahrnehmen. Es war dank der Schutzzauber, über die das Caféhaus verfügte, aus ihrer Erinnerung gestrichen worden.

Ich versuchte zu begreifen, was uns bevorstand, und wappnete mich für einen Kampf auf Leben und Tod.

»Es ist sinnlos«, sagte mein Vater nach einer Weile. »Das Café lässt kaum eine Magie zu. Im Normalfall schützt es die Gäste in seinem Inneren. Nun aber hindert es uns daran, uns gegen etwas Stärkeres zu verteidigen.« Verärgert schleuderte er seinen Mantel beiseite und ließ sich auf dem dreibeinigen Schemel fallen, von dem ich ihm erzählt hatte.

»Ihr könnt mir also nicht helfen?«

»Auch meine Macht hat ihre Grenzen«, gab Michael Zamis zu. »Ich würde dir empfehlen, das Café zu räumen und zu warten, bis sich die Diener der Todsünde ausgetobt haben. Sie werden weiterziehen und nach neuen Orten suchen, an denen sie sich umtun können.«

»Sie könnten Teile der Stadt verwüsten«, gab ich zu bedenken. »Wenn es sich nun um die Diener des Zorns handelt, um mordlüsterne und bewaffnete Männer und Frauen …«

»Das geht uns nichts an.« Mein Vater rutschte hin und her. Er fühlte sich sichtlich wohl auf dem dreibeinigen Stuhl, auch wenn er ein wenig wackelte. »Sollen die Menschen doch selbst zusehen, wie sie mit diesen Wesen zurechtkommen.«

Ich ersparte mir eine weitere Entgegnung. Vater war ein intelligenter Mann. Doch er hatte ausschließlich Interesse an den Problemen seiner Sippe. Was links und rechts von ihm vorging, kümmerte ihn nicht.

»Ich bleibe hier«, sagte ich. »Ich werde gegen diese Gestalten ankämpfen. Komme, was wolle.« Ich deutete in Richtung der Wandtäfelungen und Kacheln. Sie bewegten sich. Das Schwarz, das dahinter hervorgequollen kam, nahm immer mehr Raum ein. Es machte, dass mein Atem schwer wurde und ich weglaufen wollte, einfach nur weg, so weit mich meine Beine trugen.

»Ich gehe dann mal«, sagte Vindobene. Er grinste mich an und zuckte mit den Schultern. »War schön, dich kennengelernt zu haben, Coco.«

»Feigling!« Georg stieß den kleinen Dämon verächtlich beiseite und legte mir einen Arm um die Schultern. Seine Gegenwart und seine Berührungen beruhigten mich. Mein Bruder trug eine ganz besondere Form der Düsternis in sich. Eine, die mir Mut machte und die mich meine Ängste rasch wieder vergessen ließ.

»Wir bekämpfen diese Gefahr als Familie.« Mein Vater erhob sich und stellte sich wie beschützend vor mich, etwas näher zur Wand hin. Er starrte sie an, als würde allein sein Blick reichen, die hervorquellende Finsternis erfolgreich zu bekämpfen. Thekla war nun ebenfalls bei mir, und letztlich gesellte sich auch Lydia zu uns. Sie stierte immer wieder in Richtung des Ausgangs. Ich war mir sicher, dass sie Fersengeld geben würde, sobald auch nur die geringste Gefahr für sie bestand.

»Na schön«, murmelte Vindobene, »dann bleibe ich eben noch ein Weilchen.« Er zuckte verlegen mit den Schultern und setzte sich wieder nieder, um Reste eines Abendmahls zu verzehren, die einer der letzten Besucher hatte stehen lassen. Dazu trank er undefinierbare Flüssigkeit, die er aus einer seiner privaten Flaschen in ein Halbliterglas gegossen hatte.

Die Kacheln bewegten sich. Zwei von ihnen fielen zu Boden, zerbrachen aber nicht. Der dunkle Nebelsud bekam eine stärkere Konsistenz, wurde sämiger. Er blubberte aus dem Mauerwerk hervor, verteilte sich auf dem Boden, bildete rasch einen kleinen See.

Vindobene quiekte entsetzt, sprang auf und lief zur Tür, um es sich dann wieder anders zu überlegen, zurückzukehren und nach meiner Hand zu greifen. Er war ein mieser Kerl, für den ich meist nur Verachtung übrig hatte. Doch in diesem Moment hatte auch er sich für mich entschieden. Wir waren eine Gemeinschaft.

Dieses ungewohnte Gefühl gab mir Sicherheit und Hoffnung …

Die Wand barst. Stein- und Ziegelsplitter spritzten nach allen Seiten. Gelächter erklang, böse und triumphierend. Gestalten torkelten aus dem Gemäuer hervor. Fünf oder sechs waren es. Ich hatte keine Zeit, mich genauer zu orientieren. Ich musste mich wehren, musste im Verbund meiner Familie einen erbärmlich schwachen Schutzschild errichten. Er reichte gerade noch, um die Splitter von uns abzulenken; nicht aber, um das weitere Vordringen der schwarzen Masse und jener Wesen zu verhindern, die aus einer anderen Dimension und wohl auch einer anderen Zeit zu uns vordrangen.

Sechs Wesen waren es, erkannte ich nun. Zwei Frauen, bildschön, aber blass geschminkt. Dazu ein Mönch in seiner Kluft, ein Gaukler und zwei mittelalterlich gewandete Männer. Allesamt stießen sie lästerliche Verwünschungen aus. Solche, die ich niemals zuvor gehört hatte und die absurd klangen – und mir dennoch die Schamesröte ins Gesicht trieben. Mir, die ich bereits die tiefsten Abgründe dämonischen Wirkens gesehen und erlebt hatte.

Mein Vater spie ihnen Beschwörungen entgegen, sie lachten ihn nur aus. Mutter hieb mit einer Hand nach der größeren der beiden Frauen, Georg trat gegen den Mönch, Lydia tat mit ihren schlanken Händen verwirrende Bewegungen. Doch alles, was wir unternahmen, blieb wirkungslos. Diese Gegner blieben unangreifbar.

Und dennoch ... auch sie wirkten irritiert. Ihre Kräfte, wie auch immer sie geartet waren, wirkten im Inneren des Café Zamis bloß unzureichend.

Sie kamen auf uns zu, die Arme weit ausgestreckt. Ein Mann berührte mich, streifte mich – und sofort breitete sich ein selten gekanntes Gefühl in mir aus. Es versprach Lust jenseits aller Vorstellungskraft, aber auch Hoffnungslosigkeit, Schwäche, Trauer ... Der Cocktail an Emotionen, dem ich und die anderen Mitglieder der Familie Zamis ausgesetzt war, beinhaltete all das, was während eines sexuellen Aktes empfunden wurde, in völlig willkürlicher Reihenfolge und hundertfach verstärkt. Dies waren zweifelsfrei die Diener der Todsünde der Wollust, und sie hatten etwas an sich, das es schwer machte, auch nur einen vernünftigen Gedanken zu fassen.

»Zurück!«, rief mein Vater. »Achtet auf ...«

Weiter kam er nicht. Die beiden Frauen berührten ihn, umgarnten ihn, brachten ihn rasch unter Kontrolle. Lippen liebkosten ihn, Finger streichelten ihn. Die körperliche Reaktion meines Vaters war so offensichtlich und so heftig, dass ich den Anblick nicht länger ertragen konnte.

Auch meine Mutter war rasch von dem Zauber der Diener der Wollust eingefangen, und es war abzusehen, dass sich Lydia gegen diese Form der Gegnerschaft kaum wehren würde. Wir standen auf verlorenem Posten, zumal sich der schwarze Sud immer weiter ausbreitete und bald den gesamten Boden des Lokals bedecken würde. Von ihm ging eine andere Form der Bedrohung aus. Eine, die mit den Todsünden nur am

Rande zu tun hatte. Sie stellte eine Art Medium dar, auf denen diese Diener gereist und in unsere Wirklichkeit gelangt waren.

»Das ist einfach nur widerlich!«, hörte ich Vindobene. Er kreischte auf. »So viel Glücksgefühle, so viel Zufriedenheit …«

Der Kleine stürzte nach vorne, auf den Mönch zu, und packte ihn an der Kordel jenes Stricks, den er sich um den feisten Leib gebunden hatte. Als ob er niemals etwas anderes getan hatte, schwang er sich auf den Kirchenmann und setzte sich auf seinen Rücken. Dünne, dürre Beine umklammerten das feiste Wesen. Vindobene entwickelte Kräfte, die ihm sein Gegner gewiss nicht zugetraut hatte. Das Mondgesicht lief rasch rot und dann blau an, der Mann kippte vornüber. Der Boden bebte. Dort, wo er aufprallte, zog sich die Schwärze zurück, so, als empfände sie Angst vor dem, was mein kleiner Freund repräsentierte.

Die anderen Diener der Wollust hielten in ihrem Treiben inne, um dann zurückzuweichen, Schritt für Schritt. Hin zur Wand, aus der sie gequollen waren. Empfanden sie Angst? Vor Vindobene, zweifellos dem schwächsten der anwesenden Dämonen?

»Konzentriert euch!«, rief ich den anderen Mitgliedern meiner Familie zu. »Sie vertragen nicht, was Vindobene atmet und lebt. Sie fürchten sich vor Lebensunlust, vor Missgunst und Hintertriebenheit.«

Vater erwachte aus seiner Trance. Er reagierte auf meine Worte rascher, als ich es zu hoffen wagte. Alles an ihm war mit einem Mal Ablehnung und Widerwillen. Ich fragte mich, ob es eine Form der Magie war, die er abstrahlte – oder doch das, was Wien aus ihm und uns allen gemacht hatte. Beeinflussten wir dieses städtische Konglomerat oder wurden wir von der ganz besonderen Mixtur an negativen Gefühlen gesteuert? Existierte eine Wechselwirkung, bedingt das Eine das Andere?

Ich dachte nicht länger darüber nach. Ich konzentrierte mich stattdessen auf all das, was ich während der letzten Jahre in Wien erlebt und gesehen hatte. Auf schimpfende alte Vetteln, die spielende Kinder aus Parks vertrieben. Auf jammernde und sich in Selbstmitleid suhlende Männer in ihrem besten Alter, die die Pensionierung herbeisehnten. Auf Ehefrauen, die in ihren Gatten immer nur das Schlechteste sahen und erbarmungslos über sie herzogen. Auf Männer, die jeden Tag mit einem Fluch begannen und nicht aufhören konnten zu schimpfen, die an den Stammtischen eine starke Hand herbeibeteten, um »endlich wieder mal Ordnung zu schaffen!«

Dies alles rief ich mir in Erinnerung, um meine Gegner daran teilhaben zu lassen. Um sie mit Geschichten zu füttern, die die Gefühle der Lust und der Gier aufsaugten und rasch versiegen ließen.

Vindobene wandte sich eben einer Frau zu, dem dritten seiner Opfer. Er umarmte das Weib, schüttelte angewidert den Kopf und sagte ihr einige unschöne Worte. Die innere Hitze, die die groß Gewachsene bis jetzt beherrscht hatte, erlosch wie das Licht einer Kerze. Sie ließ die Schultern fallen wie eine alte Frau. Die Haare wirkten mit einem Mal stumpf und ungepflegt, Falten zeigten sich an Armen und im Gesicht.

Ich feuerte meine Geschwister und meine Eltern an. »Macht weiter, ja nicht nachlassen!«

Lydia war die Einzige, die sich nicht an unserem Tun beteiligte. Wenn es nach ihr gegangen wäre, hätte sie sich wohl auf die Seite der Diener der Wollust geschlagen, wäre womöglich eine von ihnen geworden.

Vindobene wütete wie ein Verrückter. Er gab all das von sich, das er in sich trug. Er erbrach braungrüne Flüssigkeit und spie sie in Richtung des Gauklers. Der bunt Gekleidete hatte dem Wahnsinn meines Freundes nichts entgegenzusetzen. Er schrie entsetzt auf, als er getroffen wurde und die Flüssigkeit sein Gesicht verätzte. Er warf sich zu Boden und verharrte in einer Pose der Unterwürfigkeit, den Kopf zwischen die Arme gepackt. Zitternd und frei von all der Leidenschaft, die ihn noch vor wenigen Sekunden geleitet hatte.

Der schwarze Sud zog sich rasant zurück. Ein Schrei ertönte. Er klang enttäuscht und wütend, und er hatte seinen Ursprung hinter den Mauern. Wer auch immer dort hinten lauerte – wir hatten ihn zurückgetrieben und sein Kommen verhindert. Vorerst.

Der Schrei verklang, Ruhe kehrte ein. Die sechs Diener der Wollust standen, hockten und lagen da. Geschlagen und gedemütigt von einem kleinen Dämon, den die anderen Mitglieder der Familie Zamis niemals für voll genommen hatten.

»Du da!«, herrschte mein Vater die größere der beiden Frauen an. »Komm her!«

Sie gehorchte anstandslos und sank vor Michael Zamis auf die Knie. Das gebeugte Haupt wurde von einem schulterlangen Tuch bedeckt, weiß und mit seltsamen Stickereien versehen. Das dunkle Kleid, brokatbesetzt, reichte bis zum Boden. Goldene Verzierungen, die je nach Faltenwurf glänzten und glitzerten, erzeugten seltsame Bilder in meinem Kopf. Die Frau begann sich zu erholen – und sie machte sich bereits wieder daran, mich zu betören.

»Lass das sein!«, fuhr ich sie an, bevor einer von uns der Wirkung ihrer merkwürdigen Kraft verfallen konnte. »Sag mir deinen Namen!«

»Meitje«, flüsterte die Frau. Die Stimme klang sanft und ruhig. »Meitje von Arnehem, Kind des Azunckhe, ausgetragen und geboren von der Menschenfrau Maritt.«

»Deine Familiengeschichte interessiert uns nicht.« Mein Vater trat ganz nahe an Meitje heran. »Sag uns, wo ihr herkommt und was ihr hier zu suchen habt.«

»Ich weiß es nicht«, antwortete die Frau in der altertümlich klingenden Abart einer Dämonensprache. Sie hielt den Kopf nach wie vor gesenkt. »Wir wurden von Kräften zusammengerufen, die wir uns nicht erklären konnten. Kaum, dass wir zusammenstanden, hörten wir eine Stimme, die uns zwang, ihr zu gehorchen.«

»War es Asmodis Stimme?«, hakte Vater nach.

»Nein.«

Ich überlegte. Das Bildnis »Die sieben Todsünden und die vier letzten Dinge« war von Hieronymus Bosch vermutlich zu Beginn des sechzehnten Jahrhunderts auf eine kreisrunde Holztafel gemalt worden. War Asmodi I., der Vorgänger des heutigen Fürsten der Finsternis, damals aktiv gewesen? Hätte ihm Hieronymus Bosch begegnen oder in seinem Auftrag wirken können? Welche Form der Magie hatte der Maler beherrscht? Waren die Wesen, die hier versammelt waren, denn tatsächlich seinem Bildnis entsprungen?

»Was geschah weiter?«, fragte ich.

»Wir wurden … gefangen. Konnten uns nicht mehr rühren. Ich fühlte meinen Körper und wusste, dass meine Partner ebenfalls anwesend waren. Es war schrecklich.« Die Frau hob den Kopf und schaute mich traurig an, doch die Augen blieben eiskalt. Meitje wollte Mitleid erheischen. »Da war nur noch diese schreckliche Schwärze rings um uns. Sie war ekelerregend, und sie redete mit uns.«

»Worüber?«

»Ich weiß es nicht mehr.«

Meitjes Zögern war kaum zu spüren, doch sowohl Vater als auch ich bemerkten es. Sie wusste mehr, als sie zugeben wollte.

»Die Stimme wollte uns etwas einbläuen und uns auf unsere Aufgaben vorbereiten«, fuhr Meitje fort.

»Hat man euch gesagt, dass ihr auf uns treffen würdet?«

»Nein.« Wiederum gab uns Meitje das Gefühl, nicht alles zu sagen, was sie wusste. »Man bereitete uns auf eine völlig fremde und neue Umgebung vor. Die Zeiten hätten sich geändert, sagte man. Wir hätten hervorragenden Humus für unsere Gaben zu erwarten. Die Welt wäre keinesfalls mehr so bigott wie in jenen Tagen, da wir sie durchwanderten und den Menschen die Lust schenkten.« Meitjes Augen waren blitzblau, ihr Mund prall und voll. Sie leckte sich über die Lippen. »Ist es denn so, Frau? Haben wir hier mehr Nahrung zu erwarten als in den früheren Tagen?«

»Vorerst erwartet euch ein feuchter Kerker in der Villa Zamis«, antwortete mein Vater. »Ich bin neugierig, was ihr zu modernen Foltertechniken zu sagen habt. Wenn sie euch nicht genehm sein sollten, dann könnt ihr auch gerne mit dem guten alten Handwerkszeug aus eurer Zeit vorlieb nehmen. Daumenschrauben, Pfähle und Sägen kommen nie so ganz aus der Mode.«

Meitje presste die blutroten Lippen fest aufeinander. Sie sah sich um, auf der Suche nach jemandem, dessen Mitleid sie erregen konnte. Ihre Begleiter tuschelten indes aufgeregt miteinander. Sie begriffen das wahre Ausmaß jener Gefahr, die ihnen drohte.

»Es sei denn …«

»Ja?« Blaue Augen richteten sich auf mich.

»Ich habe eine Aufgabe zu erfüllen, bei der ich eure Unterstützung gebrauchen könnte.«

»Wir helfen gerne«, sagte Meitje. »Was auch immer du von uns verlangst – wir tun es.«

»Versprechungen, die unter Druck gegeben werden, sind

meist nicht viel wert. Ich werde einen Weg finden müssen, um mir eurer … Zuneigung sicher zu sein.«

»Wir sind die Diener der Wollust.« Meitje stand langsam auf, ich hinderte sie nicht daran. »Und wie der Name schon sagt, sind wir es gewohnt zu dienen.«

Mein Vater zwinkerte mir zu. Wir hatten die Situation unerwartet rasch unter Kontrolle bekommen. Dank Vindobene, der seine ganz besonderen Gaben eingesetzt und einen scheinbar unschlagbaren Gegner bloß durch seine Präsenz in die Knie gezwungen hatte.

»Dämonische Diener haben die unangenehme Eigenschaft, sich gerne gegen ihre Herren zu erheben.« Ich deutete Meitje, zu ihren Leuten zurückzukehren. »Vindobene wird auf euch achtgeben. Versucht nur ja keinen Unsinn.«

Mutter, Vater, Georg und Lydia zogen sich gemeinsam mit mir zurück, hin zur Theke. »Wie kann ich sie an mich binden?«, fragte ich ratlos. »Sie scheinen geradezu prädestiniert zu sein für den Auftrag, den Asmodi mir erteilt hat«, sagte ich. »Aber wenn ich es nicht schaffe, sie unter Kontrolle zu bekommen, werden sie mehr Schaden anrichten, als mir nützlich zu sein.«

Georg bat mich, ihm einen Enzianschnaps einzuschenken. Er schüttete ihn hinab und verlangte nach einem weiteren Glas. Seine Hände zitterten.

Mutter war blass, Lydia wirkte erschöpft. Nur Vater gab sich den Anschein, den Angriff der Diener ohne Folgen überstanden zu haben.

»Sie sind kaum zu bändigen«, sagte er leise, »sobald Vindobene nicht mehr über sie wacht. Also wirst du den Kleinen auf deine Reise mitnehmen müssen.«

»Das allein wird nicht reichen. Sie sind immerhin zu sechst. Sobald wir Wien verlassen haben, schwinden Vindobenes Kräfte. Ich brauche weit mehr als seinen Schutz.«

»Du bist nicht an Asmodi gebunden«, sagte Vater eindringlich. »Es geht ausschließlich um das Balg, das in deinem Leib steckte. Es mag von ihm selbst sein oder vom ehemaligen Hüter des Hauses. Beide sind nicht unbedingt die angenehmsten Schwiegersöhne, die ich mir vorstellen kann.«

Ich ahnte, worauf Vater hinauswollte. »Ich werde ganz gewiss nicht auf mein Kind verzichten!«, sagte ich bestimmt. »Zumal Asmodi ein mächtiges Werkzeug in die Hand bekäme, würde er mein Kind aufziehen.«

»Wir könnten es suchen und es töten.«

»So einfach ist das also, Michael?«, fragte Thekla, meine Mutter, die das erste Mal an diesem Abend das Wort ergriff. »Du rottest aus, was dir gefährlich werden könnte? Ein Kind, das das Blut der Zamis-Familie in sich trägt?«

»Ich würde …« Mein Vater brach ab und tat eine resignierende Handbewegung. Er wusste, dass in derlei Hinsicht seine Frau das Sagen hatte. »Also schön, lassen wir das. Ich kümmere mich um die Frage, wie man diese Diener zügeln und beherrschen könnte.« Er nickte mir zu. »Allerdings kann ich hier nichts ausrichten. Ich benötige Mittel, die mir ausschließlich in der Villa zur Verfügung stehen.«

»Ich muss morgen abreisen, um den Termin mit Namtaru einhalten zu können. Dir bleibt also nicht viel Zeit.«

»Ich weiß. Aber ich finde eine Lösung. Verlass dich auf mich.«

»Danke.« Ich spürte das Verlangen, zu meinem Vater hinzugehen, ihn zu umarmen und ihn fest an mich zu drücken. Wie würde das Oberhaupt der Zamis-Sippe darauf reagieren? Würde er endlich mal begreifen, was diese Geste der Zuneigung bedeutete?

»Wir haben ein Geschäft abgeschlossen«, machte Michael Zamis meine eben erst aufgekeimten Hoffnungen auf einen freundlicheren Umgang miteinander augenblicklich wieder zunichte. »Ich helfe dir, die Diener der Wollust zu bändigen, und du verbringst wieder mehr Zeit in der Villa. Du wirst dich an deinen Teil der Abmachung halten, so, wie ich es tue. Hast du mich verstanden, Coco?«

»Selbstverständlich.« So war das also. Mein Vater hatte nichts von seinem berechnenden Wesen verloren. Wie hatte ich jemals Hoffnungen auf ein angenehmeres Zusammenleben hegen können?

Wir sperrten die sechs Diener der Wollust gemeinsam mit Vindobene in einem der Kellergewölbe ein. Ich hatte erwartet, dass der Kleine mir die Ohren über die demütigende Behandlung volljammern würde; doch er zeigte sich, ganz im Gegenteil, äußerst zufrieden.

»Sie riechen und schmecken gut«, sagte er. »Vielleicht verbringe ich auch ein Schäferstündchen mit einem von ihnen. Was werden sie wohl sagen, wenn ich ihnen von ihrer eigenen Medizin zu schmecken gebe?«

Die Diener der Wollust zeigten sich nicht sonderlich begeistert von Vindobenes Begierden. Doch sie würden ihm Gehorsam leisten. Dank der negativen Energien, die er zeit seines Lebens aufgesogen hatte, kamen sie nicht an ihn heran und waren andererseits gezwungen, sich seinen Wünschen zu beugen.

»Ich lasse dich für einige Stunden mit den Dienern allein«, sagte ich, bevor ich ihn verließ. »Georg und Lydia sind oben im Lokal und helfen dir, sollte es Probleme geben.«

»Lydia?! Dieses Luder?! Ich glaube nicht, dass sie mich in irgendeiner Form unterstützen würde, ganz im Gegenteil. Sie macht dem Mönch ebenfalls schöne Augen.« Vindobene kratzte sich ungeniert zwischen den Beinen.

»Sie wird dir helfen. Dafür hat Vater gesorgt. Er weiß, wie er Lydia anpacken muss.«

»Und du? Was hast du vor?«

»Ich muss in aller Ruhe mit der Callas reden«, sagte ich und schauderte.

»Aber sie arbeitet doch um diese Uhrzeit …«

»Mag sein. Ich kann auf diese Dinge keine Rücksicht mehr nehmen. In nicht einmal vierundzwanzig Stunden muss ich unterwegs nach Hamburg sein.« Ich nickte dem Kleinen zu, versperrte das schmiedeeiserne Tor hinter ihm und überreichte Georg den Schlüssel. Er würde während meiner Abwesenheit auf das Café Zamis achtgeben.

Ich verließ das Lokal durch den vorderen Eingang und wurde augenblicklich von dem ganz besonderen Zauber gepackt, der die Mariahilfer Straße so besonders machte. Menschen aller Hautfarben und Nationalitäten umgaben mich, und ein babylonisches Stimmengewirr ließ mich glauben, einen der Einwandererbezirke New Yorks zu durchwandern.

Ich wandte mich nach rechts, Richtung Westbahnhof, und ließ mich treiben.

Es war eine angenehme und frische Nacht. Lokale hatten noch geöffnet, aus dem Stadtsaal strömte eben das Publikum eines Kabarettabends. Ein Freak tat dort Dienst, wie ich wusste. Rottek, ein dürrer Mann mit weit hochgezogener linker Schulter, half hinter der Bühne aus. Dann und wann besuchte er mich im Café Zamis und lieferte geflüsterte Hinweise über die Vorgänge in den ansässigen Dämonensippen. Er war Teil eines Informantennetzes, das ich während der letzten Monate aufgebaut hatte.

Ebenfalls zu meiner Linken arbeitete der Freak Jojo, in einem der größten Burger-Läden der Stadt. Lizenznehmer war ein Mitglied der Dämonenfamilie der Schoissengeyrs. Martin, etwa so alt wie ich, saß stets in der Nähe des Eingangs und führte Strichlisten seiner Kunden.

Vor Kurzem hatte Jojo mir erzählt, woher das Fleisch stammte, mit dem Tag für Tag zig Tausende Wiener abgefertigt wurden. Selbst mir hatte sich dabei der Magen umgedreht. Ich wandte den Blick ab und spazierte weiter, unter den Kronendächern hochgewachsener Wasserbäume, die die matten Leuchtkörper zu einem gut Teil verdeckten. Es war eine angenehm temperierte Nacht, ein lauer Wind umfächelte mich. Er half mir, den Kopf zu klären und die trüben Gedanken zu vertreiben.

Ich nahm den Weg durch eines der Durchgangshäuser der Mariahilfer Straße. Durch vier Höfe ging es abwärts Richtung Wien-Fluss, über Kopfsteinpflaster und ausgetretene Stiegen. Da wurden Jute- und Hanfprodukte angeboten, dort Kleidung aus Entwicklungsländern. Aus einer Kneipe drang leises Gelächter, ich ignorierte es.

Das Licht wurde weniger, die Häuser rückten enger zusammen. Es roch säuerlich, nach Erbrochenem und nach Urin. Ich näherte mich meinem Ziel. Es lag noch ein Stückchen näher zu Wien, im ehemaligen *Ratzenstadl*, das einst ein berüchtigtes Armenviertel der Stadt gewesen war. Von den einstigen Bauten war nichts mehr zu sehen, zumindest nicht von der Straße aus.

Hier war es still. Nur da und dort brannte Licht in einem der vielen Gemeindebauten. Eine läufige Katze miaute erbärmlich, ein Hund antwortete heiser bellend.

Mein Ziel tauchte aus der Dunkelheit auf: ein vierstöckiges Haus, ein Zweckbau, der wohl aus den Fünfzigern des vergangenen Jahrhunderts stammte. Ich musste genau hinschauen, um im schwachen Licht die richtige Türglocke zu finden.

»Gesangs- und Jodelausbildung«, las ich leise, und darunter

die mit krakeliger Hand geschriebenen Worte: »Hier unterrichtet Madame Callas.«

Ich läutete. Irgendwo in der Nähe schlug eine Kirchenuhr zwölfmal. Würde mich die alte Frau um diese Uhrzeit denn noch empfangen?

Jemand betätigte den Kontakt, ohne nach meinem Namen zu fragen. Ich öffnete die Tür und trat in ein düsteres Stiegenhaus. Es müffelte. Essensgerüche hatten sich in dem wohl seit Jahrzehnten nicht mehr geweißten Gemäuer verfangen. Es stank nach Kohl, nach Mohrrüben, nach Zwiebeln.

Pfeile wiesen mir den Weg in die richtige Richtung. Als ich glaubte, nicht mehr weiterzukommen, zweigte zu meiner Rechten ein schmaler, kaum gangbarer Weg ab. Er führte an verrosteten Kinderwagen und Fahrrädern vorbei, hinab in einen feuchten Keller. In eine rostig-metallene Tür war der Name der Callas mit einem spitzen Gegenstand geritzt worden.

Die Tür ging knarrend auf. Ein alter Mann humpelte mir entgegen. »Ah, die junge Coco Zamis«, sagte er und beäugte mich mit unverhohlener Gier von unten bis oben. »Die Callas hat recht: Du wärst hervorragendes Material für die Arbeit in ihrem Etablissement.«

Ich hörte eine Peitsche knallen, gefolgt vom schrillen Schrei einer Frau. Herrische Befehle folgten, dann ein Hecheln.

»Ist die Callas denn da?«, fragte ich.

»Sie erwartet dich in etwa zehn Minuten.« Der Alte blickte auf seine antiquierte Armbanduhr und kicherte. »Genauer zu sein: In sieben Minuten und fünfunddreißig Sekunden. Sie befolgt einen genauen Zeitplan. Komm, junge Zamis, komm …«

Er stolperte vor mir her ins Innere der Räumlichkeiten. Die Wände waren schwarz getüncht. Da und dort zeigten sich rote Flecken. Eine Gummipuppe baumelte von der Decke des Gangs. Sie war an einem Galgenstrick aufgehängt. *Wie seltsam …*

Ich schob mich daran vorbei und erschrak: Ich hatte es mit einem Menschen zu tun, der da sachte hin und her baumelte! Sein gesamter Körper war in Plastik gepackt, die Augen grell geschminkt. Er trug eine Halskrause, die die Einschnürung durch den Strick und die Belastung des Genicks linderten. Dennoch musste der Mann enorme Schmerzen erleiden. Ich hörte ihn schnaufen, laut und unregelmäßig.

»Halt's Maul!«, sagte der Alte und schlug dem Mann heftig gegen die Beine. Das Baumeln verstärkte sich, das Ächzen wurde lauter.

»Kümmere dich nicht um ihn«, sagte mein Begleiter. »Diese aufgeblasenen Kerle wollen etwas Besonderes erleben. Doch kaum bekommen sie das Gewünschte, beginnen sie zu jammern wie kastrierte Hunde. Wobei einige von ihnen tatsächlich kastriert nach Hause gehen.«

Ich hatte Schlimmeres gesehen und auch erlebt und war derartige Anblicke gewöhnt. Dennoch erstaunte mich der Einfallsreichtum der Menschen immer wieder – und wie sehr manche von ihnen in den Schmerz verliebt waren.

»Warte hier, kleine Zamis«, sagte der Alte und deutete in ein kleines, mit weißem Kunststoff ausgelegtes Zimmer. Neonröhren hingen von der Decke. Sie tauchten den Raum in ein grässliches Weiß. »Es sind nur noch fünf Minuten und zwanzig Sekunden.«

Er ging weg, ohne sich noch einmal zu mir umzudrehen. Ich setzte mich vorsichtig auf einen lederüberzogenen Stuhl. Ich konnte mir lebhaft vorstellen, welchem Zweck er diente.

Ich zählte die Sekunden, und pünktlich, wie der Alte es angekündigt hatte, betrat die Callas nach etwas mehr als fünf Minuten den Raum. Sie hielt die halb geleerte Flasche Absinth in der einen Hand, eine Zigarette in der anderen. »Wusste ich's doch, dass du mich besuchen würdest«, sagte sie und legte einige seltsame metallene Gegenstände in einen Kasten. »Willst dich von mir ausbilden lassen oder kommst du, weil Asmodi dich an mich verwiesen hat?«

»Letzteres.« Die Callas trug eine dicke Tünche Schminke im Gesicht, der Leib war in eine eng geschnürte Korsage gequetscht, die besonders die fülligen Brüste betonte. »Du siehst gut aus …«

»Bist du gekommen, um mir zu schmeicheln, oder willst du mich bitten, dir zu helfen? Mach schon, Mädchen! Zeit ist Geld. In der Wasserkammer warten zwei Herrschaften auf mich, in den Käfigen ebenso. Und den Herrn Außenminister, der bedauerlicherweise den Boden unter den Füßen verloren hat, hast du ja bereits kennengelernt.« Sie kicherte. »Ich glaube nicht, dass er noch länger als drei Minuten durchhält.«

»Der Herr Außenminister …?«

»Nicht der österreichische, Dummerchen. Dieser da stammt aus Südamerika. Er hatte in seiner Jugend Begegnungen mit einigen von deiner Art und hat sich an eine derartige Behandlung gewöhnt.« Sie drückte ihre Zigarette aus und zündete sich die nächste an. »Ich wurde gebeten, ihm wieder mal eine ordentliche Behandlung angedeihen zu lassen.«

»Du wurdest *gebeten*?!«

»Ich arbeite dann und wann mit einigen dämonischen Sippen zusammen. Sie wissen um meine besonderen Fähigkeiten und sichern mir im Gegenzug für meine Dienste eine gewisse … Bewegungsfreiheit zu. – Aber lassen wir das. Asmodi möchte, dass ich dich unterstütze?«

»Ja. Ich soll einen besonderen Freund des Herrschers der Schwarzen Sippe aus Hamburg abholen. Und ich habe eine Gruppe spezieller Dämonen bei mir, die nicht sonderlich pflegeleicht sind.«

»Wann brauchst du mich?«

»Morgen am Abend geht's los.«

»Das ist sehr kurzfristig.« Die Callas sog heftig an der Zigarette und blies mehrere Rauchringe aus. »Aber ein wenig Luftveränderung kann nichts schaden. – Wie sieht es mit der Bezahlung aus?«

»Was hast du dir denn vorgestellt?«

Die ältere Frau nannte einen Betrag, der mich husten ließ. »Das ist, höflich gesagt, etwas unverschämt, Callas.«

»Das ist mein Standardtarif, Coco. Ich bin eine sehr gefragte Spezialistin auf dem einen oder anderen Gebiet. Aber da ich mir vorstellen kann, dass das Café Zamis keine sonderlich hohen Gewinne abwirft, mache ich dir einen Vorschlag: Du hältst mich in den nächsten drei Jahren frei. Schnaps, Bier, Kaffee, Zigaretten – ich bekomme, was ich will, gratis.«

Ich rechnete das Angebot der Callas im Kopf durch. »Einverstanden. Das macht in der Summe zwar immer noch ein kleines Vermögen aus, aber ich kann damit leben.«

»Würdest du mir auch Zugang zu den Kellergewölben des Café Zamis gewähren? Als Bonus, sozusagen?«

»Nein. Das Gebiet ist zu unsicher. Selbst ich traue mich nicht allzu weit in die unterirdischen Bereiche vor.« Ich wusste nicht, wie viel die Callas über die Katakomben zwischen der Villa Zamis und meinem Caféhaus wusste. Aber ich hatte keine Lust, mehr als notwendig über die Geschehnisse rings um den Kampf um das Schwarze Zimmer zu verraten. Karl hatte einen der Räume, in dem Alexei Zamis gewirkt hatte, wieder verschlossen – und das sollte er auch tunlichst bleiben. Vielleicht hatten auch Vaters und meine Beschwörungen in Kaliningrad damit zu tun, dass Ruhe eingekehrt war. Es schien, als wären sämtliche auf der Welt verteilten Trümmer des Zimmers miteinander vernetzt.

»Also schön, Pupperl. Dann sind wir uns einig.«

»Du bist dir bewusst, dass wir es mit mächtigen Dämonen zu tun bekommen, mit den Dienern der Wollust, mit einem uralten Wesen aus dem Reich der Sumerer – und möglicherweise auch mit Asmodi selbst?«

»Selbstverständlich, Coco.« Die Callas zwinkerte mir mit einem vertrauensvollen Lächeln zu. »Zu den Themen Lust und Leidenschaft kann mir niemand etwas vormachen. Da kommen Gefühle ins Spiel, die auch die Dämonen nur mangelhaft beherrschen.«

»Du aber schon?«

»Ja. Ich kenne dieses Metier wie niemand sonst. Und jetzt wird es Zeit, dass ich den Herrn Minister abhänge. Sonst gibt's wieder mal Probleme mit der Müllentsorgung.«

Wir verabredeten uns für den kommenden Tag. Etwa um die Mittagszeit würde mich die Callas im Café Zamis aufsuchen. »Geschniegelt und gekampelt«, wie sie im breitesten Wiener Dialekt erklärte, also schön hergerichtet und nicht so zerknittert, wie ich sie sonst kannte.

Georg öffnete auf mein Klopfen. Sein Blick war finster, die dunklen Haare standen ihm kreuz und quer. »Vindobene und die Diener der Wollust – das geht nicht mehr lange gut«, sagte er anstelle einer Begrüßung. »Der Kleine ist völlig aufgedreht. Er bearbeitet und quält seine Opfer mit einer Inbrunst, als gäbe es kein Morgen.«

»Dieser Idiot! Er weiß, dass ich die Diener noch brauche.« Ich drängte Georg beiseite und nickte im Vorbeigehen Karl zu, der eben dabei war, Biergläser mit einem Tuch, mit einem Reibgeist, zu reinigen.

Ich eilte die Kellerstiegen hinab, vorbei an all den Vorräten, die hier gelagert wurden, und vorbei an Lydia, die leise vor sich hinschimpfte. Die metallene Tür zu jenem Raum, in dem wir Vindobene und die Diener eingeschlossen hatten, war mehrfach ausgebeult. Ich hörte laute Stimmen und das Gelächter meines … meines Freundes. »Hilf mir!«, herrschte ich Lydia an und drehte den Schlüssel im Schloss um. Das Tor sprang auf, ein Schwall heißer und von seltsamen Düften durchzogene Luft blies mir entgegen.

Vindobene saß auf dem Bauch eines der Männer. Er hatte eine Gestalt angenommen, die kaum mehr etwas mit seinem herkömmlichen Aussehen gemein hatte. Da waren keine Augen, keine Ohren, keine Nase und kein Mund mehr. Nur noch eine blanke Fläche, die der eines groben Schleifpapiers ähnelte. Die Arme waren dutzendfach aufgefächert. Er besaß dünne, lange Schläuche, die den Diener betatschten und schlugen, so rasch, dass die einzelnen Hiebe kaum wahrzunehmen waren.

Mit seinen Beinen – besser gesagt: das, was als solche zu erkennen war –, wehrte er die Angriffe der anderen Diener ab. Eben tauchte er mit dem Kopf auf die Brust seines Opfers hinab und rieb darüber. Wie mit einer Raspel. Er schabte Haut und Fleisch ab. Fetzen davon flogen umher, Blut spritzte.

»Du gehörst mir!«, schrie Vindobene, laut, schrill, immer wieder.

Er war in einer Raserei verfallen, die keine Grenzen mehr kannte. So, wie ich es von einer Vielzahl von Dämonen her kannte. Irgendwann setzte ihr Denken aus und sie waren nur noch Bösartigkeit, Brutalität, Sadismus, Lust und Gemeinheit. Allesamt Eigenschaften, die Vindobene prägten und mit dieser ganz besonderen Note der Wiener Mentalität würzten.

»Lass das!«, rief ich und stürzte auf den Kleinen zu. Ein Tentakel traf mich an der Schulter, ein weiterer am Bauch.

Die Berührungen waren wie elektrische Schläge. Und sie hinterließen Spuren, die sich nicht nur in den Körper, sondern auch in den Geist brannten.

Ich wich zurück. Ich hatte Vindobene unterschätzt, wieder einmal. Er trug so viel Macht in sich, so viel Dunkelheit … Und das trotz dieser Umgebung, die die Anwendung von Magie limitierte.

Georg trat neben mich. Er war mir in den Keller gefolgt und hielt Lydia an der Hand. Lydia, die sich einmal mehr ihrer Verantwortung entziehen wollte.

Gemeinsam!, deutete ich den beiden, zählte von drei abwärts und stürzte dann vorwärts, auf Vindobene zu. Neuerlich fühlte ich seine Schläge, doch ihre Wucht war nun deutlich geringer. Meine Geschwister fingen einen Teil davon auf und halfen mir, näher an den Kleinen heranzukommen.

»Hör endlich auf, Vindobene!«, rief ich so laut, dass ich selbst sein Kreischen übertönte. »Ich bin's. Coco. Du hast mir gefälligst zu gehorchen!«

Die Schläge wurden weniger, der Kopf des Wiener Dämons hob sich. Ich starrte auf die Reibfläche, die einmal Vindobenes Gesicht gewesen war. Tuch und Fleisch und Knochenstaub klebten daran, dunkelrotes Blut tropfte ab.

So etwas wie ein Mund wuchs aus diesem grässlichen Allerlei. »Coco Zamis«, sagte der Kleine leise. »Die Herrin.«

»Ja, deine Herrin! Und ich befehle dir, den Diener augenblicklich in Ruhe zu lassen.«

»In Ruhe lassen. Ja.« Vindobene zögerte, die Reibfläche seines Gesichts wurde ein klein wenig menschenähnlicher. »Aber sie schmecken so gut, Coco. Die Diener tragen all das in sich, was ich brauche, um satt zu werden, mir endlich einmal mein Bäuchlein vollzuschlagen.« Er verlegte sich aufs Flehen und Betteln. »Hab Nachsicht, Herrin! Lass mich noch eine Weile an ihm und den anderen knabbern. Ich verspreche dir, dass ich sie am Leben lasse.«

»So wie diesen da?« Ich deutete auf ein sackähnliches Etwas, das womöglich einmal die Form eines Menschen gehabt hatte.

»Das war ein bedauerlicher Unfall. Er hat mich gereizt, hat mich geärgert. Er hat es verdient. Hat es … es …«

Vindobenes Tentakelarme und -beine wuchsen zusammen, das Gesicht gewann zusehends wieder an Konturen. Er starrte mich an, die Mundwinkel nach unten gezogen, als wollte er jeden Moment zu weinen beginnen.

»Steh auf!«, fuhr ich ihn an. »Und verlass augenblicklich den Raum.«

Er gehorchte. Auf wackeligen Beinen ging er davon, gefolgt von Lydia, die ich anwies, den Kleinen keine Sekunde lang mehr aus den Augen zu lassen.

Ich betrachtete die Wunden des Verletzten. Sie waren tief und großflächig. Bittere Magie brannte sich immer tiefer in den Leib des Dieners. Er hatte keine Überlebenschance. Außer, ich brachte ihn in die Villa und ließ ihn von meinen Eltern heilen.

War es das denn wert? Die Diener der Wollust stellten zu sechst ein enormes Risiko für mich dar. Zu viert konnte ich sie womöglich leichter unter Kontrolle halten.

War das ich, die so dachte? Erschrocken zog ich mich einen Schritt zurück. Ich entwickelte in letzter Zeit eine Härte, die mich weiter und weiter von dem entfernte, was gemeinhin als »Menschlichkeit« bezeichnet wurde. Beeinflusste mich jemand oder war es tatsächlich ich selbst, die sich veränderte?

»Du bringst ihn gemeinsam mit Lydia in die Villa«, wies ich Georg an. »Mutter soll sich um ihn kümmern und alles unternehmen, um sein Leben zu retten.«

»Wozu? Er ist so gut wie tot.« Georg schüttelte mürrisch den Kopf, gehorchte dann aber und hob den Verletzten hoch, als würde er nichts wiegen. Streifen von Haut blieben an seinem Mantel kleben. »Vater wird nicht sonderlich erfreut darüber sein.«

»Mach schon!«, fuhr ich meinen Bruder an und bereute es gleich darauf wieder. Ich durfte nicht so mit Georg umgehen, durfte den Abstand zwischen uns nicht noch weiter vergrößern. Er war nicht nur mein Fleisch und Blut, er war auch mein bester Verbündeter im Hause Zamis.

Er trat aus der Zelle und scherte sich nicht sonderlich, als der Kopf des Verletzten gegen den Türstock prallte. Georg war anzusehen, dass er wütend war. Auf mich.

»Und jetzt zu euch.« Ich wandte mich den Überlebenden zu. Den beiden Frauen, dem Mönch und einem der Männer. Das leblose Bündel Fleisch in der Ecke musste demnach der Gaukler sein. »Ihr wisst nun, wie mächtig meine Verbündeten sind. Meine Anweisungen werden in Zukunft ohne Widerspruch befolgt. Wenn ich auch nur das geringste Zeichen von Unwillen bei euch bemerke, lasse ich Vindobene nochmals mit euch allein. Habt ihr verstanden?«

»Ja.« Meitje antwortete als Einzige, die anderen Diener nickten stumm. »Wir gehorchen, Herrin.«

Vertraue niemals den Worten eines Dämons!, rief ich mir einen der wichtigsten Grundsätze meines Lebens in Erinnerung. *Er wird lügen und betrügen und seine Versprechungen niemals einhalten.*

»Dann werde ich mal dafür sorgen, dass euer Freund so rasch wie möglich von hier verschwindet.« Ich deutete auf den Toten und dachte an die Mühen, die mich diese Nacht noch erwarteten. Wo entsorgte man den Leichnam eines dämonischen Dieners?

»Wenn du erlaubst, Herrin …?«

»Was willst du, Meitje?«

»Lass Jan bei uns. Wir kümmern uns um alles.« Sie zeigte ein Lächeln, unschuldig und rein. »Es wäre eine Verschwendung, all das gute Fleisch wegzuschmeißen. Man könnte so viele nette Dinge damit anstellen, damit spielen …«

Die Diener grunzten und kicherten und traten näher an den Toten heran, Meitje vorneweg. Sie zog sich die Kleider mit einem Ruck vom Leib, entblößte ihr volles, blondes Haar und stieg mit bloßen Füßen in die Blutlache. Ihr Brustkörper hob und senkte sich immer schneller, sie rieb sich mit beiden Händen über den Körper.

»Lass ihn uns«, hauchte sie. »Bitte!«

Ich verließ die Zelle und schloss die Tür hinter mir. Schaudernd wandte ich mich ab und versuchte die Geräusche, das Stöhnen und das Geschrei zu ignorieren, das mich auf meinem Weg nach oben verfolgte.

Ich verbrachte den Rest der Nacht in einer Schlafkoje, die ich mir vor einigen Wochen neben der kleinen Küche eingerichtet hatte.

Immer wieder weckte mich Vindobenes Gejammer. Der Kleine lag neben mir auf dem Boden, gefesselt und geknebelt. Er wimmerte, so, als wollte er sich für sein Verhalten entschuldigen, um sich bald darauf im Zorn aufzubäumen. Es gierte ihn nach den Dienern. Sie stellten für ihn wohl die größte Versuchung dar, der er jemals ausgesetzt gewesen war.

Mit dem Morgengrauen beruhigte er sich endlich. Ich ließ ihn allein in der Koje zurück und bereitete mir ein karges Frühstück. Es waren nur noch zwölf Stunden bis zu meiner Abreise – und ich hatte weder die Situation unter Kontrolle, noch hatte ich einen Plan.

Es klopfte. Misstrauisch blickte ich auf die Uhr. Das Café

Zamis hatte noch geschlossen. Zudem hing nach wie vor ein Zettel vor der Tür, dass wegen Inventur geschlossen wäre.

Ich lugte vorsichtig durch das Fenster und entdeckte ein altes Weib, das seinen Hut mit der lächerlich breiten Krempe so weit ins Gesicht gezogen hatte, dass ich nur noch Nase und Mund sehen konnte. Und die unvermeidliche Zigarette, die die Callas im Mundwinkel hängen hatte.

Ich öffnete der Frau. »Ich dachte, du würdest erst gegen Mittag kommen,«, sagte ich nach einer kurzen Begrüßung.

»Die Arbeit dauerte länger als erwartet.« Sie warf ihre knallrote Handtasche achtlos auf einen Tisch und zog die ebenso rote Bluse aus. Schwere Brüste fielen weit nach unten. »Ich hatte ein etwas kompliziertes Pärchen zu behandeln«, sagte die Callas. »Ohne die Einzelheiten zu verraten: Es hatte etwas mit einem Gaul, dem dazugehörigen Jockey, einer Mixmaschine und einem mannsgroßen Perpetuum Mobile zu tun, das ich einzig und allein für diese beiden Kunden anfertigen ließ.«

Ich warf die Kaffeemaschine an und bereitete ihr eine Melange zu. So, wie sie sie gern hatte: »mit Schuss.« Mit billigem Cognac jener Marke, die ich einzig und allein für die Callas einkaufte.

Sie trank, seufzte wohlig und zog endlich ihren Hut vom Kopf. Blondierte Haare kamen zum Vorschein, die an den Ansätzen silbern schimmerten. »Wozu brauchtest du die Mixmaschine?«

»Das willst du nicht wissen.« Die Frau grinste. »Bewahre dir lieber deine jugendliche Unschuld.«

Jugendliche Unschuld … Wusste die Callas denn, was ich alles gesehen und erlebt hatte, welchen Qualen ich ausgesetzt gewesen war?

Als hätte sie meine Gedanken erraten, fügte die Callas hinzu: »Du wirst es nicht glauben, aber der menschliche Geist besitzt mehr Tiefe als der der Dämonen. Wir verfügen zwar nicht über eure Gaben, aber wir streben danach. Wir verlieren uns gerne in Allmachtfantasien, in Wunschträumen, in bizarren Szenarien.« Sie trank den brühwarmen Kaffee in einem Zug aus, gähnte ausgiebig und zündete sich die nächste Zigarette an. »Was ist mit den seltsamen Leuten, die dich bei deiner Aufgabe unterstützen sollen? Ich möchte sie mir mal ansehen.«

»Es gab da eine kleine Komplikation …«

»Innerhalb der Schwarzen Familie gibt's immer wieder kleine und große Komplikationen.« Die Callas zuckte gleichgültig mit den Achseln.

Ich erzählte ihr, was geschehen war. Ihr Gesichtsausdruck änderte sich nicht, sie blieb unbeeindruckt.

»Sieh's mal so, Coco: Vier Leute sind einfacher zu leiten und zu beherrschen als sechs. Und die Überlebenden wissen nun, worauf sie sich einlassen. Sie werden dich und Vindobene ab nun respektieren.« Die Callas stand auf. »Lass mich ein paar Takte mit den Dienern sprechen. Du hast sie sicherlich im Keller eingesperrt?«

»Ja, aber … du ganz allein möchtest es mit ihnen aufnehmen? – Unmöglich! Sie würden dich in der Luft zerreißen. Es sind Dämonendiener. Nach ihrer … Mahlzeit werden sie neuen Mut gefasst haben.«

»Vertrau mir, Pupperl. Wenn ich mit ihnen fertig bin, sind sie handzahm. Ich weiß mit diesen Wesen umzugehen.« Ohne mich weiter zu beachten, ging sie in Richtung Kellertür, öffnete sie und stieg hinab, ohne sich um Karls verwunderte Blicke zu kümmern. »Gib mir eine halbe Stunde Zeit.«

Als ich ihr folgen wollte, wies sie mich mit einem freundlichen, aber bestimmten Lächeln zurück. Sie verschwand in der Dunkelheit, und als sie dreißig Minuten später zurückkehrte, die Bluse blutverschmiert und fröhlich eine Melodie vor sich hin pfeifend, ahnte ich, welch einen wertvollen Verbündeten ich für meine Reise gewonnen hatte.

Ich recherchierte stundenlang in den alten Schriften der gut sortierten Österreichischen Nationalbibliothek, brachte aber nicht sonderlich viel über Namtaru in Erfahrung.

Einige Informanten lieferten mir zusätzliche Auskünfte. Der uralte Dämon hatte über Tausende Jahre hinweg als verschollen gegolten und war um etwa 1970 völlig überraschend wieder im arabischen Raum aufgetaucht, um dort seinen geheimnisvollen Geschäften nachzugehen. Man munkelte, dass er einerseits den Hass zwischen Ethnien schürte und sich andererseits als »Reisevermittler« einen Namen gemacht hatte, was auch immer das heißen mochte.

Weitere Wege führten mich ins Völkerkunde-Museum und ins Naturhistorische Museum. Die Ausbeute meiner Besuche blieb überschaubar, doch immerhin: Ich fühlte mich ein klein wenig sicherer, als ich meine Taschen für die Reise packte.

Der Euro-Night 490 würde von Gleis 9 des Wiener Westbahnhofs um zwanzig Uhr abfahren. Aufgeregte junge Frauen verabschiedeten sich tränenreich von ihren Liebhabern, ältere Ehepaare von ihren Freunden, eine kleine japanische Reisegruppe wort- und gestenreich von ihrem Wiener Fremdenführer. Eben wurden die letzten Fahrzeuge in das obere Deck der Autoreisewaggons geleitet. Arbeiter befestigten Bremsstützen, Ketten rasselten, Befehle wurden gegeben. Der Besitzer eines Kombis mit Schrottreife beklagte sich über einen Kratzer, den einer der Bahnbediensteten angeblich aus Unachtsamkeit beim Verladen verursacht hatte.

Es war der übliche Wirrwarr eines großen Bahnhofs, geprägt von Hektik, von Angst, von Aufregung, von Lärm und einer kleinen Prise Unsicherheit. Abschiede waren stets mit Gedanken der Ungewissheit verbunden: Gibt es ein Wiedersehen? Kommt er gut an? Mache ich das Richtige?

»Du bist so nachdenklich, Pupperl.« Die Callas scherte sich nicht um das Rauchverbot auf dem Bahnsteig. Rings um sie lagen bereits einige Kippen auf dem Boden verstreut.

Ich kehrte mit meinen Gedanken in die Gegenwart zurück. »Ich mache mir Sorgen«, sagte ich. »Vater hat versprochen, pünktlich hier zu sein und mich mit nützlichen Gegenständen für die Fahrt und für meinen Auftrag zu versorgen. Der Zug fährt in fünfzehn Minuten ab …«

»Michael hält stets sein Wort. Mach dir keine Sorgen.«

Keine Sorgen machen … Ich betrachtete die anderen Mitglieder der kleinen Reisegesellschaft. Die vier Diener trugen moderne Bekleidung. Den Mönch, Ulrik, hatten wir in eine Latzhose gestopft, die einmal Karl gehört hatte. Der überlebende Mann, Janne, steckte in Jeans und T-Shirt und kratzte sich ständig zwischen den Beinen. Gewiss hatte er kleine Tierchen in die Gegenwart herübergerettet. Die beiden Frauen, Meitje und Hejckell, trugen Röcke und Blusen aus meinem eigenen Fundus.

Sie würden noch eine Weile benötigen, um sich an die Welt des 21. Jahrhunderts zu gewöhnen. Ihr Tritt war plump, ihre Blicke schweiften unruhig umher. Als einer der motorisierten Kofferwagen sie in einem engen Radius umrundete, wäre Janne dem Fahrer beinahe hinterhergestürzt, um ihn mit den Fäusten maßzuregeln.

Doch Vindobene hatte die Lage unter Kontrolle. Noch. Hier auf dem Bahnhof nährte er sich von der Angst, Aufregung, Trauer und all den anderen Emotionen. Doch er würde schrumpfen und nahezu wehrlos werden, sobald der Zug die Landesgrenzen Wiens hinter sich gelassen hatte.

»Gepäckträger gewünscht?«, fragte mich ein alter, buckliger Mann und griff nach meiner Reisetasche.

»Nein danke.«

»Sie haben nicht reserviert, stimmt's? Sie und Ihre Gesellschaft haben noch keinen Platz. Soll ich mich darum kümmern? Ein wenig Schmattes[1], und der Schaffner besorgt Ihnen einen Liege- oder einen Schlafwagen. Lassen Sie mich bloß machen.«

»Ich sagte: nein! Und jetzt verschwinde!«

Der alte Mann umklammerte den Griff meiner Tasche, so, als wollte er sie niemals mehr wieder hergeben. »Aber geh, Fräulein! Ich bin mir sicher, dass Sie meine Hilfe benötigen. Es kostet Sie bloß fünfzig Euro …«

Ich tastete nach dem Geist des lästigen Mannes, wollte ihn manipulieren und davon abbringen, mich weiter zu belästigen. Doch ich stieß auf Widerstand. Er war so stark, dass ich mich außerstande sah, ihn zu brechen.

Die Menschen rings um mich wirkten mit einem Mal verschwommen und von einem Grauschleier umgeben. Der Fremde hingegen trat in aller Deutlichkeit hervor. Eine Gestalt, die voll Schwärze war, Schwärze, die von rotleuchtenden Flammen genährt wurde. Er wuchs auf eine Größe von gewiss zwei Metern heran – und offenbarte sein wahres Gesicht.

»Asmodi«, sagte ich, und mein Herz begann laut zu klopfen. »Ist deine Sehnsucht nach mir so groß, dass du kommst, um von mir Abschied zu nehmen?«

Der Herr der Schwarzen Familie änderte seine Gestalt neuerlich ein wenig. Die Dunkelheit wurde zu einem Anzug aus feinstem Tuch, der eine sehnig-muskulöse Gestalt einhüllte. »Überschätze dich bloß nicht, kleine Coco Zamis. Ich möchte

---

[1] Trinkgeld

bloß einige Minuten der Muße zwischen zwei … geschäftlichen Besprechungen überbrücken.«

»Kommt es mir bloß so vor, oder ist auch Asmodi der Hektik des heutigen Geschäftslebens verfallen? Ein perfekt sitzender Anzug, der einen Menschen ein Vermögen kosten würde, ein durchtrainierter Körper, ein enger Terminkalender … Du kümmerst dich um Dinge, die dich früher kaum interessierten. Hast du in deinem neckischen Ledertäschchen auch ein paar Aufputschmittelchen versteckt? Ein wenig Koks? Energy Drinks?«

»Legst du es wieder mal auf eine Auseinandersetzung an mit deinem losen Mundwerk? Wobei«, Asmodi entblößte makellose und gebleichte Zahnreihen, »wobei ich in der Tat ein Arrangement mit dem größten Hersteller von Energy Drinks getroffen habe.«

»Du meinst …?«

»Selbstverständlich.« Er lachte laut auf. »Diese dummen, dummen Menschen! Sie verstehen wenig von Zeichen und Symbolen. Andernfalls würden sie begreifen, dass nicht jedes gehörnte Wesen einen roten Bullen darstellt. Es kann sich durchaus auch um ein Symbol der Schwarzen Familie handeln.«

»Du verdienst an dem widerlichen Dosenzeugs mit?«

»Selbstverständlich! Meine weitläufigen Geschäfte drehen sich nicht nur um weißes Pulver aus Kolumbien oder um bittere Mohnblüten aus Afghanistan. Auch im biederen Österreich lässt sich viel Geld machen. Geld, das wiederum woanders investiert werden kann.«

Ich wollte nicht länger darüber nachdenken, über welche weitreichenden Geschäftsbeziehungen Asmodi verfügte und womit er sich beschäftigte. Augenscheinlich arbeiteten Heerscharen von Menschen für ihn. Vielleicht legte er es drauf an, einen Teil der Weltwirtschaft zu beherrschen, um sie irgendwann nach Gutdünken zusammenbrechen zu lassen und dann aus dem Elend der Menschen Befriedigung zu ziehen?

Ich sah mich um. Meine Begleiter und die Menschen ringsum standen immer noch schockstarr da. Der Herrscher der Schwarzen Familie hatte mich aus der Realität gerissen.

»Also schön, Asmodi: Warum bist du tatsächlich hier?«

»Glaubst du im Ernst, ich würde dich unbeobachtet lassen? Ich möchte mich davon überzeugen, dass ich gut in dich investiert habe. Und wie ich sehe, ist bereits etwas schiefgelaufen. Es sind bloß vier Diener der Wollust anwesend, statt deren sechs.«

»Es gab ein kleines Malheur«, gab ich zu.

»... und dieses kleine Malheur hieß Vindobene, nicht wahr?«

»Es tut nichts zur Sache, wer oder was Schuld an dem Unfall trägt. Ich werde meinen Auftrag auch mit nur vier Dienern der Wollust zu Ende bringen.«

»Namtaru ist ein höchst anspruchsvoller Mann. Er hat Wünsche weit jenseits aller menschlichen Vorstellungskraft.« Asmodi warf einen Seitenblick auf die Callas. »Mit Ausnahme dieses höchst seltsamen Geschöpfs, vielleicht. Wäre ich du, würde ich dafür sorgen, dass es keine weiteren Zwischenfälle gibt. Du wirst dich in Hamburg-Altona mit einem Getreuen namens Stuvmuhl treffen und dir letzte Instruktionen holen.« Er reichte mir ein zerknittertes Stück Papier, auf dem eine Adresse gekritzelt war. »Tu das Richtige, sonst bleibt das Ungeborene ungeboren!«

Die Stimme des Herrschers über die Schwarze Familie bekam einen bedrohlichen Unterton, um dann zu einem bösen und bösartigen Lachen zu werden. Es wurde so laut, dass mir die Ohren dröhnten und ich die Augen schloss, um es ertragen zu können.

Als das Gelächter Asmodis endlich verstummte, fand ich

mich in der Wirklichkeit wieder. Ein alter Dienstbote entfernte sich mit kurzen, trippelnden Schritten von mir, meine Begleiter starrten mich verwirrt an. So lange, bis ich die Hände von meinen Ohren nahm.

»Was ist los, Pupperl?«, fragte die Callas.

»Ich hatte einen … Tagtraum.« Ich wandte mich den vier Dienern und Vindobene zu. »Vater kommt wohl nicht mehr«, sagte ich düster. »Sehen wir zu, dass wir einen Platz im Zug bekommen. Vorwärts, Herrschaften!« Ich klatschte in die Hände und deutete der kleinen Gruppe, sich in Bewegung zu setzen, hin zur Zugspitze. Dorthin, wo die Schlafwagen Erster Klasse angekoppelt waren. Nach einer anstrengenden und höchst unangenehmen Nacht wollte ich größtmöglichen Komfort genießen.

Die Diener trugen auf mein Geheiß hin unser Gepäck. Es bestand bloß aus Handtaschen sowie drei Koffern, deren Inhalt jeden Menschen in Verwunderung und wahrscheinlich auch in Schrecken versetzt hätte. Die Callas hatte einige Accessoires aus ihrem Etablissement holen lassen. Gegenstände, die selbst ich niemals zuvor gesehen hatte. Die Diener der Wollust hatten große Augen bekommen und anerkennend gemurmelt.

Ein Schaffner stand vor dem letzten Waggon und unterhielt sich angeregt mit einem Passagier. Es ging um Toilettengegenstände, die nicht zur Zufriedenheit des Reisenden bereitgestellt worden waren.

»Aber ich sag Ihnen doch, dass die Bahn keine Lavendelseife anbietet!«, meinte der Schaffner mit jener Gelassenheit, die Menschen vermittelten, wenn sie immer wieder mit denselben Problemen konfrontiert wurden.

»Erlauben Sie mal, Sie! Ständig wird der Komfort in den Österreichischen Bundesbahnen beworben, Sie! Man lese den Menschen jeden Wunsch von den Lippen ab, Sie!«

»Ich lese gerne, Herr Meinhof. Aber nicht, wenn ein derart ungehobelter und ignoranter Kerl wie Sie mich belästigt.«

»Wie bitte?!«

Der Schaffner sah sich verwirrt um, unsere Blicke trafen sich. Ahnte er, dass ich ihm diese Worte eingegeben hatte? Wusste er, dass ich ihn manipulierte?

Mit steinernem Gesichtsausdruck fuhr er fort: »Packen Sie Ihren Kram zusammen, Herr Meinhof, und auch gleich den Ihrer gar nicht reizenden Gattin, diesem monströsen Fass, das dafür sorgt, dass unser Zug Schlagseite hat. Und soll ich Ihnen etwas über Ihre drei reizenden Kinderchen sagen? In dieser halben Stunde, da sie mich mit Ihrer Anwesenheit belästigen, hatte ich bereits mehrmals den Wunsch, jedes einzelne Mitglied dieser Brut mit dem Kopf voran in der Toilettenschüssel einzutunken. Der jüngere Herr Sohn hat mir die Lederpolsterung mit seinem Taschenmesser zerschnitten, das Mädchen raucht im Gang ein Zeugs, das widerlich süßlich riecht, und Ihr Erstgeborener belästigt das Kindermädchen auf eine Art und Weise, die an sexuelle Belästigung heranreicht.«

»Was erlauben Sie sich, Sie! Ich werde …«

»Ich erlaube mir, Sie aus meinem Zug zu schmeißen.« Der Schaffner presste die Lippen fest zusammen. Er wehrte sich gegen meine Beeinflussung. Doch mein Geist war stärker als seiner. »Sie Arschloch!«, stieß er hervor, um seinem Gegenüber eine schallende Ohrfeige zu verpassen.

Meinhof stand bloß da und starrte den Schaffner an, völlig fassungslos. Es dauerte einige Schrecksekunden, bis er sich wieder gefangen hatte und in den Waggon stieg. Lichter in mehreren Abteilen gingen an und wieder aus, Gekeife und Gezänke hub an. Kinder schrien, jemand weinte.

»Wie ich höre, sind soeben einige Plätze freigeworden?« Ich stellte mich vor den Schaffner.

»J…ja.«

»Was für ein reizender Zufall! Würden Sie meinen Begleitern und mir das Gepäck in die Abteile bringen, sobald diese unangenehme Situation geklärt ist?«

»Natürlich.« Er konnte sich der Wirkung meiner Hypnose nicht entziehen. Er würde mir jeden Wunsch von den Augen ablesen – und aller Voraussicht nach bald die Kündigung zugestellt bekommen. Wenn nicht …

Meinhof stieg aus dem Waggon, seine ächzende Frau im Schlepptau. Drei Halbwüchsige meckerten und schimpften und machten hinter dem Rücken ihres Vaters obszöne Gesten, während das Kindermädchen mit stiller Duldermiene hinterhertrippelte.

»Sie werden mir als Zeugin dienen!«, sagte Meinhof zu mir. »Sie haben gesehen und gehört, was dieser unverschämte Kerl mit mir gemacht hat. Ich werde ihn verklagen, ich werde die Bundesbahn verklagen, ich werde den österreichischen Staat verklagen! Und Sie …«

»Ich werde gar nichts«, unterbrach ich den Mann und setzte neuerlich meine hypnotischen Kräfte ein. »Sie alle gehen nun heim, setzen sich an einen Tisch und klären Ihre Probleme untereinander. Anschließend melden Sie sich persönlich bei einer gemeinnützigen Organisation und stellen Ihre Arbeitskraft für fünf Stunden pro Woche zur Verfügung. Ihren Kindern und Ihrer Frau widmen sie mehr Aufmerksamkeit. Sie werden besser zuhören, wenn andere mit Ihnen reden. Sie werden niemals mehr wieder Menschen von oben herab behandeln. Sie werden keine Beschwerde-Mail an die Bundesbahn schicken. Haben Sie verstanden, Herr Meinhof?«

Der Mann stierte geradeaus, an mir vorbei. Seine Lippen bewegten sich kaum, als er antwortete: »Ja, ich habe verstanden.«

Kinder, Kindermädchen und Ehefrau schlossen sich dem Mann an, als ich ihn aus meinem Bann entließ und er langsam davontrottete. Sie blickten sich nicht mehr um, und mit ein wenig Glück würde die Wirkung meiner Hypnose für einige Wochen anhalten. Die Familie hatte eine Chance zu gesunden.

»Du mischst dich wieder einmal in Dinge ein, die dich nichts angehen«, hörte ich eine bekannte Stimme hinter mir.

Ich drehte mich um. »Ich bin dir keine Rechenschaft mehr schuldig«, sagte ich zu Michael Zamis, der sich eben aus dem Schatten einer Säule des Bahnsteigs löste und langsam auf mich zukam.

»Der Schmerz dieser minderen Geschöpfe wäre ein gefundenes Fressen für einige von uns«, fuhr Vater fort. »Sieh dir bloß Vindobene an: Er leidet unter deinen schlechten Angewohnheiten. Er ist verloren, wenn er nicht ständig mit Leid und Widerlichkeit gefüttert wird.«

»Lass das bloß meine Sorge sein.« Ich wechselte abrupt das Thema. »Warum bist du so spät dran? Der Zug fährt in fünf Minuten ab. Kannst du mir denn bei meinem Auftrag helfen?«

»Wie du siehst, ja.« Er stellte eine alte lederne Aktentasche vor mir ab und ergänzte dann erklärend: »Ich wollte Asmodi ausweichen. Es ist nicht gut, wenn wir beide uns zu oft begegnen. Also wartete ich, bis er gegangen und seine Aura nicht mehr spürbar war.«

»Was ist da drin?« Ich deutete auf die Tasche.

»Das eine oder andere Mittelchen, das dir helfen könnte. In erster Linie werden sie deine Widerstandskraft stärken, sobald du es mit Namtaru zu tun bekommst.« Er warf bitterböse Blicke in Richtung der Diener der Wollust. »Du wirst aber auch Gegenstände finden, die dich im Einsatz gegen diese da stärken, sollten sie renitent werden.«

Meitje warf meinem Vater einen hasserfüllten Blick zu, senkte aber rasch wieder ihren Kopf. Die anderen Diener gaben sich uninteressiert. Es wurde immer deutlicher, dass die groß gebaute Blondine die Wortführerin der Gruppe war.

Ich griff nach der Tasche und wollte sie öffnen. Mein Vater hinderte mich daran. »Warte damit, bis ihr den Bahnhof verlassen habt.«

»Warum diese Geheimnistuerei? Befürchtest du, dass deine Mittelchen nicht ausgereift genug sind und irrtümlich der Bahnhof in die Luft gesprengt wird, solange du noch hier bist?«

»Nimm das Zeugs und verschwinde, bevor ich es mir anders überlege.« Vater atmete schwer, seine Hände bewegten sich unruhig, so, als wollte er sie um einen Hals schließen und fest zudrücken.

Ich erschrak vor meinen eigenen Worten. Ich ging zu weit. Ich durfte Vater nicht über alle Gebühr reizen. Also nahm ich die Tasche vorsichtig auf, nickte ihm grüßend zu, murmelte ein »Dankeschön« und deutete meinen Begleitern, in den Waggon zu steigen.

Der nach wie vor verwirrt wirkende Wagenbegleiter wartete, bis ich als Letzte die drei Stufen hochgestiegen war. Dann signalisierte er einem weiter am Ende des Zuges wartenden Schaffner, dass er abfahrbereit wäre, sprang hinter mir auf und wollte die Tür schließen.

Hatte ich nicht etwas vergessen? – Richtig!

Ich deutete dem Mann, mich nochmals an ihm vorbeizulassen. Er gehorchte augenblicklich, ich stieg zu Vater hinab. »Wie geht es dem verletzten Diener der Wollust?«, fragte ich ihn.

»Er hat es nicht geschafft. Thekla hat alles unternommen, aber …« Er zuckte mit den Schultern. »Immerhin war er gutes

Anschauungsmaterial. Was ich über ihn und seinesgleichen gelernt habe, ist in die Mischung all dessen eingeflossen, das ich dir mitgegeben habe.«

»Du hast ihn also als Laborratte verwendet?«

»Selbstverständlich. So machte sein Sterben noch einen gewissen Sinn.«

Ich schloss die Augen und stellte mir vor, was Vater in den Kellerräumen der Villa Zamis mit dem Diener angestellt hatte. Wie er ihn gereizt, weiter verwundet und noch mehr verletzt hatte, um seine Widerstandskräfte auszuloten und schwache Punkte zu entdecken.

»Er hat sein Leiden hundertfach verdient«, sagte Vater und grinste. »Er hat unaussprechliche Dinge getan.«

»So wie du selbst, nicht wahr?«

»Wir Zamis sind anders«, sagte er. »Diese Diener sind von einer dämonischen Art, die ich niemals zuvor kennengelernt habe. Sie benehmen sich wie weit entfernte Verwandte, die keinerlei Manieren besitzen.«

Der Dieselmotor der Zugmaschine dröhnte laut auf, der Euro-Night 490 setzte sich in Bewegung.

»Kommen's, Fräulein!«, rief der Wagenbegleiter und streckte die Hand nach mir aus. Ich griff danach und ließ mich ins Innere des Waggons ziehen. Als ich mich umdrehte und aus einem seltsamen, mir selbst unerklärlichen Impuls heraus Vater zuwinken wollte, konnte ich ihn nirgends mehr entdecken. Wie ein Geist war er verschwunden. Doch er hatte einen Fleck hinterlassen, dort, wo er gestanden hatte. Einen Fleck, der sich immer weiter vergrößerte.

Der Zug nahm an Geschwindigkeit auf, der Bahnsteig war bald nur noch ein schwach beleuchteter Strich in der Dunkelheit der Wiener Nacht.

Vater hatte einen Blutfleck hinterlassen. Die Herstellung

der Mittel, die er uns zur Verfügung stellte, hatte ihren Preis gehabt.

Ich hatte keine Zeit, um über die Seltsamkeiten dieser Begegnung nachzugrübeln und schon gar nicht, mir Sorgen um Michael Zamis zu machen. Die seltsame Gesellschaft, in der ich mich befand, nahm meine Aufmerksamkeit vollends in Anspruch.

Vindobenes Jammern über den Abschied von jener Stadt, von deren Ausstrahlung er zehrte, wurde rasch zu einem kläglichen Winseln. Der Zug rumpelte über die uralten Weichen und Gleiskörper der Westbahnstrecke, vorbei an abgelebten Zinshäusern und von Neonlicht bestrahlten Bürogebäuden, die ihre besten Zeiten ebenfalls schon hinter sich hatten. Nach wenigen Minuten hielt der Euro-Night in Wien-Hütteldorf, um einige müde Menschen aussteigen zu lassen. Im nahe gelegenen Stadion Sankt Hanappi jubelten Menschen lautstark über ein Tor. Die Scheinwerfer stachen einige grelle Lichtkleckse in die Dunkelheit. Ich sah, hörte und spürte merkwürdige Gestalten durch die Nacht gleiten. Die Dämonen kleiner und großer Wiener Familiensippen waren auf der Suche nach Nahrung.

Der Zug fuhr an, die Lichter wurden weniger, und bald tauchten wir in die Tunnel der neu gebauten und beschleunigten Westbahn-Strecke ein.

Ich wandte mich meinen Begleitern zu. Vindobenes Winseln war zu einem herzzerreißenden Gejammer geworden. Die Diener der Wollust hingegen grinsten hämisch. Meitje stellte sich breitbeinig vor dem Kleinen hin und rieb sich über ihre Scham. Sie geilte sich an seinem Schmerz auf, wie auch ihre Begleiter immer unruhiger wurden.

Die Scheiben am Gang des Waggons beschlugen rasch.

Auch ich vermochte mich kaum gegen die Wirkung der Diener zu wehren. Sie strahlten Boten- und Lockstoffe ab, als wären sie Königinnen mehrerer Bienenstöcke, die zusammenarbeiteten, um jedes Wesen in ihrer Nähe in den Bann zu ziehen. Und sie hätten selbst mich von ihrer Allmacht überzeugt, trotz meiner magischen Abwehrmanöver, trotz all meiner Willenskraft …

… wenn nicht die Callas eingeschritten wäre. Sie blieb völlig unbeeindruckt von den Geschehnissen rings um sie. So, als wäre sie weder Mensch noch Dämon. Als wäre sie völlig frei von Emotionen und könnte nicht berührt oder gerührt werden.

Die Frau trat auf Meitje zu und hieb ihr mit der flachen Hand über die linke Wange, dann über die rechte, dann wieder über die linke. Ihre Bewegungen wirkten mechanisch. So, wie sich der Zeiger eines Metronoms hin und her bewegte, verrichtete sie ihre Arbeit.

»Das ist bloß der Anfang«, sagte sie und schlug weiter zu. Rechts, links, rechts. »Wenn ihr es nochmals wagt, euch gegen den Kleinen, Coco und mich zu wenden, wird es euch allen richtig dreckig ergehen.«

Auf Meitjes Wangen bildeten sich rote Streifen. Blutsträhnen, die von einem Ring der Callas verursacht wurden. Von der Geilheit der Dienerin war nichts mehr zu bemerken, ganz im Gegenteil: Ihr war die Angst vor der Gegnerin anzumerken, wie auch ihre Begleiter langsam zurückwichen.

»Ihr geht jetzt in euer Abteil!«, herrschte die Callas sie an. »Bis morgen in der Früh möchte ich nichts mehr von euch hören.«

Ich fühlte, wie die Schwäche, die mich ergriffen hatte, allmählich zurückgedrängt wurde und ich zu mir zurückfand. Ich fühlte Zorn – und ein Gefühl der Hilflosigkeit. Ich war diesen Geschöpfen hoffnungslos unterlegen. Die Callas hingegen …

»Danke«, sagte ich.

»Keine Ursache, Pupperl.« Sie griff in die Tasche meines Vaters, kramte eine Weile umher, nickte zufrieden und reichte mir dann ein Fläschchen. »Trink das, dann geht's dir besser.« Sie zündete eine Zigarette an, während ich von der bitteren Flüssigkeit einige Schlucke nahm, blies den Rauch in Richtung des Wagenbegleiters aus und sagte: »Mir scheint, du hast ein Problem.«

Der Mann hatte das Geschehen bislang fassungslos und ungerührt beobachtet. Nun ja – nicht ganz ungerührt. Er hatte Hose und Unterhose hinabgezogen und stand mit entblößtem Unterleib da. Unter den Zipfeln des Hemds und der Uniformjacke zeichnete sich eine beachtliche Erektion ab. Die Diener der Wollust hatten ihn vollends in ihren Bann gezogen. Und das binnen weniger Augenblicke.

»Kann ich einen Kaffee bekommen?«, fragte die Callas, als der Mann nicht reagierte. »Schwarz, ohne Zucker. Und wenn du wiederkommst, dann bitteschön vorschriftsmäßig gekleidet. Männer in Uniformen üben einen gewissen Reiz auf mich aus.« Sie lächelte.

Der Wagenbegleiter fand endlich wieder zu sich. Seine Wangen liefen rot an. Er stammelte einige entschuldigende Worte und ging dann davon, hin zu seinem eigenen Bereich, um den Auftrag zu erledigen.

Ich stützte Vindobene hoch, brachte ihn in eines der frei stehenden Abteile und bettete ihn auf eine Liege. Der Kleine sah miserabel aus. Schweiß perlte über seine Stirn, er wimmerte und jammerte. Die Callas reichte ihm ebenfalls eine Medizin meines Vaters. »Wien«, flüsterte er, »mein goldenes Wienerherz …«

»Du wirst die Stadt binnen achtundvierzig Stunden wiedersehen«, sagte ich und benetzte Vindobenes Gesicht mit Wasser. »Bis dahin wirst du dich gefälligst zusammenreißen. Wir beide wissen, dass du es kannst. Ich brauche dich, hast du mich verstanden?! Die Callas kann unmöglich die ganze Zeit auf die Diener der Wollust aufpassen.«

»J…ja.«

»Schlaf ein oder zwei Stunden. Dann erwarte ich, dass du dich dienstbereit meldest.«

»Ich schrumpfe …«

»Du wirst weniger, ich weiß. Na und? Du wirst auch anderswo von Neid, Missgunst und Hass leben können. Fühle um dich und finde heraus, was die Leute im Zug denn so alles Nahrhaftes anbieten. Das kann ja wohl nicht so schwer sein!«

Wir ließen Vindobene allein zurück. Die Callas beäugte misstrauisch das Abteil der Diener. Sie wirkte gefasst und unbeeindruckt von den Geschehnissen der letzten Minute.

»Wie machst du das?«, fragte ich sie leise.

»Ich besitze ein besonderes Talent«, antwortete sie, ebenso flüsternd. »Eigentlich bin ich eine Laune der Natur. Ein Freak, wenn du so möchtest. Auch wenn man's mir nicht ansieht.«

»Ich verstehe nicht …«

»Ach, lassen wir das.« Die Callas drückte ihre Kippe an der Fensterscheibe aus und ließ sie achtlos zu Boden fallen. »Ich werde noch ein paar Takte mit den Dienern plaudern. Wenn sie zu viel Zeit zum Nachdenken haben, kommen sie womöglich drauf, dass ich sie allein niemals kontrollieren könnte.« Die Callas rückte ihren voluminösen Busen zurecht und trat in das Abteil ihrer Begleiter.

Ich beobachtete sie. Sie brauchte nicht viel zu sagen, und ihre Worte waren auch nicht sonderlich gut gewählt. Doch es war das Wie ihres Verhaltens, ihre Selbstsicherheit und die

Kälte, mit der sie die Diener wissen ließ, wer Herr und wer Diener war.

Die Fahrt nach Hamburg verlief außergewöhnlich ruhig.

Die Mittel meines Vaters stärkten mich tatsächlich und ließen mich die Ausstrahlung der Diener der Wollust beinahe vergessen. Wir verließen den Zug in Hamburg-Altona und machten uns mit einem Taxi auf in Richtung jenes Hotels, in dem Asmodis Gewährsmann namens Stuvmuhl auf uns wartete. Es befand sich in einer der vielen, neu errichteten Siedlungsanlagen Altonas, dem Tempowerkring. Mir kam die Adresse seltsam bekannt vor, doch wollte mir nicht einfallen, zu welcher Gelegenheit ich sie schon einmal gehört hatte.

Der hypnotisierte Taxifahrer brachte uns anstandslos zum Treffpunkt, und ebenso problemlos entdeckten wir unseren Kontaktmann. Die Ausstrahlung des unförmigen Mannes, dem lange und bewegliche Barthaare aus den blassen Mundwinkeln wuchsen, war widerlich. Selbst die Diener hielten Abstand zu Stuvmuhl. Der Geruch nach fauligem Fisch, den er verbreitete, war nahezu unerträglich.

»Coco Zamis!«, rief er. »Die Frau, von der man sagt, dass sie die bezauberndste Dämonin Wiens sei, wenn nicht gar der gesamten Schwarzen Familie! Wie schön, dich hierzuhaben!« Stuvmuhl trat auf mich zu und wollte mich innig herzen, so, als wäre ich sein bester Freund.

Ich wich den weit ausgebreiteten Armen aus und ging wieder auf Distanz. »Ja. Sehr schön«, echote ich. »Aber lassen wir den Small Talk und kommen lieber gleich zum Grund meines Besuchs. Wo finde ich Namtaru?«

»Hast du es denn so eilig, diesen widerlichen Kerl in Empfang zu nehmen? – Du wirst sehen, dass er keine besonders gute Gesellschaft abgibt. Im Gegensatz zu mir.« Stuvmuhl öffnete den Mund und lachte, wobei er eine grüne Brühe hervorwürgte, die langsam über sein Kinn hinabrann. Ich blickte auf ein Raubfischgebiss und winzige Wurmtierchen, die sich zwischen den Zahnreihen angesiedelt hatten. Sie kämpften gegen die Strömung des widerlichen Zeugs an, das ihm aus dem Maul rann.

»Ich kann dein reizendes Angebot leider nicht annehmen. Uns bleiben gerade mal zehn Stunden Zeit, um die Rückfahrt vorzubereiten. Wie ich hörte, ist Namtaru recht anspruchsvoll.«

»Er ist ein Arsch«, meinte Stuvmuhl mürrisch und klappte den Mund zu. Der Fluss der grünen Brühe versiegte, die letzten Reste verschluckte er erneut. »Er findet an allem und an jedem etwas herumzumäkeln. Ich bin froh, dass ich nicht ausschließlich mit ihm zu tun habe …«

»Wo ist Namtaru?«, wiederholte ich meine Frage ungedul dig.

»Er meinte, er hätte einige dringende Geschäfte zu erledigen. Danach würde er sich auf der Reeperbahn entspannen. Er hat die ›Ritze‹ für den Nachmittag ganz für sich allein gebucht. Die armen Frauen und Männer, brr …«

»Du hast Mitleid?« Ich wunderte mich. Stuvmuhl wirkte nicht so, als interessierte er sich sonderlich für das Schicksal der Menschen.

»Namtaru verlangt stets Außergewöhnliches, und wenn die Menschen nicht bereit sind, es ihm zu geben, dann findet er Mittel und Wege, es von ihnen zu bekommen.«

Stuvmuhl zog mit glitschigen Fingern ein Handy hervor und strich über das Display. Bilder erschienen. Solche, die einen groß gewachsenen und elegant gekleideten Mann mit sorgfältig onduliertem Bart zeigten. Rings um ihn befand sich ein riesiger Berg … Fleisch. Entzweigebrochene Knochen waren sorgfältig präpariert worden und bildeten eine Art

Thron, auf dem Namtaru bequem saß und freundlich lächelte. Kein Tropfen Blut befleckte seinen Anzug; zwischen den nackten Füßen quoll eine glitschige und undefinierbare Masse hoch.

Ich hatte derlei Bilder schon öfter gesehen. Dämonen-Orgien und -Gelage endeten oftmals höchst unglücklich für Menschen. Doch was mich an diesen Bildern darüber hinaus schockierte, war, dass auch die Leichenteile von Freaks und Dämonen rings um den Thron drapiert waren. Namtaru nahm auf nichts und niemanden Rücksicht.

»Du wirst verstehen, dass ich keine Lust hatte, Namtaru nach Sankt Pauli zu begleiten.« Leiser fügte er hinzu: »An deiner Stelle würde ich während der Fahrt nach Wien keinen Moment lang die Augen schließen. Andernfalls wirst du sie niemals mehr wieder öffnen.«

»Danke, das genügt«, sagte ich, bevor mir Stuvmuhl weitere Bilder mit Detailaufnahmen zeigen konnte. »Was weißt du sonst über Namtaru? Was haben Asmodi und er zu besprechen?«

»Ich bin bloß ein einfacher Diener unseres Herrn.« Stuvmuhl streckte seine Hände abwehrend aus. »Ich kümmere mich nicht um Asmodis Angelegenheiten und die seiner Freunde.«

Ich betrachtete das Fischmaul von oben bis unten. Stuvmuhl wirkte nun verängstigt und verunsichert. Dass er sich um ein derart mächtiges Wesen wie einen alten akkadischen Gott kümmern sollte, überforderte ihn sichtlich. Wahrscheinlich stimmte sogar, was er sagte: Er hielt möglichst großen Abstand zu Namtaru, um nur ja nicht Bestandteil eines weiteren Fleisch- und Knochenbergs zu werden.

»Also schön.« Ich deutete auf die Diener der Wollust, auf die Callas und Vindobene. »Sorge dafür, dass meine Begleiter ein sicheres Quartier bis in die Abendstunden bekommen. Mag sein, dass sie einige Wege zu erledigen haben. Unterstütze sie, wo und wie auch immer es notwendig ist. Und bereite sie auf ihren Einsatz vor. Wobei ich hoffe, dass der nachmittägliche Ausflug nach Sankt Pauli Namtaru ermüdet und er nicht mehr allzu hohe Ansprüche stellt.«

»Darauf würde ich mich nicht verlassen.« Stuvmuhl schüttelte den Kopf, kleine Tangblätter und winzige rote Krebse fielen aus seinem Haar. »Je mehr dieses Geschöpf feiert, desto heftiger werden die Exzesse. Ich befürchte, dass er geladen wie ein Kernkraft-Brennstab unmittelbar vor der Schmelze in den Zug Richtung Wien steigen wird.«

Ich sah die Diener an, einen nach dem anderen. Es scherte mich nicht, dass sie in Gefahr gerieten, zu Namtarus Opfern zu werden. Derzeit wirkten sie völlig apathisch. Ihrer aller Blicke richteten sich immer wieder auf die Callas, die sie nach wie vor unter Kontrolle hielt. Sie, der einzige Mensch dieser kleinen Versammlung, bildete einen seltsamen Kontrapunkt inmitten dämonischer Wesen.

»Kümmere dich um sie, Stuvmuhl«, wiederholte ich. »Sorge dafür, dass sie so viel wie möglich über Namtaru wissen.«

»Ich bin kein Diener, den man für niedere Arbeiten einteilt«, gab sich der Hamburger Dämon störrisch und legte gleich darauf ein widerliches Grinsen auf. »Aber ich helfe gerne, wenn du dich mir gegenüber erkenntlich zeigst, Coco.« Er öffnete seinen Hosenschlitz, ein glitschiges Etwas, lang und flach und breit, rollte daraus hervor. Es reichte beinahe bis zu den Knien – und es bewegte sich, als besäße es ein Eigenleben.

»Steck das sofort wieder weg. Andernfalls …«

»Andernfalls?« Stuvmuhl schnalzte mit der Zunge und streckte sie mir verlangend entgegen. Die Augen, gelb und geschlitzt, waren die eines kalten Fischs.

Ich glitt in den raschen Zeitablauf, holte einige Taschentücher aus meiner Gepäcktasche und berührte widerwillig dieses widerliche, stinkende Instrument der Männlichkeit. Ich tat die notwendigen Handgriffe und kehrte dann rasch wieder in den normalen Zeitablauf zurück, nicht, ohne mir zuvor die Hände gründlich zu reinigen.

Stuvmuhl starrte mich sekundenlang an. Schließlich begann er zu wimmern und zu schreien, so laut, dass sich die Köpfe mehrerer Menschen aus nahe gelegenen Büros schoben und sie neugierig zu uns herablugten.

Stuvmuhl hüpfte wie Rumpelstilzchen umher, tastete zwischen seine Beine, jaulte und heulte. »Du hast … du hast …«

»… dir einen Knoten in deinen Schwanz gemacht«, sagte ich gelassen. »Ist es nicht das, was du haben wolltest? Eine Erinnerung an mich, die du niemals mehr wieder vergessen wirst?«

Ich ließ meine Begleiter in der Obhut Stuvmuhls zurück und fuhr mit dem Taxi Richtung Sankt Pauli, vorbei an Industriegebieten, an Werftkränen, die wie hochmütig in die Luft gereckte Finger wirkten, vorbei an hochherrschaftlichen Häusern.

Ich ließ den Fahrer den Elbtunnel zweimal durchqueren, bevor er zur Reeperbahn weiterfahren durfte. Hier unten roch es seltsam. Immer wieder entdeckte ich die grünen und roten Schimmer alter Glimmergeister, die ruhelos auf der Suche nach ihren früheren Leben durch die Tunnelröhren irrten. Sie wurden angezogen von den Scheinwerferlichtern der vielen Autos, von den vielfältigen Reflexionen – und von den Menschen, die in ihren metallenen Käfigen saßen.

Ahnungslose Sprachforscher redeten eine Verwandtschaft des Wortes »Elbe« zum lateinischen Begriff »Albis« herbei, was nichts anderes als »Fluss« bedeutete. Doch die dämonischen Bücher und Almanache wussten es besser: Das Gewässer trieb seit Menschen- und Dämonengedenken eine Unzahl von unruhigen Nachtgeistern mit sich, von Alben, die das Schicksal aller Geschöpfe entlang des breiten Stromes mit beeinflussten. Hier, nahe der Flussmündung, versammelten sich die Albe in großer Zahl. Sie kreischten und jammerten und bedauerten ihr Schicksal, meist ungehört von Menschen, doch für die Ohren der Mitglieder der Schwarzen Familie wie angenehmer Sirenengesang wahrnehmbar.

Ich fand mich in Hamburgs bekanntestem Vergnügungsviertel wieder. Die Größe des Kiezes fand ich wie immer enttäuschend. Auf nicht einmal einem Kilometer Länge glaubten die Menschen, einen Ort des sündigen Vergnügens nachbilden zu können.

Ich stieg aus und betrat die Reeperbahn. Es war noch wenig los. Einige asiatische Touristen betrachteten neugierig die vielfältigen Leuchtreklamen und machten anstößige Fotos, ein Türsteher schrie aus Leibeskräften nach Gästen.

Zwei groß gewachsene Frauen in schwarzen Lackstiefeln trippelten umher und unterhielten sich dabei angeregt. Erst, als sie auf den Pfiff eines Mannes reagierten und sich umdrehten, erkannte ich, dass es sich um Transvestiten handelte. Ich betrachtete sie genauer; sie besaßen makellose Figuren und waren perfekt geschminkt, so, wie ich es niemals zustande gebracht hätte.

»Schwingt die Hufe!«, rief der Mann ihnen zu. »In der Ritze geht's rund. Los, los, macht schon! Da gibt's gutes Geld zu verdienen!«

Ich wandte mich dem Zuhälter zu. Er wirkte so, wie man sich diese Typen vorstellte: vierschrötig, Kaugummi kauend, mit einer langen, schlecht verheilten Narbe quer über den Nasenrücken. Die Rechte hielt er in der ausgebeulten Hose verborgen. Mehr Klischee ging gar nicht, und beinahe hätte ich lauthals losgelacht.

»Was ist, Kleine?«, fragte er mich, als ich mich ihm bis auf wenige Schritte genähert hatte. »Suchste Arbeit? Ich fang mit Anfängern nix an, also hau ab und such woanders.«

»Ich habe mehr Erfahrung, als du denkst.« Ich lächelte freundlich. »Aber deswegen bin ich nicht hier. Sag mal: Was ist denn in der Ritze los?«

»Ich wüsste nicht, dass dich das was anginge. Bist Wienerin, nicht wahr? Ihr Wiener seid so gemütliche Leutchen. Heuriger, Riesenrad, Donauwalzer, Schönbrunn … Tolle Sachen, sag ich dir.« Er zog ein Messer hervor und putzte mit der Klinge den Schmutzrand unter den Fingernägeln sauber. »Ich kannte noch den Wiener Peter. Als er ein großer Name war, damals, im Palais d'Amour. Mann, der hatte was auf dem Kasten … Schade, dass sie ihn weggesperrt haben.«

»Jaja, die seligen Erinnerungen an bessere Zeiten … Aber sag mal, was ist nun wirklich los in der Ritze? Es scheint da drin hoch herzugehen.«

Er sah mich an und reagierte augenblicklich auf meine hypnotische Beeinflussung. Sein Geist war schwach, so denn allzu viel davon vorhanden war. »Ach, irgend so ein reicher Schnösel macht auf Fete. Ausländer. Dunkelhäutig. Gold und Brillanten, wo man nur hinblickt. Selbst das Handy glänzt wie 'ne Nutte auf Arbeit.«

»Und was sind so seine Wünsche?«

»Männer, Frauen und alles dazwischen. Er nimmt, was er bekommt. Aber bloß bestes Material.«

Ich hasste es, wenn andere Wesen als *Material* bezeichnet wurden. Mühsam beherrscht fuhr ich fort: »Wie lange ist er denn schon … beschäftigt?«

»Zwei oder drei Stunden. Und er fordert immer noch Nachschub. Phänomenal. Der hat ,ne ganze Packung Viagra eingeworfen. Mann, wird der morgen Schädelbrummen haben!«

»Dann werde ich mir diesen Künstler mal ansehen.«

»Gib acht auf dich, Kleine. Man munkelt, dass ihm ab und zu die Hand ausrutscht und auch schon mal Blut fließt.«

»O ja. Das kann ich mir lebhaft vorstellen.« Ich verstärkte die Wirkung meiner Hypnose. »Du wirst von nun an dafür sorgen, dass es keinen weiteren Nachschub mehr gibt. Verstanden? Und du warnst deine Kollegen, dass sie ebenfalls niemanden mehr in die Ritze schicken sollen.«

»Ja«, echote der Zuhälter tonlos, »niemanden mehr reinschicken.«

»Und du benachrichtigst die Polizei am Millerntor. Sie sollen in zehn Minuten ein paar Streifenwagen vorbeischicken.«

»Ja. Bullen-Streifen. In zehn Minuten.« Der Mann stierte auf sein Handy, als müsste er überlegen, wie die Notrufnummer der Polizei ging.

Ich ging davon, hin zur Ritze, während rings um mich seltsame Ruhe einkehrte. Es war, als röchen Touristen, Huren und Zuhälter, dass hier etwas im Gang war, dem sie besser weitläufig auswichen.

Warum mischte ich mich schon wieder ins Leben der Menschen ein? Ich selbst würde Schwierigkeiten bekommen und für meine Gutmütigkeit büßen müssen. Wie immer.

In völliger Stille gelangte ich zum Lokal »Zur Ritze«. Ich trat zwischen die beiden gemalten Frauenbeine und öffnete die Tür. Ein Schwall stickiger Luft schlug mir entgegen. Es stank nach kaltem Rauch und nach saurem Bier. Zwei Türsteher blickten mir entgegen, doch sie wirkten seltsam teilnahmslos.

»Ist da der Nachschub für Papi?«, hörte ich eine dröhnende Stimme. »Nur hereinspaziert, meine Kleinen, ich werde euch

Vergnügen bereiten, wie ihr es während eures ganzen Lebens noch nicht erlebt habt und niemals mehr wieder bekommen werdet.« Der Mann lachte hässlich und endete abrupt. »Nur ein weiteres Fräulein, das den Weg zu mir gefunden hat? Wie enttäuschend! Ich werde mich bei den hiesigen Autoritäten beschweren! Schließlich habe ich eine ganz schöne Stange Geld für die Miete hier bezahlt.«

Ich trat ins Lokalinnere. Die meisten Stühle standen noch auf den Tischen. Kellner waren keine zu sehen. Nur ein feister Mann, der hinter der Theke stand. Er knackte eben mit einem Hieb den Kopf einer Frau, holte das Hirn hervor und zerquetschte es zwischen seinen Händen. Den bläulich grauen Sud ließ er in einen Cocktail-Mixer rinnen, fügte einige faulige Früchte hinzu, spuckte hinein und begann dann, das metallene Ding ausgiebig zu schütteln.

»Lass dich bloß nicht irritieren, mein Kleines! Ist alles halb so schlimm, was Famtuli da so macht. Ein Scherz. Du verstehst, haha!«

Namtaru war also in Begleitung hier. Der stiernackige Dämon wirkte allerdings nicht so, als wäre er mit allzu viel Intelligenz beschlagen. Grunzend und debil kichernd rüttelte er den Mixer. Dies allerdings mit einer Kraft, die mich durchaus beeindruckte.

»Komm näher, hab keine Angst!«, rief Namtaru, die nur vage erkennbare Gestalt im Hintergrund des Lokals. »Es geschieht dir nichts. Ich möchte bloß mit dir reden.«

Ich hörte Geräusche, die mich an einen altmodischen Klopfer erinnerten, der auf einen Teppich klatschte. Sie kamen mal rasch hintereinander, dann wieder langsam, fast zögerlich.

Ich trat näher, vorsichtig und mich nach allen Seiten umblickend. Famtuli kümmerte sich nicht weiter um mich. Er öffnete eben den Mixer und quetschte den Inhalt zweier blauer und stark geäderter Hoden in die metallene Box. Sie stammten wohl von einem Menschen.

Ich fühlte, wie Namtaru auf meinen Geist zugreifen wollte. Routiniert wehrte ich ab – und fühlte mich gleich darauf in einer Art Albtraum gefangen. In einem, der aus Schwarz und Weiß bestand, aus irrwitzig rasch flackernden Bildern, die jegliche Orientierung unmöglich machten.

Die Maske eines fein gepflegten Gesichts schob sich aus der Monochromie. Die Wangen glänzten, die Mundwinkel waren amüsiert nach oben gehoben. »Soso. Ein Dämonenkind meint, mich beim Dinieren stören zu können. Das haben bereits andere versucht, und selten ist es gut ausgegangen.«

Die Lichteffekte erdrückten mich. Wo auch immer ich mich hinwandte – überall erblickte ich dieses merkwürdige Flattern. Wände, Stühle, Tische, Boden und Decken; sie waren in einem Augenblick da, in grelles Weiß getüncht, um dann rasch von allumfassender Schwärze aufgefressen zu werden.

»Du bist die kleine Coco Zamis. Nicht wahr?«

»J…ja.« Mir war speiübel.

»Asmodi warnte mich vor dir und deinen Unverschämtheiten. Und er bat mich um Nachsicht. Ich solle nicht allzu grob mit dir umgehen. Schließlich wären er und ich ja … Freunde.« Namtaru lachte höhnisch. »Und du hast das Glück, dass ich bereits satt bin.«

Das kaleidoskopische Schwarz-Weiß vor meinen Augen verschwand. Es machte der Realität Platz, und gleich wünschte ich mir, Namtaru hätte mir diesen Anblick erspart.

Der akkadische Dämon lag in einer Art Wanne, gemeinsam mit jenen beiden Transvestiten, die ich eben noch auf der Reeperbahn gesehen hatte. Von ihnen waren bloß noch der Rumpf und der Kopf als solche zu erkennen. Alles andere verschwand in einer Flüssigkeit aus brodelndem Rot, aus dem immer wieder Augen, Finger, Nasen und undefinierbare Körperteile hochploppten, so, als wären sie Bestandteil einer langsam vor sich hin brodelnden Suppe. Es stank bestialisch.

»Ein wenig gefüllter Darm gefällig?«, fragte Namtaru und hob mehrere Schlingen menschlicher Eingeweiden hoch, um sie dann zentimeterweise, wie eine Schlange, hinabzuwürgen. Ein hässliches Knacksen ertönte, der Unterkiefer fiel lose auf die Brust des Dämons hinab.

Mit einer Gier, die sich immer mehr steigerte, verschlang er die Innereien samt ihres Kot-Inhalts. Namtarus Augen leuchteten, sein Herz schlug kräftig, sein dornenbesetzter Phallus richtete sich auf.

Er beendete seine Mahlzeit und renkte sich mit einem raschen Handgriff den Kiefer wieder ein. In seinem Magen brodelte es gut sichtbar. Was auch immer er alles zu sich genommen hatte – Teile dessen schienen noch zu leben.

»Man soll stets gut essen, bevor man eine Reise tut.« Namtaru rülpste vernehmlich, üble Luft breitete sich im Raum aus. »Famtuli!«, brüllte er unvermittelt, »wo bleibt mein Digestif?!«

Der Glatzköpfige wälzte sich herbei. Achtlos schob er den Leichnam eines Mannes beiseite, der, unsichtbar für mich, hinter der Theke lag, griff nach einer Flasche Kräuterbitter und goss sie in die Brühe, die er angerichtet hatte. Er verbeugte sich stumm und reichte seinem Herrn das große Glas.

Namtaru trank mit großen Schlucken. Ich sah, wie sich der Adamsapfel hob und senkte, immer wieder, und als er den Humpen geleert hatte, erbrach der Dämon einen Großteil der Flüssigkeit.

Meine Beine waren wie gelähmt. Als ich mich rühren und Widerstand leisten wollte, konnte ich die unheimliche Kraft Namtarus wieder fühlen. Schon die Andeutung des Schwarz-

Weiß-Bildes, das er in mir erzeugte, ließ mich jegliche Gegenwehr vergessen.

»Das war mal was!«, sagte Namtaru und streckte sich gemächlich in seiner Brühe durch. »Diese Deutschen sind zwar recht sehnig und ein wenig steif. Doch sie entwickeln beim Abgang einen guten Nachgeschmack. Schade, dass ich nur so selten die Gelegenheit habe, von ihnen zu kosten.«

Er sah mich unvermittelt an. Ich meinte, in einem Ozean aus Schwärze zu ertrinken, uralter Dunkelheit, die in einer Zeit jenseits der Zeit entstanden war.

»Wie ist das mit den Österreichern, Coco Zamis? Fühlen sie sich ähnlich an?« Er erbrach erneut. Ein Schwall dunkelbrauner Masse ergoss sich ins Planschbecken. »Man sagte mir, dass sie nicht sonderlich gut schmeckten.«

»Sie sind so gut wie ungenießbar. Vor allem, wenn sie gereizt werden.«

Namtaru lachte lauthals. »Nun, zumindest ihr Mundwerk wird mir munden, dessen bin ich sicher.« Er erhob sich aus der rotbraunen Brühe. Sein Glied war noch immer erigiert. Es wies wie herausfordernd in meine Richtung. »Genug davon, Coco Zamis. Ich bin ein wenig müde und möchte mich erholen, bevor es Richtung Wien weitergeht. Wurde alles gemäß meiner Wünsche arrangiert?«

»Deine Reisebegleiter sind ganz gewiss nach deinem Geschmack.«

»Wie viele sind es denn?«

»Vier. Dazu kommt noch eine … Choreografin.« Wie hatte ich die Callas jemals in dieses Abenteuer mit hineinziehen können? Die Menschenfrau war einem Wesen wie diesem einfach nicht gewachsen. – Oder doch?

»Eine Choreografin? Wie amüsant.« Namtaru verließ das Planschbecken, schüttelte Fleischbrocken und dunkle Flüssigkeit ab und ließ sich von seinem Diener einen Schlafrock aus weißem Flanell reichen. »Ich hoffe, dass du mir nicht zu viel versprichst. Andernfalls werde ich ein ernstes Wort mit Asmodi sprechen müssen. Er ist nicht sonderlich gnädig Versagern gegenüber, wie man mir sagte.«

»Die Reise wird dir gefallen, Namtaru.«

»Na schön.« Der Dämon winkte ungeduldig mit den Fingern. »Da du gerade verfügbar bist, kannst du dich gerne um die Aufräumarbeiten kümmern, Coco. Famtuli hat ein unglückliches Händchen bei derlei Angelegenheiten, und ich möchte nicht mehr Aufmerksamkeit erregen als unbedingt notwendig.«

»Was du hier angerichtet hast, ist keinesfalls mit ein wenig Hypnose aus der Welt zu schaffen, Namtaru.«

»Dir wird schon was einfallen.« Der Dämon hatte sich fertig abfrottiert und stieg nun in seinen dunkelblauen Anzug. An der weißen Krawatte haftete eine protzige Krawattennadel aus Platin, auf der ein einzelner stilisierter Blutstropfen hervorstach. Er pulte sich einen letzten Fleischrest aus dem Kinnbart und sah nun wieder aus wie ein Geschäftsmann auf der Durchreise. Kühl, beherrscht, unbeeindruckt von dem Durcheinander, das er hinterließ.

»Nun?« Namtaru trat ein wenig näher an mich heran. Nach wie vor wusste ich nicht, wie er es schaffte, meine Schutzbarrieren einfach so beiseitezufegen und in meinen Geist vorzudringen. Er zeichnete neue Bilder. Solche, die mich als Gefährtin seiner abgrundtief perversen Spielchen zeigten. Als Leichenfresserin, die neben ihm in Blut suhlte und sich von ihm begatten ließ, ihm all seine Wünsche von den Augen ablas …

»Ich kümmere mich darum«, sagte ich hastig, bevor die Bilder zu eindringlich wurden.

»Fein, fein. Dann treffen wir uns heute Abend am Bahnhof

Hamburg-Altona. Komm, Famtuli! Lass uns ein wenig spazieren gehen und entspannen.«

Der Dicke grunzte zustimmend und tapste seinem Herrn hinterher. Ich blieb allein zurück. Inmitten eines Blutbads, wie ich es selten zuvor gesehen hatte. Es waren Teile von gewiss mehr als einem Dutzend Leichen über den Gastraum der Ritze verteilt.

Ich setzte mich auf einen sauberen Stuhl und sammelte meine Gedanken. Es würde einiges an Gehirnschmalz brauchen, um die Situation zu bereinigen. Und es bedurfte eines kleinen Wunders, um bei unserer nächsten Begegnung den dämonischen Kräften Namtarus zu widerstehen.

Der Euro-Night 490 wurde pünktlich bereitgestellt. Ich hatte keine besonderen Probleme, einen Waggon allein für uns zu reservieren und dafür zu sorgen, dass zwischen normalen Passagieren und uns eine Pufferzone von einem weiteren Wagen eingehalten wurde. Einige empörte Passagiere schickte ich nach Hause, andere ließ ich weiter hinten im Zug Platz nehmen. Sie würden niemals erfahren, dass ich ihr Leben gerettet hatte.

Ich besprach letzte Details mit der Callas und mit Vindobene. Alle tranken wir von der Medizin, die Vater mir mitgegeben hatte. Sie würde, wenn alles gut ging, die Wirkung Namtarus auf unseren Geist abmildern.

Der kleine Dämon hatte sich von der Schwäche erholt, die ihn nach der Abfahrt aus Wien befallen hatte. Er war von der ungefähren Länge eines Fußes wieder auf Halbmannsgröße herangewachsen. Er nährte sich nun von den manchmal melancholischen und zuweilen von Zorn beherrschten Gedanken der so kühl wirkenden Hamburger. Auch wenn er immer wieder betonte, dass »Wiener nun mal schmackhafter sind in all ihrer Widerwärtigkeit«, so war ihm doch anzusehen, dass er allmählich begann, sich wieder wohl in seiner Haut zu fühlen.

»Da kommt er«, flüsterte mir Meitje zu und deutete in Richtung des Treppenabgangs am Bahnsteig. »Ich fühle ihn. Er ist so ... so ...«

Sie schloss den Mund, ohne mir mitzuteilen, wie sie die Präsenz Namtarus empfand. Doch ich glaubte in ihren Augen zu erkennen, dass sie die Begegnung mit dem uralten Dämon herbeisehnte.

Auch die drei anderen Diener der Wollust wirkten unruhig und aufgeregt. Der Dämon, weiterhin von Famtuli begleitet, streckte eben die Rechte aus und berührte einen jüngeren Mann. Der presste sich mit einem Mal die Hände gegen die Brust, stieß ein Keuchen aus und kippte vornüber die Treppe hinab.

Eine ältere Frau schrie erregt um Hilfe. Sie wollte, auf ihren Stock gestützt, zu dem Mann hinabsteigen. Namtaru kickte ihr das Hilfsgerät mit einem raschen Tritt weg, sie stolperte unter dem meckernden Gelächter des Dämons und stürzte ebenfalls.

Andere Menschen blickten sich unsicher um. Namtaru blieb für sie unsichtbar. Er hatte sich aus ihrer Wahrnehmung gedacht und war selbst für mich und die anderen Mitglieder der Schwarzen Familie bloß als Schemen wahrnehmbar.

Was sah die Callas? Fühlte sie seine Präsenz oder blieb er für sie verborgen?

»Ruft einen Krankenwagen, rasch!«, rief eine junge Frau und beugte sich über den Menschen, der mit gebrochenen Augen dalag. Ich ballte die Hände zu Fäusten, als Namtaru laut und vernehmlich zu lachen begann. Der alte Dämon verletzte und tötete, wo immer er sich bewegte und wie es ihm Spaß machte. Er nahm keinerlei Rücksicht auf die Befindlichkeiten der Menschen und bewegte sich viel zu grobschlächtig durch ihre Reihen. War das der Grund, warum Asmodi ihn nach Wien zu einem Gespräch gebeten hatte?

Ich ging Namtaru entgegen und wappnete mich so gut es ging gegen seine Ausstrahlung. Dennoch schlug sie augenblicklich durch und ließ mich die abgrundtiefe Bösartigkeit dieses Wesens erkennen.

»Ist alles vorbereitet, kleine Zamis?«

»Ja. Wir haben einen Waggon für uns allein.«

»Diese traurigen Gestalten sollen für meine Unterhaltung sorgen?« Namtaru trat auf die vier Diener zu, umkreiste sie und beschnüffelte sie eingehend. Sein Gesicht hellte sich auf. »Sie haben etwas Besonderes an sich. Sie sind alt. Zwar längst nicht so alt wie ich, aber irgendwie wirken sie interessant. Woher hast du die Leute, Coco?«

»Sie sind mir erst vor wenigen Tagen zugelaufen.«

»Ich hätte nicht gedacht, dass du Zugang zu dämonischen Kräften der Vergangenheit besitzt.« Namtaru rieb seine Nase an Meitjes Hals.

Die Frau erschauderte. Sie trug ein luftiges Kleid, das im sanften Wind ihren Körper umflatterte. »Namtaru«, flüsterte sie, »Namtaru …«

»Namtaru«, sagte nun auch Ulrik der Mönch. Er näherte sich dem alten Dämon und rieb sich an ihm, wie auch Hejckell und Janne. Dieses Wesen übte eine Anziehungskraft aus, der sich die Diener nicht entziehen konnten.

»Genug für jetzt, meine Kinder«, sagte Namtaru und schob die vier Menschen aus der Vergangenheit grob beiseite. »Wer ist dieser da?« Er deutete auf Vindobene.

»Mein Freund und Diener.«

»Er stinkt. Ich mag ihn nicht.«

»Dennoch wirst du seine Anwesenheit erdulden müssen«,

wagte ich einen Einspruch. »Ich sorge dafür, dass du dich während der Bahnfahrt wohlfühlst und amüsierst. Alles andere hat dich nicht zu interessieren.«

»Du wagst Widerspruch, Coco? Wie amüsant.« Namtaru wandte sich nun der Callas zu. »Du bist eine Menschin!«, herrschte er sie an. »Was hat eine wie du hier zu suchen?«

Hatte ich geglaubt, dass die Frau von der Präsenz des Dämons beeindruckt sein würde, so musste ich feststellen, dass ich mich geirrt hatte. Die Callas zuckte unaufgeregt mit den Achseln und antwortete: »Ich bin so etwas wie eine Zeremonienmeisterin. Ich habe ein Programm für die kommende Nacht geschrieben, das einzig dich im Mittelpunkt sieht. Alles, was ich mir ausgedacht habe, zielt darauf ab, dich zufriedenzustellen.«

»Du maßt dich an, über meine Wünsche und Bedürfnisse Bescheid zu wissen?«

»Ich habe da so meine Erfahrungen. Ich garantiere, dass dir die kommende Nacht gefallen wird.«

Der alte Dämon streckte die Hände in Richtung der Callas aus. Die Finger verwandelten sich in dürre, geschwärzte Krallen, die unmittelbar vor dem Gesicht der Frau seltsame Bilder in die Luft zeichneten. Solche, die selbst Coco schwindeln und schwitzen ließen.

Doch die Callas blieb unbeeindruckt. Sie schob die Klauen beiseite und schüttelte den Kopf. »Ich kenn solche wie dich zur Genüge. Ihr verlasst euch auf eure Stärke und eure Überlegenheit uns Menschen gegenüber. Ich weiß, dass du mich mit einem Augenzwinkern töten könntest, und dass es dir keinerlei Mühe bereiten würde. – Aber weißt *du*, was dir dadurch entgeht? Willst du denn nicht wissen, was ich mir für dich ausgedacht habe? Was für süße und unendliche Qualen du erleiden wirst, bis du bekommst, wonach dich dürstet?«

War es ihr Blick, war es ihre Stimme, ihr kühles und unerschrockenes Verhalten oder eine Mischung aus alledem? Der Mut, mit dem ihm die Callas gegenübertrat, beeindruckte selbst den uralten Dämon.

Er zog die Krallenhände zurück und betrachtete sein Gegenüber nachdenklich. »Man soll Namtaru nicht nachsagen, dass er Neuem gegenüber nicht aufgeschlossen sei. Ich bin einverstanden, dass du mit uns reist und mir als … Zeremonienmeisterin dienst.«

»Danke. Du wirst es nicht bereuen.« Die Callas wandte sich vom Dämon ab und winkte mir, vor ihr den Waggon zu betreten. Eben ertönte das Trillern einer Pfeife. Der Zug würde sich bald in Bewegung setzen.

Namtaru und Famtuli drängten sich an mir vorbei, dann kamen Vindobene und die Diener der Wollust. Die Gesellschaft war komplett. Die Reise nach Wien konnte beginnen.

Ich sorgte dafür, dass sich der Schaffner und die Wagenbegleiter von uns fernhielten, nachdem sie für ausreichend Erfrischungen und Speisen gesorgt hatten. Der Waggon war ab nun für sie tabu, sehr zum Bedauern Namtarus.

»Menschen wie diese sind doch erst das Salz in der Suppe!«, rief Namtaru zornig und zog mit den Krallenhänden tiefe Furchen durch dünne Wände, die die Abteile voneinander trennten.

»Die Callas wird auch so dafür sorgen, dass du auf deine Kosten kommst«, sagte ich zum wiederholten Male. »Setz dich bitte und hab ein wenig Geduld.«

»Gedulden soll ich mich?!«, brüllte er. »Mein Hunger ist unersättlich, mein Verlangen nach rohem und frischem Leben lässt niemals nach.«

Ich winkte Vindobene. Der Kleine trat näher, mit einem

Wäschekorb in den Händen. Er beeilte sich und grinste glücklich. Er fühlte sich sichtlich wohl in der Gegenwart des alten Dämons und profitierte auch von dessen schlechter Laune, um wieder zu wachsen und zu jenem zu werden, der er in Wien gewesen war.

Er stellte den Korb ehrerbietig vor Namtaru und Famtuli ab und verbeugte sich tief. »Ich war heute Nachmittag auf der Jagd und habe dies hier für euch beide gefunden. Es wird euch bei Laune halten, bis alle Vorbereitungen für das Stück getroffen sind, das wir für euch vorbereitet haben.«

Namtaru beugte sich vor und streckte die Hände ins Innere des Korbs. Eine Gänsehaut überzog gut sichtbar Unter- und Oberarme.

»Fleisch«, fuhr Vindobene fort. »Rohe, in Stücke gehauene Glieder. Vom Rind und vom Schwein. Du wirst aber auch Teile vom Hund und vom Pferd in diesem Sud finden.«

»Kein Mensch?«, meldete sich Famtuli enttäuscht zu Wort.

»Kein Mensch«, bestätigte ich. Es war das erste Mal, dass ich die Stimme des Glatzköpfigen hörte. Sie war die eines Eunuchen.

»Das ist nicht standesgemäß, Herr«, sagte er zu Namtaru.

»Es ist ein Aperitif.« Ich rückte den Korb näher an den Dämon heran, während sich Vindobene langsam zurückzog. »Ein Vorgeschmack auf das, was euch erwartet.« Ich gab mich freundlich, ohne demütig wirken zu wollen. Die Callas hatte mir gezeigt, wie man mit diesem Wesen umgehen musste.

»Einverstanden«, sagte Namtaru und lachte, während er Fleisch, Knochen und beinahe gestocktes Blut schöpfte. Er deutete Famtuli, Fleischhaken, Sehnenschaber, Seziermesser und andere Instrumente aus dem Koffer zu nehmen, den der Glatzkopf mitgebracht hatte. Auch der metallene Mixer kam zum Vorschein.

»Coco?«

»Ja?« Namtaru betrachtete mich gierig.

»Ich habe Asmodi zugesagt, dir nichts anzutun. Aber ich warne dich: Es gibt Momente, da kann ich nicht an mich halten. Ich würde dir raten, dich in diesen Augenblicken nicht in meiner Nähe aufzuhalten.«

»Danke für die Warnung.«

»Es war keine Warnung, kleine Zamis.« Der Dämon lachte. »Es wäre mir recht, du würdest versuchen, vor mir davonzulaufen. Auch wenn der Zug viel zu eng und viel zu kurz ist, um dich vor meinem Zugriff zu bewahren – versuch es doch bitte bitte. Du sollst Teil dieser Aufführung sein, ob du nun möchtest oder nicht. Und Asmodi wird meine Unbeherrschtheit verstehen. Er hat ein großes Herz für seine Freunde.«

Famtuli und er lachten. Ich zog den Kopf zwischen die Schulterblätter und verließ das Abteil so rasch wie möglich.

Die Callas ließ die Diener der Wollust große Teile des Waggons zerlegen. Immer mehr Zwischenwände wurden entfernt und stattdessen Tücher aufgehängt, die den Waggon in ein kleines Labyrinth verwandelten. Mit nur wenigen Handgriffen schuf sie eine düstere Atmosphäre, deren Wirkung ich mich kaum zu entziehen vermochte. Mit den letzten Lichtstrahlen ließ sie Kerzen entzünden. Der Geruch war penetrant und erinnerte an saures Erbrochenes. Da und dort drapierte sie einige Tücher so um rasch präparierte Teile ehemaliger hölzerner Trennwände, dass sie wie die Stützmauern von Schweinekuhlen wirkten. Ein aus der Halterung gerissener Lederstuhl wurde durch Polsterstützen und glänzende Metallteile so ergänzt, dass er für gynäkologische Untersuchungen dienen konnte.

Die Callas packte Unmengen an Gummibekleidung, Ketten

und Peitschen aus ihren Koffern. Ich entdeckte zwei Hämmer, große und kleine Sägen, lange und glänzende Metallstäbe, Nägel, Schraubzwingen, Spreizinstrumente … Wie hatte das alles bloß in ihren Taschen Platz gefunden?!

Aus dem einzigen noch bestehenden Abteil drangen hässliche Geräusche und höhnisches Gelächter. Namtaru und Famtuli schienen sich mit ihren Fleischtöpfen ausgezeichnet zu amüsieren.

»Er will mich zum Bestandteil dieser Aufführung machen«, flüsterte ich der Callas zu. »Womöglich soll ich sogar die Hauptrolle spielen.«

Die Callas nickte. »Ich dachte es mir bereits«, antwortete sie ebenso leise. »Aber wir haben eine Chance, lebend davonzukommen. Der Zauber dieser Spiele besteht darin, den Schein zu wahren und das Sein dahinter zu verstecken. Wenn ich einem Mann weismache, dass ich ihn aufhängen oder kastrieren werde, dann überdecken Angst und Lust das, was tatsächlich geschieht. Und sobald er Erleichterung verspürt, sobald er seinen wie auch immer gearteten Höhepunkt erlebt hat, ist er lammfromm und nimmt es gerne in Kauf, getäuscht worden zu sein. Es ist die Kunst meines Berufs, dieses Schauspiel so lebensecht wie möglich zu gestalten.«

»Er ist ein Dämon«, widersprach ich. »In seiner Lust ist er grenzenlos und durch nichts zu bremsen.«

»Vertrau auf meine Erfahrung. Er wird ja kaum schlimmer als Asmodi sein, nicht wahr?«

Ich verneinte.

»Na also. Und der Herr der Schwarzen Familie unterzog sich oft genug einer Behandlung durch mich.« Dic Callas lächelte müde. »Ich, die kleine und unbedeutende Mizi Zirps aus Wien-Ottakring, habe ihn besänftigt und dadurch wohl unzähligen Menschen das Leben gerettet.«

»Mizi Zirps?!« Ich bemühte mich, nicht zu lachen. Es wollte mir kaum gelingen, mich zurückzuhalten.

Die Callas funkelte mich böse an. »Gib acht, bevor du etwas Falsches sagst! Aber verstehst du nun, warum ich nicht unter meinem eigenen Namen arbeiten kann? *Domina Mizi* würde doch ein wenig lächerlich klingen.«

»Stimmt.« Ich brauchte ein anderes Gesprächsthema, rasch! Andernfalls würde ich das Gelächter nicht länger unterdrücken können. Nun – der Themenwechsel fiel mir nicht sonderlich schwer angesichts der Gefahr, in der wir allesamt schwebten.

»Sag mir, wie du dein und mein Leben retten willst.«

»… und das der Diener der Wollust, wenn's leicht geht«, ergänzte die Callas.

Ich starrte sie überrascht an – und überprüfte mein eigenes Gewissen. Ich hatte mir bislang noch nicht den geringsten Gedanken über das Schicksal der vier Gestalten aus der Vergangenheit gemacht. Hatte ich mich denn in den letzten Monaten und Jahren trotz all meines Aufbegehrens zu einer Dämonin entwickelt, die kein Mitgefühl mehr kannte? Gewann das weiße Schaf der Familie Zamis zunehmend an Dunkelheit in Herz und Verstand?

»Sie wollten mich töten«, begann ich zögernd.

»Die Diener sind, was sie sind.« Die Callas griff in eine Brusttasche, zog ein kleines Fläschchen hervor und trank den Inhalt in einem Zug aus. Dann grinste sie. »Sie würden mein Geschäft außerordentlich beleben. Vielleicht könnte ich mich sogar zur Ruhe setzen, den ganzen lieben Tag lang Bücher lesen, mich pflegen lassen, wieder Gesangsunterricht nehmen und die Abende in meinem liebsten Lokal verbringen? Wo ich noch dazu Gratisgetränke auf Lebenszeit erhalten würde und je nach Lust und Laune Gäste abschleppen könnte.«

Ich lachte und schüttelte den Kopf. »Mizi – ich habe dich wieder einmal unterschätzt.« Ich küsste sie impulsiv auf die Stirn.

»Sag noch einmal Mizi zu mir, und ich hetze Namtaru auf dich«, drohte sie mir mit erhobenem Zeigefinger, grinste dann aber. »So. Und jetzt überlegen wir uns, wie wir dieses Wesen davon abhalten, allzu viel Blut zu vergießen.«

Ich ölte meinen Körper ein und quetschte mich in Strümpfe, Lackstiefel und in eine Korsage. Ich bekam kaum noch Luft und hoffte, dass meine Brüste diese Tortur ohne bleibende Schäden überstehen würden.

Sollte ich mir denn über das Danach noch irgendwelche Gedanken machen? Der Plan der Callas hatte hanebüchen geklungen. Doch sie beharrte darauf, dass sich Namtaru von uns täuschen lassen würde.

»Hunger!«, hörte ich den Dämon brüllen. »Wo bleibt der Hauptgang? Ihr wollt mich doch nicht verärgern, das wollt ihr ganz gewiss nicht!«

Krallenhände durchstießen die dünne Wand. Sie zerrissen Plastik, Metall und Holz, als wären sie Papier. Ich sah rot glühende Augen, die durch die Lücken lugten.

»Seid ihr bereit?«, fragte die Callas in Richtung der vier Diener der Wollust.

»Ja!«, antwortete Meitje mit erstickt klingender Stimme. Sie trat unruhig und sichtlich voller Vorfreude von einem Fuß auf den anderen. Sie trug einen eng anliegenden weißen Lackanzug, der ihre atemberaubend gute Figur noch mehr betonte. Das blonde Haar umschmeichelte sie, das hübsche Gesicht war durch eine Ledermaske verdeckt.

Die beiden Männer trugen dickes, steifes Leder, Hejckell hingegen war nackt. Das brünette Haar war zu einem strengen Zopf zusammengebunden worden, die Scham mit dunkelroter Farbe aufs Obszönste betont.

»Coco?« Die Callas musterte mich. »Du darfst unter keinen Umständen von unserem Plan abweichen. Es ist wie in einem Theaterstück nach Drehbuch, in dem jedes einzelne Wort, jede einzelne Geste vorgegeben ist.«

Ich atmete tief durch und nickte dann. »Verstanden«, sagte ich. »Lass uns loslegen.«

»Die Diener der Wollust erwarten dich«, sagte die Callas in Richtung Namtarus und knallte mit der Peitsche in ihrer Hand. »Du kannst kommen.«

Ein Brüllen antwortete ihr, und gleich darauf kam der Dämon durch die Wand gesprungen. Ein Wesen, das das Aussehen eines Menschen aufgegeben hatte und nun nur noch seinen ureigenen Instinkten gehorchte. Namtaru stellte sich auf die haarigen Hinterbeine. Mit dem Kopf stieß er beinahe gegen die Decke des Wagenabteils. Das riesige und gezackte Glied pulsierte rot – und es wies wie ein kampfbereit erhobenes Schwert in unsere Richtung.

»Na, dann mal los«, sagte ich und folgte den vier Dienern der Wollust, die sich mit allen Anzeichen von Gier und Verlangen auf den Dämon stürzten. Auf mich wartete Schreckliches. Doch ich würde es erdulden müssen, wollte ich überleben.

Meitje und ihre Gefährten strahlten etwas aus, das mich immer wieder die Kontrolle verlieren ließ. Ich wehrte mich nicht dagegen. Ich musste meine Kräfte sparen und durfte nicht zu früh aufbegehren. Also machte ich mit bei den Spielen, die die Callas arrangiert hatte. Ich wurde gequält und durfte quälen. Ich gab mich Sinnesräuschen hin, die alles bisher Erlebte übertrafen. Manches Mal waren meine Gefühle so intensiv, dass ich die Zeit völlig vergaß und nur noch Teil eines größeren Ganzen war, in einer wohlig-weichen Blase, in der ich dahintrieb und kaum noch einen klaren Gedanken fassen konnte.

Da war so viel Blut. Der Gestank nach faulen Eiern und nach Ammoniak. Das Geschrei und Gekrächze und Gejaule der Diener der Wollust. Meitje, die wie besessen hin und her hüpfte und sich jeglicher Form sexueller Lust hingab, die ich jemals kennengelernt hatte.

Sie rieb sich am Penis Namtarus den Unterleib blutig, scherte sich aber nicht darum. Mithilfe seltsamer Heilzauber sorgte sie dafür, dass sich die Wunden rasch wieder verschlossen und sie in ihrem wilden Treiben weitermachen konnte.

Famtuli vergnügte sich indes mit Ulrik dem Mönch, während die Callas ohne mit der Wimper zu zucken den zweiten Mann, Janne, so hart mit Rohrstock und Peitsche bearbeitete, dass sich die Haut in Fetzen von Rücken und Brust löste. Doch der Diener nahm den Schmerz mit einem seligen Lächeln hin, so lange, bis er bewusstlos in seiner Blutlache zu Boden sank und von einem seiner Begleiter geheilt werden musste.

Und ich? Woraus bestand mein Part in dieser dämonischen Orgie?

Ich vergaß und verdrängte es. Wahrscheinlich ließ ich mich ebenfalls von Namtaru nehmen und empfand dabei höchste Lust. Wahrscheinlich verging sich Hejckell an mir, die Frau, die ausschließlich aus Lustempfinden bestand und die darüber hinweg ihren Verstand verloren hatte. Alles, was sie tat, war auf eine Aneinanderreihung von Orgasmen ausgerichtet. Wahrscheinlich ließ ich zu, dass die Callas seltsame, bislang unbekannte Dinge an mir ausprobierte und mir dabei Seiten meines Ichs zeigte, die ich niemals zuvor an mir entdeckt hatte.

Diese Reise veränderte mich. Sie bewies, dass ich mehr Dämonin war, als ich mir selbst jemals hatte eingestehen wollen. Das Blut der Schwarzen Familie strömte wie feurige Lava durch meine Adern. In diesen Stunden unterschied mich nichts vom Gehabe meiner Eltern, meiner Geschwister, den Mitgliedern der anderen Wiener Dämonensippen – und wahrscheinlich auch nichts von Asmodi.

Der Euro-Night raste durch die Nacht. Dann und wann blieb er stehen, entließ einige Fahrgäste und nahm neue auf. Wir blieben davon ungestört, geschützt durch einen magischen Bann. In den Stationen sah ich Menschen durch unsere Fensterscheiben starren. Doch sie nahmen nichts wahr oder bekamen falsche Bilder vorgespiegelt.

Wir passierten Hannover, Göttingen, Würzburg, Nürnberg und Regensburg. Lichter großer Städte und kleiner Dörfer begleiteten uns. Doch das besaß keinerlei Bedeutung. Wir reisten in unserer eigenen Welt dahin, gesteuert und gelenkt von Trieben.

In den wenigen klaren Momenten, die ich hatte, versuchte ich das Wirken der Callas zu verstehen. Namtaru, dieser mächtige, alte Dämon, unterwarf sich bereitwillig ihren Anordnungen. Er war bloß eine weitere Puppe in dem von ihr arrangierten Spiel. Er war gewiss der Mächtigste von uns Teilnehmern – und doch nur eine Figur, die an einer Strippe hing, gelenkt von einer ungemein geschickten Spielleiterin.

Die Callas gewährte uns eine kurze Erholungspause, als wir die Grenzstadt Passau erreichten. Die Diener der Wollust schnatterten aufgeregt. Sie waren völlig in ihrem Element. Namtaru betrachtete die Szenerie mit einem selbstgefälligen Lächeln. Unter seinen Augen zeigten sich schwarze Schatten und feine, sich immer weiter verästelnde Fältchen. Diese Nacht ging auch an dem uralten Dämon nicht spurlos vorüber. Famtuli, der sich an dem irrsinnigen Treiben nur manchmal beteiligte, fütterte und hofierte seinen Herrn.

Ich saß erschöpft da, auf einem der wenigen sauberen Flecken des Waggons, und versuchte meiner Gedanken Herr zu werden. Die Callas ignorierte mich. Für sie war ich in diesen Stunden nur eine ihrer Kunden.

Stand sie denn wirklich auf meiner Seite? Warum trieb sie mich so tief in diesen Sumpf an Perversionen?!

Ich hatte ihre Geschichte und ihre Erzählungen nie hinterfragt. Was, wenn sie gelogen und es in Wirklichkeit darauf abgesehen hatte, Namtaru, die Diener der Wollust und mich für alle Zeiten in ihren Bann zu ziehen oder uns gar in einem Moment der Schwäche zu töten? Oder war ich in Gefahr, von dieser ganz speziellen Behandlung, die mir die Callas angedeihen ließ, abhängig zu werden?

Da war sie wieder: die Angst, niemandem vertrauen zu können. Sie trieb mich seit vielen Jahren an. Wann immer ich Freundschaft gefunden zu haben glaubte, war ich enttäuscht worden.

»Weiter!«, hörte ich die kalte, nüchterne Stimme der Callas. »Wir wollen unsere gemeinsame Zeit doch nicht verschwenden. Coco – du ziehst dir das da an.« Sie reichte mir ein Kostüm mit nach innen gekehrten Nieten, spitz und einen halben Zentimeter lang. Ich fühlte unrhythmisch wirkende Vibrationen. Schon die Berührung des glatten, glänzenden Materials riss mich wieder aus meiner Lethargie.

Namtaru stand auf. Seine Beine zitterten heftig, sein Körper bebte vor Verlangen. Er wollte mich haben – und ich würde mich dem Urteil der Callas unterwerfen. Sie würde bestimmen, was ich mit ihm zu tun hatte und was nicht.

Die Diener der Wollust umkreisten mich, Meitje berührte meinen Leib. Sie half mir in die neue Kleidung und betastete dabei wie unabsichtlich meine empfindlichsten Stellen. Die vier Menschen aus einer düsteren Vergangenheit strahlten Hitze aus, Hitze, die die Luft zum Flimmern brachte, während Namtarus dämonischer Schatten gegen alle vier Wände des Waggons geworfen wurde. Hier und jetzt erkannte ich seine eigentliche Gestalt. Er war ein … ein …

Er sprang auf mich zu und fiel wie ein Raubtier über mich her. Die Callas lachte, kalt und mechanisch.

Die Nacht neigte sich ihrem Ende zu. Wir erreichten die oberösterreichische Landeshauptstadt Linz. Die Sonne war längst aufgegangen. Sie warf ihr Licht in einen Raum, der völlig zerstört war. Namtaru stand da, nackt, scheinbar unberührt von den Geschehnissen der Nacht. Famtuli reichte ihm ein Tuch, mit dem er sich fahrig übers Gesicht wischte.

»Das war gut«, sagte der alte Dämon. »Ich hätte niemals gedacht, dass die Fantasie eines einzelnen Menschen ausreicht, um ein derartiges Gelage zu gestalten. Ich gratuliere dir, Callas.«

»Danke.« Die Frau deutete eine Verneigung an. Sie wirkte weiterhin kühl und distanziert.

»Schade, dass es nun zu Ende ist.« Namtaru lachte. »Die Verhandlungen mit Asmodi werden mir nun wesentlich leichter von der Hand gehen. Vielleicht sollte ich dich auf meinen ausgedehnten Reisen mitnehmen, Callas.«

»Ich bin leider über längere Zeit hinweg ausgebucht.«

»Das hast nicht du zu entscheiden, Menschenweib!« Namtaru trat auf die Frau zu und packte sie, hob sie hoch, donnerte sie mit dem Rücken gegen das Dach des Waggons. »Ich nehme mir, was mir gefällt, und ich töte, was mir nicht gefällt. Also nochmals: Du wirst mich ab jetzt begleiten, so lange, bis ich deiner müde bin.«

»Lass sie los!«, sagte ich trotz meiner Angst. Namtaru hüllte eine Blase aus Zorn und Unnahbarkeit gleichermaßen ein, gegen die ich kaum etwas auszurichten vermochte.

»Du hältst das Maul, Coco Zamis!« Er schleuderte die Callas achtlos beiseite und wandte sich mir zu. Sein Körper verfärbte sich glutrot, Schuppen zeigten sich an Schenkeln und Oberarmen. »Deine freche und anmaßende Art geht mir seit Beginn dieser Reise auf die Nerven! Und deine Talente beim Sex sind längst nicht so überragend, wie ich es mir erhofft hatte. Ich frage mich, warum ich dich nicht schon längst durchbohrt, in Stücke gerissen und getötet habe? Weil ich Rücksicht auf diesen selbst ernannten Herrn der Schwarzen Familie nehme, auf diesen Emporkömmling, der kaum etwas von den alten Zeiten weiß und nur durch Glück emporgeschwappt wurde, in ein Amt, das ganz anderen gebührt …« Er geiferte. Eine zweigeteilte Zunge rollte aus seinem Mund. Sie streifte mich und verursachte ein Brennen, so, als hätte jemand einen feurigen Span über mein Gesicht gezogen.

Doch was waren diese Schmerzen im Vergleich zu denen, die ich während der letzten Stunden empfunden und in Kauf genommen hatte, bloß, um Lust jenseits allen Vorstellungsvermögens zu empfinden? Ich wich keinen Zentimeter zurück. Auch nicht, als Namtarus Hände nach mir griffen, als er mich packen wollte.

Es war so weit. Der Moment der Wahrheit.

Ich glitt in einen anderen Zeitablauf und entzog mich dem Zugriff des Dämons, der sich mit einem Mal unendlich langsam bewegte. Ein paar eilige Schritte brachten mich aus Namtarus Reichweite, hin zur Callas.

Ihre Nase blutete und das rechte Bein war seltsam verdreht. Doch sie hatte die Attacke des Dämons vergleichsweise gut überstanden.

Nun zu den Waffen, die ich vorsorglich mitgebracht hatte. Ich wusste nicht, ob sie irgendeine Wirkung haben würden. Sie stammten aus dem Naturhistorischen Museum.

Es handelte sich um Steine. Um in der Keilschrift der Akkadier beschriftete Steine, die Bannschwüre gegen Dämonen aller Art beinhalteten. Der Kurator der bronzezeitlichen Sammlung des Museums hatte mir unter Hypnosewirkung Übersetzungen geliefert, die ich nun anwenden wollte.

Ich fühlte mich schwach. Die letzte Nacht hatte mich einen Großteil meiner Kräfte gekostet. Rasch holte ich die Steine aus der vorbereiteten Tasche hervor und glitt dann in die Normalzeit zurück, bereit, gegen Namtaru anzutreten.

Aus einem tiefen Brummen, das ich eben noch vage wahrgenommen hatte, wurde ein hasserfüllter Schrei. Ich war in der Realität angekommen. Der alte Dämon starrte auf jenen Fleck, an dem ich mich eben noch befunden hatte.

Ich hielt einen Stein vor mich hin und wiederholte, was mich der Kurator gelehrt hatte: »U lu warad i-ddak. « Und gleich noch einmal: »U lu warad i-ddak! Tötet den Dämon!«

Der Stein fühlte sich mit einem Mal warm an. Er wehrte sich gegen mich. Womöglich fühlte die in ihn gepackte Magie, dass auch ich dämonisches Blut in mir trug. Vielleicht hatte ich eben mein Todesurteil unterschrieben. Doch ich hielt ihn fest, richtete ihn auf Namtaru aus und wiederholte die wenigen Worte immer wieder: »U lu warad i-dakk!«

Der Dämon wankte. So etwas wie Panik zeigte sich in seinem Gesicht. Er wandte sich mir zu und stolperte vorwärts. Seine Beine, die eines Hahns, zogen lange Kratzspuren in den Boden. Famtuli kam neben ihm her. Er bewegte sich weitaus leichtfüßiger. Der Bannspruch berührte den Diener ganz und gar nicht.

Die Diener der Wollust stürzten sich zu viert auf ihn. Allesamt hatten sie während der Nacht schwere Wunden davongetragen. Doch sie waren bereit zu kämpfen – und sie taten es mit unheimlich anmutender Wut.

Ich wusste nicht, was sie dazu bewog, ihr Wort zu halten und mir zu helfen. Ich hatte befürchtet, dass sie sich neutral verhalten oder gar Partei für Namtaru ergreifen würden. Doch sie warfen sich auf den Diener, beseelt von derselben Leidenschaft, die sie während der Nacht gezeigt hatten.

Waren etwa Kampf und Lust dasselbe für sie?

»Du glaubst ... mich mit deinen ... lächerlichen Steinchen aufhalten zu können?«, ächzte Namtaru, während ich zurückwich. »Du wirst dafür ... büßen.« Er kam weiter auf mich zu. Sein Leib glühte und brannte und rauchte. Er stank. Er spie Feuer und magmatische Masse, die die Luft immer weiter erhitzte.

Ich erinnerte mich des anderen Spruches und hielt den dazu passenden Stein hoch. Wieder sagte ich Worte einer unbekannten Sprache, und wieder erzielte ich eine Wirkung. »Lugal kurra, lil-la-da-ra!«, schrie ich. »Stirb, Dämon der Unterwelt!«

Doch meine Mittel waren zu schwach, zu unbedeutend. Namtaru kam auf mich zu, dampfend und bar seiner menschlichen Hülle. Er war ein Mischwesen, das sich ständig wandelte. Bloß der Pesthauch, der ihn begleitete, blieb derselbe. Er machte, dass ich mich kaum mehr auf den Beinen halten konnte und langsam aufgab, Widerstand zu leisten. Ich hatte niemals zuvor mit einem Dämon wie ihm zu tun gehabt.

»Und jetzt fresse ich dich, kleine Coco! Ich scheiße auf Asmodis Wünsche! Ich werde dich im Ganzen verschlingen und dich hochwürgen und nochmals vertilgen und die übrig gebliebenen Teile deines toten Leibes schänden und mich wieder und wieder an deinen Resten vergehen, bevor ich mich deinen Begleitern widme ...«

Famtuli fiel indes, von den Dienern der Wollust zu Boden gestreckt. Janne war entzweigeteilt, die anderen Mitglieder der Gruppe kümmerten sich nicht darum. Sie pressten den fetten Glatzkopf zu Boden und verbissen sich in ihm.

Namtaru scherte sich nicht um das Schicksal seines Begleiters. Seine Konzentration galt einzig und allein mir. Er hatte sein Augenmerk vom ersten Moment an auf mich gerichtet gehabt, und nun würde er mich zur Strecke bringen. Wenn nicht …

»Vindobene«, flüsterte ich, und dann nochmals, etwas lauter: »Vindobene!«

Ein Stampfen erklang. Der Boden bebte. Aus jenem einzelnen Abteil, das wir in seiner ursprünglichen Form gelassen hatten, kam ein Wesen hervorgestelzt, das nur noch vage Ähnlichkeit mit dem schwächlich wirkenden Wiener Dämon hatte. Und doch war er es. Aufgeladen von der abartigen Lust, die wir während der letzten Stunden empfunden hatten, war er zu niemals zuvor erreichter Größe – und Stärke – gewachsen.

Sein Kopf berührte die Decke, die langen Hände schleiften über den Boden. Er schnappte nach Namtaru, erwischte ihn mit einer Hand am Hinterkopf und schleuderte ihn wie einen nassen Fetzen zu Boden.

Stille kehrte ein. Auch der alte Dämon, äußerlich unverletzt wirkend, sagte kein Wort. Er versuchte wieder auf die Beine zu kommen und sich seinem neuen Gegner zu stellen. Doch er schaffte es nicht. Vindobene stellte ihm ein nacktes Bein auf die Brust und drückte so fest zu, dass sich der Boden nach unten wölbte und ich bereits befürchtete, dass er durchbrechen würde.

»Danke«, sagte Vindobene mit veränderter tiefer Stimme, »für all die Kraft, die du mir gegeben hast. Ich habe selten zuvor eine derart bunte Mischung an Schlechtigkeiten zum Fressen bekommen.«

Er trat Namtaru in die Seite. Der alte Dämon flog durch die Luft und prallte gegen eine Stirnwand, rutschte daran ab zu Boden, erhob sich schwankend, wollte sich auf Vindobene stürzen. Doch der war schneller und bereits wieder bei ihm. Fuhr ihm mit ausgestreckten Fingern in den Magen, wühlte sich in dessen Fleisch. Zog sich windendes Gewürm aus dem Inneren des Dämons hervor, schleuderte es achtlos hinter sich.

Kein Blutstropfen drang aus dem Loch, das Vindobene geschlagen hatte. Stattdessen drangen schwarze und rote Schatten hervor, die Namtaru umtanzten, während der Dämon verzweifelt versuchte, den immer weiter aufklaffenden Riss in seinem Leib zusammenzuhalten.

Die Schatten begannen sich zu manifestieren. Sie sagten Dinge in zig Sprachen, von denen ich nur die wenigsten verstand. Sie schmähten Namtaru und schworen ihm Rache, dafür, dass er sie geschändet, gequält und letztlich vertilgt hatte.

Vindobene spuckte und geiferte und trat und schlug auf das Wesen ein, das seit Jahrtausenden über die Erde wandelte. Er war seine Nemesis, erkannte ich. Der Wiener Dämon war aufgeladen mit all den negativen Elementen, die Namtaru ausgefüllt hatten. Sie wandten sich nun gegen ihn und würden ihn töten, wenn …

»Genug!«, rief ich. »Lass es bleiben, Vindobene!«

Die umherschwirrenden Schatten hielten inne und wurden zu erstarrten Farbklecksen, zu einem abstrakten, dreidimensionalen Bild inmitten des Raumes. Der Wiener Dämon hingegen wandte sich mir zu, mit hassverzerrtem Gesicht.

»Du hast mir nichts zu befehlen, Coco!«, zischte er. »Niemand wird mir jemals wieder etwas befehlen.« Er fauchte in meine Richtung, ich wehrte mich mit einem Schutzzauber. Eine Feuerlohe verbrannte mehrere im Weg schwebende Schattengestalten.

»Deine Kräfte werden irgendwann wieder nachlassen, Vindobene«, sagte ich so ruhig wie möglich. »Und was passiert dann? Du wirst wieder klein und unbedeutend und schutzlos sein. Ein Geschöpf, das die Hilfe einer Freundin besser als alles andere auf der Welt gebrauchen kann.«

»Ich werde niemals mehr wieder schwach sein!«, schrie Vindobene.

»Du erinnerst dich an deine jämmerliche Gestalt? Weißt du noch, wie es war, halbmannsgroß und abhängig von anderen Dämonen zu sein?«

»Das ist Vergangenheit!« Vindobene schlug Namtaru mit einer Pranke wuchtig über die Brust. »Niemals mehr wieder, niemals …«

Die Callas trat auf ihn zu, furchtlos wie immer. Sie stellte sich vor den Wiener Dämon und starrte ihn an. Mit einem Mal verstummte jedermann. Die Diener der Wollust ließen vom leblosen Leib Famtulis ab, Namtaru beendete sein Wimmern, ich hielt die Luft an. Nur noch das Rattern des Zuges war zu hören und zu spüren.

»Lass es bleiben«, sagte sie und berührte Vindobene ungewöhnlich sachte am Arm. »Du wirst es sonst bitter bereuen.«

Die Frau war bloß halb so groß wie Vindobene in seiner derartigen Erscheinungsform. Dennoch gehorchte er und flüsterte: »Ja. Du hast recht.«

»Du wirst von nun an auf Namtaru achtgeben«, fuhr die Callas fort. »Sollte er auch nur den Versuch unternehmen, uns zu attackieren, hast du völlig freie Hand, ihm weitere Schmerzen zuzufügen. Aber du wirst ihn nicht töten. Verstanden?«

»Ja.« Vindobene wandte sich dem akkadischen Dämon zu.

»Ich bitte dich: Wehre dich. Gib mir einen Grund, weiter mit dir zu spielen.«

Namtaru stand bloß da, schwer atmend, mit einer weit offen klaffenden Bauchwunde. Und irgendwann ließ er sich zu Boden fallen, mit gesenktem Kopf.

Der Euro-Night 490 fuhr pünktlich am Wiener Westbahnhof ein. Müde Menschen verließen die Waggons und stolperten ihren Zielen entgegen. Niemand achtete auf uns. Ich hypnotisierte den Zugführer und brachte ihn dazu zu glauben, dass er unseren Wagen ausrangieren und auf einem weit entfernten Nebengleis abstellen musste. Ich kannte einige Freaks, die dringend eine Unterkunft benötigten und die das angerichtete Chaos gewiss nicht stören würde. Wahrscheinlich würden sie aus den Resten Famtulis und des Dieners Janne einige Mahlzeiten kochen und so die beiden Wesen letztlich einer vernünftigen Verwendung zuführen.

Ein einzelner Mann kam uns entgegen. Er trug einen Mantel mit hochgeschlossenem Kragen und wirkte wie einem französischen Schwarz-Weiß-Krimi entnommen. Asmodi – um keinen anderen konnte es sich handeln – entzündete eine Zigarette und reichte eine zweite an die Callas weiter. Sie nahm dankbar an.

»Das Rauchen wird dich eines Tages dein Leben kosten«, sagte der Herrscher der Schwarzen Familie, ohne mich, die Diener der Wollust, Vindobene und Namtaru zu beachten.

»Und bis dahin werde ich noch jede Menge Spaß haben.« Die Callas tat einen tiefen Zug und hustete laut.

»Dein Humor ist entzückend.« Asmodi lachte, endete dann abrupt und wandte sich mir zu: »Du hast deinen Auftrag also erledigt. Aber ist Namtaru auch … unbeschädigt geblieben? Er wirkt ein wenig derangiert.«

»Es geht ihm gut genug, um Verhandlungen mit dir zu führen.«

Wieder lachte Asmodi. »Willst du verleugnen, dass er verletzt ist? Dass er Teile seiner Substanz verloren und sich kaum mehr auf den Beinen halten kann?«

»Wir haben getan, was erforderlich war, um Namtaru nach Wien zu bringen. Ich übergebe ihn dir hiermit und ...«

Asmodi achtete nicht mehr auf meine Worte. Er sprang vor, zog ein silbern leuchtendes Schwert unter dem Mantel hervor und spaltete dem akkadischen Dämon mit einem gewaltigen Hieb das Haupt. Die Klinge durchdrang Namtaru von oben bis unten. Spaltete ihn in zwei Teile, die nach links und nach rechts zu Boden fielen.

Ich starrte auf hohle Hüllen, in denen sich unzählige Krabbeltiere aufhielten, Fliegen, Würmer und Maden. Sie nährten sich von fauligem Fleisch, während unzählige rote und schwarze Geister aus dem Inneren entwichen und mit lautem Geheul himmelwärts davonrasten.

Die Menschen ringsum registrierten das Geschehen nicht. Sie starrten an uns vorbei, als wären wir aus ihrer Wahrnehmung ausgespart. Asmodi war umsichtig gewesen und hatte einen Bannkreis rings um uns gezogen, der Unbeteiligte fernhielt.

»Was soll ich bloß mit dir machen, Coco?« Der Herr der Schwarzen Familie schüttelte in gespielter Verzweiflung den Kopf. »Einerseits kannst du nicht einmal den kleinsten Auftrag so erfüllen, wie ich es von dir verlange. Ich sagte doch, dass Namtaru gesund und munter hier ankommen muss.«

Ich wollte etwas sagen, Asmodi schnitt mir das Wort ab.

»Andererseits hast du genau so versagt, wie ich es mir dachte – und es mir auch wünschte. Du wurdest seiner nicht Herr und hast zu Mitteln gegriffen, die Namtaru schwächten. So konnte ich ihn mit Leichtigkeit töten. So, wie ich es schon längere Zeit geplant habe.« Etwas leiser fügte er hinzu: »Es ist für das Gefüge der Schwarzen Familie nicht gut, dass einige der Alten noch immer über die Erde wandeln. Sie stören das natürliche Gleichgewicht.«

»Du hast mich reingelegt …«

»Selbstverständlich!« Asmodi lachte dröhnend. »Du glaubst, erwachsen zu sein und ohne Unterstützung durch deine Familie auszukommen. Und du meinst, dich gegen das Blut der Dämonen wehren zu können, das durch deine Adern fließt. Wie du siehst, ist das Gegenteil der Fall. Kleine, dumme Coco … Du hast noch viel zu lernen.«

Der Euro-Night wurde wegrangiert, unser Waggon abgekoppelt. Ich blickte ein letztes Mal auf den Waggon, in dem ich die letzten Stunden verbracht hatte und in denen ich viel über mein wahres Ich gelernt hatte.

Asmodi hatte recht. Ein schwieriger und steiniger Weg wartete auf mich, wollte ich mich von der Schwarzen Familie emanzipieren und allein in einer Welt zurechtkommen, in der ich kaum Freunde, aber umso mehr Feinde besaß. Es wäre viel einfacher gewesen, mich dem Herrscher der Dämonensippen zu beugen. Hier. Gleich. Jetzt.

Asmodi stieß die beiden Körperhälften Namtarus auf die Gleise. Sie klatschten dumpf im Schatten auf. Ein Pfiff ertönte, und Scharen von Ratten kamen herbeigeströmt. Sie machten sich augenblicklich über das überraschende Mahl her. Schon bald würde nichts mehr von dem mehrere Tausend Jahre alten Dämon übrig sein.

»Das war's für heute, Coco.« Asmodi wischte die Klinge ab und wandte sich ab.

»Das Ungeborene …«

»Du hast deinen Auftrag nicht wortgetreu erfüllt«, unterbrach er mich. »Es wartet zumindest eine weitere Aufgabe auf dich, bevor wir über das Kind verhandeln.«

Ich wollte ihm nachstürzen und ihn angreifen. Doch ich fühlte mich zurückgehalten. Wiederum war es die Callas, die zeitgerecht eingriff und eine Auseinandersetzung verhinderte.

»Du bist zu schwach«, sagte sie. »Er würde dich mit derselben Leichtigkeit wie gerade eben Namtaru töten. Lass es bleiben.«

Ich blickte sie an und wusste, dass sie die Wahrheit sagte. Es war in Ordnung, mit hohem Einsatz zu spielen. Aber nicht, wenn alle Wahrscheinlichkeit eines Sieges gegen einen sprach. Ich würde einen anderen, einen besseren Augenblick abwarten müssen, um Asmodi herauszufordern.

Der Mann im Ledermantel verschwand so plötzlich, wie er aufgetaucht war. Wir blieben allein zurück. Müde, erschlagen, von den Sinneseindrücken der letzten Nacht wie betäubt.

»Und nun?«, fragte ich.

»Was soll schon sein? Du kehrst mit deinem Freund Vindobene ins Café Zamis zurück, leckst deine Wunden und wartest auf die nächste Gelegenheit, Asmodi beizukommen. Wie ich sehe, verliert unser Freund bereits wieder Substanz, die er in einem derartigen Übermaß aufgenommen hat. Bald wird er auf Normalgröße geschrumpft sein und wieder ausschließlich von der Bösartigkeit der Wiener genährt werden.«

»Und du? Was soll mit *denen da* geschehen? Ich wüsste nicht, was ich mit den überlebenden Dienern der Wollust anfangen sollte.«

»Die überlass ruhig mir, Pupperl. Sie werden sich in meinem Salon sehr gut machen und mir einen Teil der Arbeit abnehmen. Sollten sie irgendwann aufbegehren, dann schickst du mir Vindobene vorbei. Er wird sie rasch wieder zur Räson bringen.« Die Callas lächelte und zündete sich eine weitere

Dreier an. Ihre Finger zitterten leicht. »Wir sehen uns morgen zu Mittag, Coco. Und wenn du Lust hast – du bist ein gern gesehener Gast in meinem Etablissement. Du besitzt eine seltene natürliche Begabung für diese Art der Arbeit. Du würdest dir binnen Kurzem eine goldene Nase verdienen.«

»Nein danke«, erwiderte ich.

»Du bist auf den Geschmack gekommen, Pupperl. Das sehe und das spüre ich. Aber reden wir ein anderes Mal darüber.«

Die Callas winkte mir mit einer Hand zu und ging davon, die drei überlebenden Diener der Wollust trotteten ihr hinterher. Meitje warf mir einen seltsamen Blick zu. So, als bedauerte sie es, nicht mehr länger in meiner Nähe bleiben zu dürfen.

Ich wartete einige Minuten, bevor ich ihnen folgte, hin zum Ausgang des Wiener Westbahnhofs. Von hier waren es fünfzehn Gehminuten bis zum Café Zamis. Ein paar Schritte zu Fuß würden mir guttun.

»Das war ein netter Ausflug«, sagte Vindobene. »So etwas könnten wir ruhig öfter machen.«

Ich hasste ihn.

das haus
zamis

EINE HEXENCHRONIK

Band 40

Eiland der Toten

Asmodi, der Fürst der Finsternis, hat Coco Zamis weiterhin in seiner Hand. Diesmal erteilt er ihr den Auftrag, auf einer geheimnisvollen Insel nach dem Rechten zu sehen. Seit Jahren hat kein Mensch die Insel betreten – angeblich liegt ein Fluch auf ihr, denn hier wurden früher todgeweihte Pestkranke ausgesetzt. Doch als Coco die Insel betritt, muss sie feststellen, dass die Insel keineswegs unbewohnt ist …

www.zaubermond.de